八閩文庫

八閩文庫

要籍選刊

88

幔亭集

下

［明］徐熥 撰

陳慶元 點校

海峽出版發行集團
THE STRAITS PUBLISHING & DISTRIBUTING GROUP
福建人民出版社

幔亭集卷之十六

閩中徐　熥惟和著
友人曹學佺能始選
鄒時豐有年編

序文

重刊五音篇韻序〔一〕

上古有音無字，出諸口者，皆天地之元聲也。自羲皇畫卦、蒼頡制書，形既立矣，音斯附焉。字者，音之形體；音者，字之名稱。類形始於許慎，而慎生於漢世，去古已遠，其所訓釋，不無牽合之病。至於《玉篇》諸書，則祖《説文》而潤色之，惟王與秘之《五音篇海》，分其畫段，則字無遺形。類聲始於沈約，而約産於南服，間操吴音，其所分别，不無割裂之病。至於《廣韻》諸書，則祖唐韻而更置之；惟荆璞之《五音集韻》，隨母取切，則字無遺聲。此形、聲之大較也。然篋笥嚴扃，匪鑰不啓；形聲無窮，匪法不通。有司馬公之《指掌圖》、韓彦昭之三十六母、勝國安西劉士明之《切韻指南》。國朝沙門真空之《貫珠集》，挈領提綱，開示門法，求聲音以歸母，考偏傍以入部。字得韻而知，韻得字而顯。則凡大而典墳丘索、經史子集、三藏十二部之文，以至稗虞小説、重譯方言，如恒河沙未可更僕者，無不探賾索隱，鈎深致遠。晝無亥豕，音不聱牙，還天地之元聲，開萬世之聾聵，教闡同文，功匪細矣。

此書流傳既久，梨棗漫漶，沙門如巖者，朗質觀空，精嚴戒律，曩朝落迦，得傳斯訣。蒲團之暇，字校音研，與支提寺僧真燦者，發大誓願，期鍥此書，傳流震旦。普濟群品，抄題募化，偏干十方，積之八年，始克竣事。可謂有裨教典而功德無量者矣。

熥根器朽鈍，識不反隅，驟加披閲，茫昧難明。巖師矜我愚蒙，詳譯屢譬，匝月之後，漸見一斑，乃令不慧片言，弁諸簡首。夫晝前有易，教取先天；有相皆虚，禪宗秘旨。故毘邪杜口，開不二之法門；摩竭斂心，啓無言之津筏。蓋聲音俱屬浮塵，文字同歸理障，惟一切萬法，不離自性。則三藏之文，皆如來之幻迹；羲皇一晝，實綺語之濫觴。矧辨清濁、審浮沉，出入於口耳之間，精研於指掌之上，與叔仲、休文之流炫奇鬬博，其於西來之指何如也？昔蒼頡書成而鬼爲夜泣，悲渾沌之已鑿，世與道而交喪耳。巖師賞予之言，遂書於篇端，以告夫同志者。

萬曆旃蒙協洽之歲月中無射，閩中徐熥譔〔二〕。

竹田世詠録序

詩自三百篇、漢魏而下，則以唐人爲宗。終唐之世，稱詩者不下千百家。其最著者，無如李、杜、王、孟、高、岑、錢、劉諸君。然此數君者，或淪落不偶，或沉冥下僚。傳于世者，不過藻繢之末，其功業不足稱也。如房、杜、姚、宋、裴、韋數公，其勳業爛然于世，乃其詩不少概見。即曲江燕公有集行世，試取其詩與李、杜諸人絜長比短，不同日論矣。豈功業文章，判若鑿枘，而兼之之難哉？則以名公鉅卿，雍容廊廟，服勞王家；竹帛旂常，昭垂萬禩。即有譔述淩厲作者，然文章掩于功業，故後世徒誦其勳伐而略其雕蟲，有以也。若夫騷人墨士、遷客逐臣，抒情于孤憤，著論于窮愁，隻語片辭，驚心動魄，故解頤者多，而聲稱易譟耳。

吾鄉司空竹田林先生，歷仕四朝，其鴻猷茂烈，彪炳史册。毋論縉紳學士交口而稱，即黄口能道之。視唐室房、杜諸公，豈不相爲伯仲哉？然公雖以詩著聲，第集不傳于世，識者恨之。今年，公之曾孫日臧者出公遺稿，與公冑子司理少竹公、元孫臯佐石雲公所爲詩，彙編成集，名曰《竹田世詠録》，授之剞劂，而問序于熥。熥晚生後進，何敢輕弄其楮墨？公之在天，不呵叱小兒輩無禮哉？然《詩》有之：「高山仰止，景行行止。」熥之於公有「景行」焉，故不敢以椎鈍爲辭。公詩爾雅沖粹、温厚和平，如大吕黄鍾，不墜詞人雕縷綺靡之習，渢渢乎大雅之音也。而司理、臬佐兩公，又能以五字世其業，公之發源深遠矣。公之騎箕且將七十載，其遺編散逸，向非日臧君搜求于蠹簡之餘，鋟鍥行世，則公之詩名竟爲功業所掩，而殘金斷璧，不徒爲名山之藏哉？無忝爾祖，其日臧君之謂乎？說者謂公深于詩，而所著述僅僅止此，不無少恨。不知天下有道，則行有枝葉；天下無道，則言有枝葉。公以三百篇起家，左《風》右《雅》，含英咀華，不可謂不博矣。乃著于功業者千百，發于詩歌者一二，則行有枝葉，而盛世之徵也。彼摛藻如春華，曾何益于殿最乎？楊子有云「壯夫不爲」，非虚語也。熥又不勝乎世道之感矣。

紫芝山房摘藁序

夫窮約異遭，隱顯殊路。昔商山之老，深谷逶迤，發《紫芝》之歌，謝紅塵之累，此《考槃》之適而丘園之賁也。

乃吾鄉憲副黄芝田先生，少壯登朝，策足皇路，懋勛明弼，班命彌崇，將接踵于夔龍，豈希蹤乎綺季？堂開緑野，詠名《紫芝》，得無敓皐壤于要津，而混軒車于衡泌者乎？余謂不然。先生青鬢投閒，白雲自老，角巾東第，三十餘年。大蓋高車，如泡如幻；巖遂谷，以遨以遊。故在心爲志，發言爲詩，詠歌所含，冲恬爾雅。雖未嘗流于玄虚曠寂，而趣固已遠矣。登高能賦，可爲大夫，其黄先生之謂與？

夫四老人匿跡空山，而羽翼漢儲，處不忘出；黄先生通籍清朝，而寄情山澤，出不忘處。則曄曄紫芝，不獨託幽人之遠韻，而且資名碩之曠懷矣。是爲序。

黄斗塘先生詩集序

國初承勝國之遺，帖括之習未興，縉紳學士皆工騷雅，雖間入穠纖，不甚雅馴，然叩之成韻，歌之成聲，風人之旨未失也。吾閩如林子羽、高廷禮、王安中、王孟敭諸君，崛起一時，先後振響。高者得格開元，卑者取裁大曆，要之不離三唐爲近。

洪、宣以還，專尚經術，不談風雅。間有作者，皆尚理而不尚辭，入宋人窠臼，而唐響幾絶矣。迨鄭吏部繼之，與北地、信陽諸君旗鼓中原，一洗陋習，而雅道復振。維時莆田黄斗塘先生，與繼之同舉南宫，慨然以風雅自任。其所著述甚富，以遭兵燹，散逸殆盡。茲先生曾孫大行君應興，始掇拾遺稿于煨燼之餘以行世。夫繼之詩梨棗俱腐矣，乃先生墓材且拱，而其詩始傳。譬之連城之璧，同出崑山，一則爲珪爲璋，流傳人間，衆所共玩；一則韞之石中，歷千百年始知其爲寶。雖遇有不齊，其於連城之價，固無損也。先生生弘、正之季，沿帖括之習，乃其爲詩，有風人之致，談在理中，意超象外。蓋求騷雅于縉紳，可謂聞足音於空谷者矣。先生少有異質，博極群書，爲理學名臣，大父未軒公所器重。其令上海有異政，以侃侃之節，故宦不甚達。生平究心書法，尤工草體。其所結交多賢豪長者，如顧崑山、陸上海、鄒安福，與公爲道德之交。若公者，可謂質有其文，彬彬君子矣。文章小技，何足以盡公哉。

薛博士詩集序

唐人詩，供奉、拾遺而外，莫如高、岑、王、孟四家。常侍、嘉州、右丞皆貴顯，而子若弟又能世其業，故其詩易傳。獨浩然白首不遇，雖有子亦流落不偶，故篇章散逸。幸宜城王士源哀其志，爲之搜求傳次。然書寫不一，紙墨薄弱，幾於磨滅。其後有韋滔者，重爲繕寫成帙，珍之秘府，而浩然詩始得與三君並傳。向非王、韋兩人，浩然不身名俱滅哉？余每嘆人之相知，不必同堂比肩，臭味苟同，即時異代殊，猶旦暮遇之也。

余鄉先輩薛博士，年二十有二，以《易》領鄉薦第三人，五上春官不第，乃就肥鄉教諭。未數月，以憂去位，服除，補太平教諭。例得再試，上春官，卒被放歸。次彭城，風起舟覆，竟溺死焉。時年四十有八，蓋嘉靖庚戌歲也。子一，貧不免負薪。

博士生平所爲詩甚夥，而散逸不存。余購之十年，僅得數紙，詩若干首，皆博士手録者，翩翩唐響也。欲授之剞劂，以廣其傳，苦於諸體未備，輒復中止。然斷金殘璧，自足爲寶，則又烏可不傳哉？余生也晚，不及見博士。然博士於余爲父執，家大人時時爲余道博士朗爽高曠。今讀其詩，亦可想見其人矣。博士詩多散故舊朋友間，不知者或以覆瓿飼蠹，亦足悲也。博士弱冠領鄉書，而竟慳於一第，僅得青氈。又坐不及煖，且罹汨羅之禍焉。其所遇之窮，視之浩然，抑又可哀矣。

余才踈名賤，不敢自附于王、韋兩人，而慕義嚮往則竊有志焉。縉紳學士有悲博士之遇而諒余志者，尚搜之篋笥以成斯集，庶幾託於《招魂》、《九辨》之誼哉？

屠田叔詩集序

夫闡發性靈，潤色鴻業，功侔竹帛而聲被管絃者，莫大乎詩教。我國家文風丕暢，騷雅鬱興，人抱璧而握珠，户披華而振秀，超宋軼元，肩唐踵漢，猗歟盛已。但范古者不失其馳，而難逃於唾拾；師心者自標其幟，而不免於傖傷。雖作者如林，去風人之旨遠矣。屠君田叔，幼承家學，長擅國工，稱海澨之鳳毛，執騷壇之牛耳。其學於書無所不窺，其詩於體無所不備。每與某抵掌而談風騷，霞標生其齒頰，武庫發于胸中。極深研幾，擬議變化，如匡鼎解頤，聽者忘倦矣。嘗謂尼父删《詩》，先《風》後《雅》，蓋疾莫如風，感人最易，聖人述作，良有深意。若情采不敷，顔貌徒肖，讀之索然，猶無作也。故田叔之詩，贍而不浮，麗而有則。樂府、古《選》，咀漢魏、六朝之腴；近體、絶句，闖開元、天寶之室。型範古哲，而糟粕已融；紓殫匠心，而塗轍俱在。視之尊公司馬、從祖儀部，可謂彪、固相承，籍、咸並美者矣。昔人謂潁川陳氏「公慚卿，卿慚長」，論才屠氏，豈其然乎？

田叔督鹺閩海，退食之餘，締交同調。熥之愚蒙，亦荷虚左，敘我拙集，獎借過情。而又以不朽之業，索序于熥。是玄晏乞言于太冲，中郎借聲于王粲，蠡測管窺之見，其何以述作者之意而逃着穢之譏乎？然金以享帚，使君之惠弘矣；而桃以報瓊，小子其何敢讓焉。用綴數言，附之首簡。

帚言摘録序

夫博物洽聞，功資探討，抽毫掞藻，巧出陶鈞。故北海淹貫古今，而發書簏之誚；仲文天才宏贍，而貽半豹之譏。則才有偏長，力難兼至也。

若吾鄉王懋宣先生，以博學而騁宏辭，可謂彬彬郁郁，質有其文者矣。先生七齡受經，千言倒覆；年當髫齔，擬冠棘闈。多士遜其博綜，主司賞其弘奥。及至發緘，竟以穉年見擯，摧鱗鎩羽，寔命不猶，淪落布衣，沉冥白首，視之泊如也。先生連不得志于有司，益下帷發憤，多識前言，括囊道藝之場，漱潤聲歌之圃。學飽而不餒于才，才富而不貧于學。錦繡羅其心胸，風霜騰其齒頰。志乘有良史之才，詞賦得麗則之體。樂府可被管絃，近調悉諧律吕。匠心獨妙，逸志雄飛，不惟經廚書庫，辨無不釋，而藻江文海，語必造玄。方之往軌，可謂具體而微矣。

茲年已近耄，而口不絶吟，其神益王。信知虞卿之作，窮而後工；豈若江郎之筆，晚而遂躓乎？先生，先永寧之執友也，在世誼爲父行，在雅壇爲前哲。匪惟先子之所畏，不慧小子列私淑之科者，積有歲年矣。

先生命序於某，遂贅言簡端，以昭示來裔。

秣陵倡和稿序

秣陵故佳麗之地，三國、六朝間，文士趾錯肩摩，不可勝數，至今而餘教未衰也。今年秋，余薄遊此中，日策蹇驢，懷楸刺，遨遊于都市，求海内賢豪之士而謁之。即余所居，陜不容膝，矮不直項，而門外長者車轍常滿矣。以此得交于姑蘇陸君纂甫、雲間曹君重甫。兩君者工於詩，而意氣倜儻不群。與余相見而交相賞，稱傾蓋歡焉。兩君因出《秣陵倡和篇》見示，而命余敘其首。

嗟夫，東西南北之人，風牛馬不相及也。一旦長揖而通姓名，託交遊之契誼，或孤燈夜雨，對榻呻吟；或落月停雲，揮毫投贈；或結襟期於白社，或陪杖屨于青山，雖詞異體殊，而寫景紓懷，皆可詠述。然晨星易稀，萍蹤難聚，離合不一，而悲歡隨之。異日展卷開函，茲遊已成陳跡矣。情之所鍾，正在我輩。達非聃、周，詎能無今昔之感也。兩君裒集此篇而授之梓，匪惟紀一時之勝遊，亦以定後期之左券爾。余敘詩卷杪，既愧續貂；弁語簡端，復慚著穢。然重兩君之高誼，而欲廁于諸君子交遊之末，則何敢辭焉。

蓬累游序

徽之布衣閔君壽卿，壯歲學爲詩，詩工矣。已而自悔曰：「此何關於性命？四大既離，五字焉用乎？」遂棄家隱茅山者幾年，又隱金山者幾年。既謂金山爲南北之衝，游屐洊至，酬應爲勞。慕吾閩武夷之勝，裹糧來游，將終老焉。自别金山，度仙霞，入晉安，窮清源，探九鯉，閩之形勝幾盡矣。一衲一瓢，蕭然自得，然尚不能忘其口業也。或感物興懷，時形之於詩，詩皆矢口而成，工拙弗論也。

憶余辛卯之役，與壽卿邂逅金山，出《一漚集》見示，則嘔肝劚腎爲之。步驟古人，不失尺寸，余謂君青華之士耳。甲午之歲，又遇君於秣陵，讀所謂《華陽編》者，其所譔述在有意無意之間，乃與余所抵掌者，皆性命玄同之旨，余始信君爲有道之士也。

茲則横心所麾，天籟自鳴，君之所重，信在性命而不在文章矣。有唐之士以詩名世者，不下千餘家，然所傳者糟粕而已，其人與骨安在？獨我純陽先生能全其性命，乘元化以游無窮，試與供奉、拾遺諸公絜長比短，豈不一龍一蛇哉？今而後壽卿且將抱真守一，以證玄虛，尚安事筆硯與藻繪之夫較工拙乎？

余年已踰壯，精日消亡，猶汩没于詞章之網，于五字之學稍稍窺見一斑，不知渾沌之竅愈鑿矣。生死事大，無常迅速，悲夫，未知所税駕也。因讀壽卿之詩，用以自砭云。

陳惟秦詩序

余既困于公車，稍厭棄故業，日與仲、季二氏杜門掃軌，以柔翰自娱。其所往還最歡者，莫如陳生惟秦。惟秦居南郊之柯嶼，去城三十里而遥。每入城，便宿余家，濁醪相命，脱粟共飽，或匝月經旬始别去。

而惟秦興復不淺，或出遊，未嘗以倦自免。或分題探韻，客猶謙讓未遑，惟秦已囁嚅喉吻間矣。或秉燭夜談，不漏沉不寢；即余先寢，寢而復寤，猶聞惟秦呻吟窗壁間也，其嗜學苦吟類如此。其所爲詩，不喜蹈襲人語，皆嘔心劌肝爲之，而卒不盭於法。然性復謙抑，一詩就，必私問余可否，而後出以示客。一日，余心賞其詩，故佯言不佳以試之。惟秦立加竄易，顔色愈和，余大笑乃止。故其詩鑪錘工而機軸别也。

賦性恬澹，不問家人産。所與游者，皆山林草澤之士；遇達官貴人，則面赤心熱，有鑿坏而遁耳。夫今世操觚之士，稍能占四聲者，即曳裾彈鋏於顯者之門，博錢刀以飽妻子。惟秦木彊椎魯，足不越四境，名不掛縉紳，塊處於蓬蒿之下，以五字求信於後世所不知何人，亦大惑矣。

余今年游燕，挾惟秦詩一册置槖中，欲授之梓，而且有待也。過吴興，謝在杭司理見而欲付於匠氏。在杭于惟秦爲微時之交，稱同社。故雖行其詩，而不傷惟秦無求之介，余遂許而授之。在杭出東山而坐苕水者，三年于此矣。目之所見，無非錢穀簿書；耳之所聞，無非譙訶棰楚。一旦讀故人之詩，宜其欣然有合，若弱喪者之返其鄉也。若在杭者，可謂無赧薜蘿而有光猿鳥者矣。斯舉也，將布衣之重司理耶，抑司理之重布衣耶？識者自能辨之。

遊山集序〔三〕

鼓山東臨大海，其高無量，余自甲申夏至戊子秋，五年中三登其頂，而景界變幻，皆成瑰觀。今年九日陳振狂、王玉生、謝在杭、仲弟惟起，將買舟遊，邀余同往，適余與陳汝大有于山登高之約，不果。語在振狂《記》中。

夫吾閩山川奇勝甲天下，霍童、武夷、七臺、九鯉、玉華、太姥、大武、清源諸山，自古躡蹻賫糧者趾相錯，然其事有傳有不傳也。鼓山雄于吾郡，遊屐不少，著者堇堇蔡君謨、趙子直、朱元晦、李伯紀諸君，餘皆湮没不稱。此其故難言之矣。余三遊皆有佳景，皆有詩，以同遊者寡和，尋復棄去，間有一二書寺壁者，半爲蒼烟碧蘚所蝕，磨滅不可讀，心甚恨之。

兹遊也，翩翩同調，唱和詩文爛然成帙，足以不朽，而余復不得與，怏然于懷。在杭既彙集遊稿，殺青以傳，而屬予序其簡首，庶幾當臥遊之一助耳。

萬曆庚寅重陽後二日題。

沈從先詩序

往友人陳履吉遊長安歸，爲余談吴門沈從先不去口，時從先甫弱冠耳。讀其所著《蟲刻草》，雖嘗鼎一臠而知全味矣。既而因履吉得請交于從先，乃從先亦不我鄙夷，越數千里，尺牘書郵，往返不絶。

辛卯歲，余有燕之役，至吴門而病不知人者數日。然神雖昏憒，而心念從先不置，時時從床第間問沈郎無恙乎，索十日不得，竟去矣。明年，仲弟興公入吴，始得造從先之廬而禮焉。歸識其處，曰某鄉某巷，圭竇蓽門，有廡下風氣者是已。今年余復過吴閶，日已崦嵫，入尋從先所居，則鄰人云已徙去。踉蹌出閶闔門，覓舟不得，所與偕者王生元直，露宿江干，達旦竟去矣。頃從建業歸，始得與從先把臂，而後喜可知也。

時從先方病足，不出户庭，余依依未忍别去，令奚奴襆被其中。從先貧，不能爲孺子設榻，但與王生共跏趺几上耳。因得卒業其所著《尊已》、《撚枝》、《閉户》諸集。樂府、古詩取材於漢，近體得格于唐。要皆抒所自得，意不必古人有，語不必古人道。苟已披之朝華，直咳唾視之，不以煩子墨也。即置之古人中，其誰能辨之？夫詩，所以言志也。從先三旬九食，捉襟見肘，而閉户弦歌，聲出金石，此其趣操，列之參憲，曾無異同。未有胸臆古人，而搦管操觚，反掇拾餖飣，落時人窠臼者也。誦詩論世，而其人可知矣。或謂從先饑寒流落，無以自存，而習不售之業，以游於世。嗟嗟，從先不知其所稅駕也。噫，方履吉談從先時，云其娟娟韶秀，有安仁、叔寶之風。不十餘年而憔悴枯槁，已成壯夫，由今而至於老死，不知歲月幾何，乃榮通醜窮，而爲此拘拘也，亦大惑矣。藜藿膏粱，短褐紈綺，所適不同，同歸於盡，士顧不朽，謂何耳？後世有揚子雲，乃知揚子雲，此美談也。從先勉矣。

釣磯集序

余雅知平夫之能詩也。然平夫隱居義溪，足跡不入城市，雖耳其詩名，而不識其面孔。一夕，邂逅塵山人旅邸，兩人目攝久之，及平夫出數語，余乃周章自廢。謂誰氏子長不滿五尺，能驚坐如此。遂通姓字，各張頤大噱，握手如平生歡。平夫因出囊中詩一帙相示，余心賞之。年來遂結社爲詩，倡和不絶。平夫意氣高雅，弗諧于俗，與人交有古風。家世貴顯，而清約如寒士，諸所莫逆，無非賢豪長者。平夫性雖骯髒，又善自下，每得句，即令奚奴馳報徐卿。徐卿竄易彈射，無所避諱，平夫怡然而受之。徐卿有詩報平夫，平夫亦未嘗不爲徐卿指摘也，以此兩人交益歡。今年秋，余幸領薦書，將戒行李北遊燕都。適平夫《釣磯集》殺青方就，余乃携一卷〔四〕入薊門，俟酒酣後求如荆、高輩擊筑〔五〕而歌之。平夫意氣翩翩在目矣。

周所諧詩序

國家以經術取士，逢掖生白首事經術，風雅之事不敢一置齒頰，故談詩者多出於布衣。夫詩，不朽之業也，士之談詩，蘄不朽耳。今莆之號山人而稱詩者，不啻摩肩比屋。然皆借爲羔雉，曳裾彈鋏于王公貴人之門，不煩介紹，片刺妄投，；倒屣稍後，則含沙射人。往往空囊而出，捆載而歸。以五字當洛陽二頃，衆豔慕之，以爲遇合。一有落落，則共姗笑之，謂其技不售。蓋今山人之談詩，論遇合不論工拙也。雅道之羞，識者憾之，至諱稱山人云。友人周所諧亦莆人，困於布衣，稱山人者也。然意氣高邁，骯髒不阿。年五十，丘園自賁，未嘗妄與貴顯者遊。即其里中縉紳學士，非雅相知者，亦罕識其面。故其詩亦抒所自得，溫厚雅馴，如明珠湛露，不墜烟火食氣也。若所諧者，可謂幽人之貞、志士之操矣。刻成，索予爲敘，故敘其生平之概如此。亦以慨乎世之山人稱詩而離其旨者也。

綬帶編敘

清漳顏廷愉者，少攻詩，脩贄于王弇州先生之門。每奏一篇，弇州未嘗不稱善，以此名遂大譟于江淮、吴越之間。廷愉喜遊，天下名山大川，無不受杖屨者。古人謂「州有九，遊其八」，廷愉足以當之。

廷愉雖任俠，而深沉好書。其先大夫所遺産數千金，廷愉皆以購書。書如李鄴侯，問其槖，已罄矣。性倜儻，不爲繞指柔。與人交，立見情愫。振人之急，不啻己私，有古烈士之風焉。其所與交者，皆海内賢豪長者。所著書十餘種，幾數十萬言。天下士無不知閩有顏廷愉，而延頸願交者矣。

廷愉名家子，壯年落魄，不足以發其雄心。又長於騎射，日取《黄帝陰符》，孫、吴《兵法》諸書，伏而讀之。慨然有請纓之志，卒兜鍪韎韐，隸籍材官，事海上之役。然韜鈐之暇，詠歌不輟。廷愉天材敏贍，詩皆刻燭而成。悲壯渾雄，無寒儉清癯之相。

不必模擬于唐而自合于唐，其法在有意無意之間，所必傳者也。然文章小技，壯夫不爲。廷愉黄鬚鮮卑，有河朔健兒之氣，犂庭掃廬，揚旌萬里，此士之一時也，安得佔俾故業，而令馬上輩有賦詩退虜之誚乎？廷愉勉之矣。廷愉舊名正色，今在戎行，更名容軒。異日建節登壇，令天下人知有顔將軍，即前棄繻生所謂廷愉者也，豈不榮華吾黨哉。是爲敘。

閩游草序

錢叔達，吴興人也。家故貧，而二親髮且種種，無可以爲養者。叔達天性至孝，日餬其口于四方。筆耕舌耨以供菽水，而猶時時不給也。去年挾兩奚奴敝衣羸馬入閩，謁一相知貴人。值閩事多艱，貴人方拮据兵食，吏治旁午，無暇爲布衣之飲，下令一切謝客。故雖舊歡如叔達，刺亦不得通。留滯于閩者逾半載，旅舍之突，幾無烟矣。而叔達不善干謁，即吾閩有他當事者，切緇衣之好，而乏常何之薦，名姓不得相聞，顧安所得其暴鰓之狀而濡沫之耶？乃叔達于于然安之，日與吾鄉二三兄弟結社爲詩，詩益工而貧日益甚矣。然叔達雖落落不得志，而詩冲恬爾雅，略無感憤不平之意。仁人之言藹如也，庶幾大雅遺音乎？

叔達生於吴興。吴興之詩，君家仲文而下，莫如孟郊。郊以坎壈一第，至憤懣愁絶，讀之令人不歡。叔達有東野之窮，而言澤之以道德，其所養厚矣。蓋叔達善譚禪理，方且以露電泡影視其身，況於身外得喪窮通，顧能動其胸臆乎？古人有言：「詩窮而後工。」藉令叔達彈鋏而歌，出有車，食有魚，其歸也，橐中裝如陸生客南粤時，則心計轉粗，何暇唱《渭城》哉？是叔達之窮困拂亂者，政詩之所繇以工也。

余既取其詩，爲之删定。友人呼將軍允齡捐食邑之餘而授之梓。故叔達挾是編以歸也。游閩之裝，腆矣。

同亭詩蜕序

蜕者，脱也。蜕者，假而蜕，蜕者真也。龍之神異而蜕其骨，蟬之高潔而蜕其殼。有道之士，存者神，過者化，而蜕其形。

真人之蜕，武夷洞壑中時有之。閔壽卿、佘和叔兩君之隱武夷也，視形猶贅也，思以蜕之。形既蜕矣，何有于詩？然龍能吟也，蟬亦能吟也。蜕者，形也；吟者，聲也。機自動也，籟自鳴也。兩君之詩，亦若是而已矣。道未成則人耳，人耳道成而仙。仙者，人之蜕也。白長庚非所稱人，而稱仙者耶？亦有詩傳于世，詩而蜕者也。今兩君所栖，正其故址。惟其有之，是以似之，機緣合矣。夫詩成而蜕之，而藏之。以此觀兩君，寧無超然獨存者耶？

風教續録序

自彤管失職，婦訓姆則不及于家，故粉黛笄幃之中，能識茂行高、殘形顯操、佳名彰于既没、徽音傳于不朽者，一何寥寥乎？歷觀載籍，其截耳表貞者，僅得沛邑劉長卿妻桓氏、鉅鹿魏溥妻房氏兩人而已。一則豫刑以自誓，一則臨斂而投棺，千載而下，誰其鼎足者？他如淑英瀕離痛誓而裴矩厚顔，崔氏抱孤明心而彦穆奪氣，若二姬者，雖玉質未虧而石心匪轉，均之光昭史册、赫奕來祼者也。

若吾鄉鄭母鄧夫人者，其貞烈之操，曠世尤靡儔焉。情甫申于結褵，哀已深于屬纊，悲號躃踴，之死靡他，所親之諷，義不忍聞。此耳既汙，江流莫浣，視之爲仇，割而忘痛。非志存立孤，又何難殞軀以明節也。

綸綍貤旌，棹楔表門。聲自閨庭，顯號列國。生榮死哀，于今爲烈。一時海内縉紳學士播爲聲詩，載之傳記。用宣閨範，以裨陰訓。取名「風教」，備太史氏之採擇，纚纚洋洋，可弦可歌矣。而嗣子右史公出鎮名州，贊襄王室，四方之彦，咸在結納。凡有詠歌，續加剞劂。合之前編，先後輝映。飛華騰茂，不亦休乎。

夫尼父删《詩》，先風後雅。蓋以風化之本，始于閨門：江漢之治，徵于游女：而《鄘》之篇，《柏舟》爲冠。感物莫疾乎風，化俗莫先乎《詩》。先王之意，良爲深遠。後世王跡既熄，採詩官廢。閭巷之中，閫閾之内，即有琦節瑋行，多湮滅不稱。永乏彤管之書，不霑青史之筆者，其故何哉？雅道喪而風教微矣。

茲録也，匪惟表貞魂于不朽，且垂懿範于將來。異日圖像丹青，流芳竹素，與古之烈媛、貞姬同藏金匱，以風示萬世，寔有藉于斯編也。敬序其端，以俟觀風者採焉。

攬莽齋詩序

《虞書》曰：「詩言志，歌永言。聲依永，律和聲。」仲尼之言曰：「小子何莫學乎《詩》？《詩》可興、可觀、可群、可怨。」蓋《詩》者，所以論功頌德，止僻防邪，究性情之微，含風騷之旨，尊之爲經而垂之萬禩者也。

自後世岐經術、風雅爲兩塗，士尊一經而雅道遂廢矣。然天籟自鳴，元聲不滅，則闡揚造化、鼓動江山、宣情豳靈、述懷紀遇者，曠代不乏。所謂「神而明之，存乎其人」而已。延津朱君善侯，髫齡受詩，潛心雅頌。公車之暇，播爲聲歌，響叶宫商，調諧律吕，翰動若飛，思如泉湧。當弱冠之年，而成一家之語。吾見其進，未見其止也。行將以六義受知，懿鑠昭代，可謂縟綵相輝，身名俱暢者矣。鑾之既嘗，譽必有試，此予之願附後塵而託其末契者也。至於鈎深致遠，含英咀華，盡其所長，增厥未備，則彼且富於春秋，誰能限其畛域乎？是爲序。

永福陳令平寇録序〔六〕

余嘗按閩往事，當英廟時，沙陽鄧茂七者，黄馘匹夫耳，荷鋤持梃，奮臂一呼，遂至毒流數歲。師老財費，其難始平。向令茂七之役，與土木之難，同時而發，則朝廷方有北顧之憂，尚能裹糧整旅、用兵數千里外乎？而閩事其殆矣。始蓋起于一二有司，畏兵養寇，遂至崩潰四出，不可收拾。至今言之，令人短氣。

今年己丑春，余在京師，聞永陽盜甚猖獗，日夜撫膺，有桑梓之慮焉。及自燕歸，則盜已就剿，閩中安堵如故。實惟我陳侯戡定之力。其事具載石參知《記》中。夫白面生握三寸管，脱白屋而登青雲，緩帶輕裘，以當民社之寄，車馬騶從甚都也。一夫作難，有縮頸股栗而走耳，況能決機兩陣之間，制敵之死命耶？陳侯以明經起家，而能料敵制勝，方略素定，即老將亦且迴席。誰謂書生中無請纓之志者乎？

余聞侯甫下車，即以永陽城卑而兵脆，惓惓以改城練兵爲事。故寇發之日，一鼓而收者，備先具也。邇者給諫胡公奏便宜數事，一曰固城池，一曰練鄉兵。上可其奏，布之郡縣。乃侯已首議舉行，先得胡公之意。古稱智謀之士，所見略同，非虚語也。是歲閩中旱魃爲虐，米價騰湧，百姓嗷嗷，有脱巾譟呼之意。及永寇既平，其邪謀始戢。不然沙、尤之禍，未必不再見于今日。是侯非一時之功，而世世之伐也。

寇平，吾鄉士大夫皆有詩歌誦侯功德。而林生彭齡、張生啓瀾等彙梓成帙。敬爲之序，俾考政者采焉。

甘旭印正序

秦漢以來，印章自趙子昂、王順伯諸人而下，裒集成譜者，不下十數家，然猶缺而未備也。武陵顧氏所刻《印藪》，搜羅殆盡，摹勒精工，稍存古人遺意。第流傳既廣，翻摹滋多，舍金石而用梨棗，其意徒以博錢刀耳。令古人心畫神蹟湮滅失真，良可嘆息。

秣陵甘旭，自大父廷評公博物好古，多蓄秦漢金玉。雖間有散逸，而存者尚夥。旭復工於六書，精於鑒賞，暇日取其先世所存印章，較今坊肆所翻者，多有舛錯。於是手勒金石，歷七年，得印一千七百有奇，名曰《印正》，行之於世，因問序於余。余謂古人有言，秦人火經而經存，漢儒釋經而經亡。豈真有漢人之訓詁不若秦人之一炬哉？謂其精意失也。夫當古印之淪落於敗塚荒陵、幽坑深谷，雨烟之所剥蝕，壤塊之所埋沉，然古人精意尚存於殘金剩玉之間，六書之法，亡而存矣。自諸譜重翻之後，蟲鳥模糊，魯魚莫辨。即今家蓄户藏，而古意索然，譌謬相踵，六書之法，存而亡也。自甘旭《印正》出，可以夢寐周秦而謦欬斯邈矣。豈徒供好事者玩好于一時，寔留古人之精神于萬世，博雅之士尚欣賞于斯。

四書火傳序

夫火之傳也以薪，然而煬火者蘊崇其上，火且滅。世俗之人膏脣鼓舌，鉗百氏之喙，飾獨見之詞，是其所非，非其所是，鑿空訓故，欲以發明先聖之旨，先聖之旨愈益晦。蓋孔子既詘，退而與七十子之徒明天人之故，立先王之教，而授之簡。孔子没，子思、孟軻又尊其業而潤色之。漢興，諸儒用其書，講習辯難，各以家法傳授。迨宋子朱子折衷而集註之，至我國家以明經取士，咸視則焉，日月既明而灼火熄矣。其後學者復因朱氏之書而推明其旨，蓋不下以百計。然好奇者偏宕無當，墨守者拘攣不通。野燒熾，魚燈滅，燐火明，蘭膏暗。彼操戈入室毋論已，即斤斤剿説而附和，固非元晦之忠臣也。余友李尹弘者，閩之鉅儒，以明經世其家，教授弟子常百餘人。不吊詭，亦不雷同，每就席説經，輒解人頤。其門人曹能始君，既以進士起家，遂編其書而梓之，命之曰「火傳」。夫火之爲德，含太陽之靈暉，體淳剛之正氣，自燧人以降，煙焰不絶。蓋莊周之言曰：「指窮於薪，而火無盡。」尹弘先生燃文公之灰燼，振先聖之流光，而能始又爲之揚其熛、扇其威，風驅電逝，赫奕燭天，且與日月爭光，豈但燎原焚野哉。昔大雄氏有無盡燈之説，一燈燃百千燈，燈者皆明，明終不滅。尹弘之與能始，得無類是乎？

晉安逸志序

徐伯子曰：今世稗虞象胥之書，流布寰宇，何止汗牛充棟。然多脱胎换骨，而鮮故實。或一事更以數名，或古語認爲目擊。匪惟傳信道闕，而覽者不嘔噦則引寐耳。陳子汝翔，讀書之暇，采輯吾郡怪誕詭僻、委瑣黷異之事，久之成帙，名爲「逸志」。蓋披敗家之殘碑，考世家之遺譜，蒐故老之舊聞，折閭閻之脞説，非漫然無徵也。

屠君田叔喜其文典事奇，可爲塵譚之助，授梓以傳，得非史失求之野乎？有同好者，人俾一編，不啻枕中之秘矣。

風教編序

蓋自風雅教衰，採詩官廢，四始既缺，六義寖微。朝廷無觀風之政，閭巷絶歌謡之聲。即有騷雅之士，托物紓懷，濡毫寄興，然傳播僅止于詞林，浸淫不及於闤闠，古意漸乖而風俗奚補乎？惟傳奇之作，雖體有殊于風雅，而意寔寓乎勸懲。演於伶人，而笑貌衣冠，無不逼真，其響像諧于里耳，即孺人稚子皆能領略其旨歸。盡今古于須臾，鑒興亡於一瞬。遇可喜則破顔于既往之歡，遇可悲則興哀於無情之地。驚心動魄，隕淚銷魂，可謂感人最深，而移俗最易者矣。然詞雖小技，而語貴當家。淺者近俚，徒貽譏于下里；深者涉晦，或取笑于大方，何以表正世風而傳示來禩也。

諧賞主人，人倫師表，前輩風流，青鬢未凋，絳帷暫輟。耗雄心于樂府，振逸響于騷壇。悲忠孝之誼衰，痛廉節之道喪。撫今追昔，爰著此編。忠臣引藥，傍人抆淚而指冠；孝子髡鉗，座客斷腸而罷酌。還金雅操，墨吏媿心；破賊高標，女流欽範。至詼諧嚬笑，曲盡人情，詞成一家，事更四代，豈非玉振金聲而兼總條貫者耶？夫聲入必應，情感必通。

良史之筆，工于模寫。讀者猶心折而骨驚，況俳優之戲，舉體皆真，見者豈不心搖而神駭。即方之《靡盬》、《陟岵》之歌，《羔羊》、《柏舟》之什，其感發興起，寧有異同哉？

熥賞音不同于鍾子，顧曲有媿于周郎。嚮蒙發遺響於枯桐，茲復取庸音于叩缶，徒有一唱三嘆而已。即濫廁簡端，有慚着穢。安能寫《陽春》之妙，而盡《大雅》之音乎？

重脩徐氏家譜序

《書》曰：「敦睦九族。」《易》曰：「君子以類族辨物，族弗類則罔與敦。」譜者，所以類之也，顧不重歟？自氏族廢而敦睦衰矣。大家世族，或能遡其遠胄；若衰宗寒門，則至孫忘祖諱，季犯昆名者有之，傷已。

余族不知所自始，自宣義公而下〔七〕，年歷二百，人傳九代〔八〕，不甚久遠也，而族人有不相往來者，余甚悲之。遂緣先永寧府君所修《舊譜》而增葺之。族之人各畀一帙而藏之，望以敦睦之道焉。慶弔當相及，貧賤當相恤，孤嫠當相收，患難當相救。勿以華膴而忽寒微，勿以藻繢而輕椎魯。歲時伏臘，歡然相聚則渙者可萃，敦睦之政行而祖考之心慰矣。此余脩譜之意也。

《大傳》有之，「積善之家，必有餘慶」。頋與族人共三復之〔九〕。

竺乾宗解序

粤惟莊嚴無始，派撮千燈。迨于賢刼至今支分五葉，佛佛相傳，心心相印。何嘗不以清淨爲直指，文字爲倒縛哉？

然大圓鏡體，不可了於凡情。而究竟覺源，須當誘以權論。夫是以三千勝藏，宣洩妙嚴；十二華經，闡揚秘密。弘智運悲，開權顯實。示以單複重修，約以頓、漸二徑。若投機隨器，如應病合方。金剛圈瞬目可破，栗棘蓬信步堪拔。始知空宗同旨，禪教一如，殆字不可以揀擇，言不可以取捨者也。然出世之語，亘去來今；而世間之法，生顛倒見。多執文而迷智，每着相而求真，不免浮沉蝸角，鬬諍蠅頭，漂逐生死之波，藴集無明之火，誰其挽之，亦足悲矣。

乃李君鉛槧之餘，間蒐大典；伊吾之暇，輒輯腴言。蓋借牛羊之乘，以爲羔雉之資，亦寓弘攝之意，以代用筏之度。倘有機緣遇合之士，函蓋相應之人，手是編而得夫象外之意，依了義而得乎未了之真。不爲演若尋頭，捧誦頻迦妙語，固匪特爲頋力之助，而且爲解脱之階矣。不觀乎見切肉而知真，聞擊竹而悟道者乎？則是集也，其爲闡提之裨，夫豈少哉，夫豈少哉。

八閩選貢序齒録序〔一〇〕代作

國家養士之制，畿輔置國學，郡縣置鄉學。鄉學之士得迭廪餼者，歲以次貢一人于春官，此舊典也。然士負用世之志，束於額而不得伸，待次而行，辟之累黍，顛毛種種，精已消亡。而成均所養士多紈綺子，乃豪杰之士恥與其列。國子之舍，幾爲茂草，非朝廷養士至意也。

邇者聖天子俞當事者言，霈然發明詔：「令天下督學憲臣自例貢外，間數歲一選士，其取經明行修、年資英茂者，補入太學，如世廟初故事，以稱朕意。」於是天下士莫不喁喁嚮風，卬首伸眉，象上指矣。

余初受廣厲之責于閩中，適當貢士。是歲郡當以例，縣當以選，乃合而試之，得士若干人，籍其名升于太學。既而諸士序其齒于録，請予宣言簡端。余惟七閩在《禹貢》爲揚州之域，秦漢以前，不得與中州伍。其所貢者，不過齒革羽毛、織貝橘柚而已。至常觀察始興學校，楊中立載道而南，閩之人文遂彬彬埒于鄒魯。而貢于天府者，皆俊彦譽髦，卓爲國華，斯豈特山海之珍而已哉？然齒革羽毛之屬，不脛而走四裔，要以備車甲旌旄、文繡宴亨之用耳。藉令朽腐凋落而無當于用，則惟是貢者之辜。今余之貢諸士也，據咫尺之牘以程其臧否，論篤色莊，溷然莫辨，則余竊有懼焉。諸士生長鄒魯之鄉，習聞性命之旨，異日者策勳樹伐，蜚英騰茂。質于今日羔雉之文，若持左券，以無負聖天子惓惓養士盛心，則余庶幾可幸無罪；脱實不中聲，無所建明于世，豈惟二三子之憂，而余且主臣無已。蓋貢士而無當，反不若齒革羽毛之有裨于用也，可不懼哉？諸士勉矣。

雖然，貢之以選也，其所網羅者多英茂之士，乃諸士翕然以齒相鴈行，聯兄弟之誼焉。此其恂恂克讓之意，良足術也，遂喜書而授之。

龍臺聚業序

王永啓、林夷侯、高叔可、王渾之及余季惟敭〔一二〕五子者，講業於釣龍臺之濱。鐍户下帷，切磋不輟；焚舟破釜，淬礪愈堅。竭蘭燼於燈檠，忘乎五夜；啖虀鹽於陶甓，甘于八珍。倡于和汝，暝寫晨書，兩月之間，幾盈箱帙。快心當意，人各數篇，皆剔腎嘔肝，焦神燥吻，言探乎理窟，技殫其匠心。雖羔雉之資微，傷於過苦，而鞶帨之業，亦可稱爲窮工者矣。

夫公車之藝，因時而制，爲道屢遷。奇正靡有定衡，雌黄憑乎衆口。憶余少時，才寔凡庸，强好奇語，頗爲同類者姍笑。今取而讀之，向稱瑰琦者，有同嚼蠟；舊遵繩墨者，便成臭腐。故四十無聞，三戰三北。實吾業之拘方，匪時命之大謬也。即欲勉逐時趨，復我故步，譬之老婦效顰於少姬，不能增妍，秖益其醜耳。然則，五子之文，豈所謂日新富有變通趨時者乎？永啓年雖少，其于世誼爲鴈行。若林生、高生、王生，其尊人、世父於余皆有硯席之好。當余與二三君譚藝時，諸子或結如椎，或髪覆額。今皆翩翩競秀，眈眈虎視，後生可畏，夫豈虚言。乃余猶欲畢志雕蟲，繫情雞肋，與少年角勝，不亦異乎？古人有言：「戰，勇氣也。一鼓作氣，再而衰，三而竭。」余之今日，正鼓衰而竭之時也。搦管登壇，拔茅連茹，敬屬之諸君，且以望吾季矣。

廣玉壺冰序

人以藐然幻軀，淪兹火宅，高車大蓋，甘白首以馳驅。金埒銅山，望蒼崖而嘔噦。交乏素心之友，跡有紅塵之累。業火煎其肺腸，乾焰熾于靈府。舉世内熱，誰其沃之？《玉壺冰》一書，語摘烟霞，篇藏丘壑。手之者，如釋呑火而飲冰，當執熱而以濯也。然短章寂寥，讀之易盡。古今清事，采掇未廣。友人張孺愿，山居之暇，徧爲蒐羅，積久成編。視昔加備，偶攜入閩，授予校梓。凡碩人韻士、巖居川觀者，座置一通。則五嶽可以神游，衆山爲之皆響。優游卒歲，其樂弗諼。若夫身纏世網而藉口林皐，志溺紛華而虚談曠寂，則林慚澗愧而隱德之衰也。不惟滓我山靈，茲編因之蒙垢矣。

桑溪禊飲序

東郊桑溪，距閩城十里而近，故王無諸流觴之所也。世代既遐，勝遊久廢。雖逝者如斯，滄桑未改，而吟跡罕至，榛莽可悲。余先壟實奠其右，每一至止，輒留嘯詠，而同遊寡和，未抒所懷。

萬曆己亥祓除之日，和風初扇，晴旭乍開，遂集諸賢禊飲其上。泉聲琮琤，石勢盤曲，蒼林葱蒨，黄鳥嚶鳴，草色疊爲裀氈，松籟韻爲弦管。或踞磐石之次，或席叢薄之陰。列坐不拘，浮觴無筭。臨流泚筆，酒再詩成。以詠以遨，窮日而反。搜先代之遺墟，躡會稽之芳躅。

歐閩至今二千餘歲。寥寥今昔，來者爲誰？王子玉生，即景繪圖。余敘其概，倡和諸什，列于左方。

送金山持心上人序〔一二〕

金山當大江之中，舊有浮屠以鎮湍悍，宋季毁於兵燹。越四百餘年，無有發此弘願者。寺僧萬緣矢心興復，經始隆慶之庚午，告成于萬曆之甲午，歲逾二紀，費靡鉅萬。丹徒陳君從訓施舍利子、堅固子各一粒，置于塔頂，每歲正月五日放大明光，彌漫天地，閩山人壽卿曾三見之。塔功甫成，緣師示寂，其徒持心尚以佛像未全，廊廡未備，崖岸善崩，持許少傅、馮太史疏文入閩抄募。夫閩，故所稱海濱鄒魯之鄉也，士多服膺儒教，告以竺乾之旨，鮮有合者。故上人居閩累月，頗落落，不稱所懷來。于其歸也，余社諸子各賦詩爲贈，且以告諸四方之善信。夫財施，施也；法施，施也；兹編也，所謂以空言施耳。書之以解嘲。

送屠田叔運丞使京詩序

使者軺車，肅王程于四牡；故人杯酒，悵離緒于三秋。縞帶交情，有同季子；布衣名飲，尚憶平原。分白社之蓮，淒然如夢；折紅亭之柳，黯爾銷魂。

劍拔衝星，度延水而龍精對泣；冠簪偃月，宴幔亭而鶴馭高翔。尋七里青山，嚴子一絲未斷；破千層白浪，錢王萬弩猶張。響屧聲沉，月冷西施宮裡曲；浮屠影動，雲生北固寺前鍾。觀揚子之奔濤，《七發》何誇枚叔；問樵人以古墓，千金尚説王孫。楚國笑沐猴，空聞叱咤；彭城登戲馬，不盡唏嘘。易水猶寒，吊燕丹，霜飛匕首；荒台未圮，收駿骨，風入輕蹄。路近長安，舉頭見日；心懸魏闕，稽首瞻天。目斷關河，歷吴越燕齊之境；身經水陸，作東西南北之人。雖獨賢勞，堪窮勝覽。霄漢熥等惜君之别，贈人以言。即景繪圖，縮江山于片楮；分題刻韻，獻草澤之狂歌。不相聞，敢效雞壇之祝；雲山一以别，徒興驪唱之悲。萬里之行，自此始矣；千秋之誼，何日忘之。

送人游吴詩序

玉液浮尊，聽陽關之疊奏；金陵覽勝，瞻畫鷁之旋飛。悵一日之三秋，破長風于萬里。足下詩酒襟期，芝蘭臭味，享素封于海國，識白練于吴門。五湖比跡陶朱，三徑希蹤元亮。

時維三月，序屬暮春。杏錦飄紅，楊花散白。唱驪歌于烏石，響遏行雲；泛桂櫂于芋江，心隨流水。滿船離恨，千疊雲山。霞嶺摩空，江郎接漢。吴山極目，還興瞻帳之思；三竺尋幽，頓起維桑之望。飛觴靈隱，六橋楊柳依依；鼓枻西湖，十里荷花灼灼。虎丘吊古，感花草于吴宫；鵲觀登臨，嘆黍離于晉苑。渡尋桃葉，挾紅袖以行歌；臺陟雨花，對緇衣而演偈。腰纏十萬，揚州之鶴堪騎；經就五千，函谷之牛可度。壯遊非偶，勝地不常。顧促膝之多年，悵分襟之在即。清風朗月，寔切銷魂；緑樹青山，載勞延想。橋頭折柳，託離緒于尊前；隴上寄梅，慰相思于別後。

林熙工面壁洞詩序

旗山真隱，峴水幽棲。小洞如丸，可面九年之壁；方池似斗，長開五葉之蓮。怪石懸空，地是補陀真境界；曇花散影，人如天竺古先生。窗外竹，交陰匝地，踈枝瑣碎；房前松，偃蓋中霄，靈籟參差。無事像人間，只有鳥啼花落；何心悟佛法，但看雲散烟消。避俗掩柴關，霞封洞口；尋僧度蘿徑，月掛枝頭。交結素心，座有清言。三兩客障除綺語，龕留圓覺；一函經傳無盡燈，去有漏果。林間諦聽，多聞唵啞吽之聲；壁上留題，半是摩訶薩之偈。信人間之淨土，而沙界之諸天也。

如熥者，學愧周顒，志慚許掾。佛容爲弟子，百千萬億有清淨因；天許作閒人，三十四年無罣礙故。拈花而赴會，期捨津梁；折蘆而度江，願登彼岸。共結三生之約，同參一指之禪。雖世界本空洞，難留于萬刧；況文字爲幻義，已落于三乘。然欲紀興于一時，是宜揮毫於寸楮。

陳汝翔泡庵詩序

友人柯嶼陳汝翔者，跡混世緣，心通内典。禪能參乎一指，識已絶夫六根。去迷心亦去慧心，慧迷皆妄；無我相亦無人相，人我俱忘。知世界本空，倏往倏來，皆成幻境；信人生如寄，有生有滅，總是浮漚。于是結彼小菴，命名曰「泡」。

即汙泥爲淨土，化煩惱作菩提。旛影經聲，依然梵宇；朝鍾莫鼓，不異祇園。但求捨妄歸真，豈曰援儒入佛。經譚小品，落盡天花；法演上乘，翻殘貝葉。支公至止，松間月照袈裟；玄度時來，竹下雲生屝屨。數聲殘磬，揮玉麈以高談；一炷名香，坐蒲團而入定。何方更爲彼岸，此地即是津梁。功徧河沙，地同樂國。

兹者，王君崑仲，泚筆爲圖，移彼一丘，歸于寸楮。熥與汝翔，三山結社，久爲五字之交；萬刧同修，期面九年之壁。悟兹泡影，便可明心；玩此丹青，如同指掌。漫題數語，僭序簡端。凡有知音，毋辭載筆。

贈歌者周文成詩序〔一三〕

辛卯之冬，道過東平，於沈刺史席上邂逅青陽歌者周文成。幻質江南，栖蹤濟北。聲掩秦青之妙技，衣留韓掾之餘香。風神一片玉同清，眉黛九華山並秀。舞袖翩躚似鶴，歌喉宛轉如鶯。倚柱尋思，欲賦江淹之別；當筵流盼，能迴刺史之腸。睠爾目成，令人魂斷。滿堂燈燭，會難擬乎絶纓；觸目琳琅，愛何辭于剪袖。未遂平原十日之飲，難爲郵亭一夜之眠。雞既鳴矣，恨僕夫之整駕；馬不進也，實爲爾而躊躇。行行重行行，天涯地角；嘆息復嘆息，日居月諸。齊州安在哉，心憂曷已；美人不見兮，我勞如何。顧予浪跡難期，君亦萍蹤無定。漫賦四絶，用抒寸心，異日重逢，持爲左券。

青樓俠氣詩序

李姬儀卿者，廣陵麗質，越國名姝，幼出良家，長淪伎舘。香飄荳蔻，爭傳金屋之嬌；臉射芙蓉，共訝玉卮之女。歌裁白雪，玉皇前殿書仙；袖舞迴風，漢帝專房飛燕。慕菁華之士，曾同枕上敲推；陋紈綺之夫，豈顧囊中羞澀。目澄秋水，對人效青白之步兵；口綻纓桃，清話類雌黄之王衍。風神姣矣，俠氣翩然。真爲吾党中人，豈墜風塵俗品。雲飛楚峽，夢魂曾托襄王；月暗秦臺，律吕未逢簫史。甘倈河清于白首，敢嗟薄命於青樓。雖車馬如雲，而寸心似水。幸逢我輩，均屬賞音。紅拂佳人，顧英雄於逆旅；朱顔鄰女，窺才子於東牆。何意婦人，比蹤豪傑。不獨結抱衾之好，抑亦聞束綾之歌。一雙玉杵堪携，三斛明珠可换。湖州十年之約，緑未成陰；郵亭一夜之眠，紅猶在臂。數株楊柳，可垂牆内之絲；一片禪心，永作泥中之絮。所有贈言，并録末簡。漫題左券，以訂後期。

校勘記

〔一〕五音篇韻，即《改併五音類聚四聲篇海》，明萬曆福州開元寺刻本。

〔二〕萬曆旃蒙協洽之歲月中無射閩中徐熥譔，此十七字原闕，據明萬曆福州開元寺《改併五音類聚四聲篇海》本補。

〔三〕遊山集序，鈔本缺此篇。

〔四〕卷，鈔本作「捲」。

〔五〕筑，鈔本作「築」。

〔六〕永福陳令，底本目録原無此四字，據正文補。

〔七〕余族不知所自始自宣義公而下，鈔本《荆山徐氏譜·序文》作「余族世居懷邑之荆山自宣義公遷於閩邑之台江」二十字。

〔八〕九代，「九」當爲「七」之訛。據《荆山徐氏譜》：太祖貞，又名景宗，謚宣義，孟房信支祖，始自荆山遷至臺江。高祖旭，字孔明。曾祖鏗，字振聲。遷居鼇峰，遂世居焉。祖演，字汝長。父梆，字子瞻。永寧令。梆子熥、燉、熛，熥子莊、䕫，計七代。

〔九〕願與族人共三復之，鈔本《荆山徐氏譜·序文》此句後有「時萬曆二十二年甲午秋，十六世孫熥惟和謹書」十九字。

〔一〇〕八閩選貢序齒録序，鈔本缺此篇。

〔一一〕敭，鈔本作「揚」。

〔一二〕《送金山持心上人序》以下至《林熙工面壁洞詩序》四篇，鈔本缺。

〔一三〕《贈歌者周文成詩序》及下篇《青樓俠氣詩序》鈔本缺。

幔亭集卷之十七

閩中徐　熥惟和著
友人曹學佺能始選
鄗時豐有年編

序文

福寧州刺史史公膺薦序〔一〕

史大夫刺秦川三年，報政于天子，天子下詔褒美，封父母如其官，葉太史氏紀之詳矣。越兩年，政益脩，民益治，嘉聲益以隆起。直指使者陳公持繡斧來按八閩，核吏治能否，事竣當報命，又首疏大夫名于當宁。維時秦川之僚屬，以至縉紳父老，聞者罔不沾沾然喜。謂直指使者之能知人，而聖天子明見萬里外也。既又鰓鰓然懼矣，夫子大夫以治行稱最，而後喜可知也，奈何而懼也？蓋漢世良吏之盛，率多久任，至有長子孫者。國初時，猶有九年爲滿，而增秩復留者，今率再考而輒遷矣。

史侯之蒞茲土也，已越五載，名最御屏者三。方今用人如渴，寧有治行如史大夫而久佚于東也者，則安得無懼也？大夫以名進士起家，年方韶秀，而沈幾朗鑒，有老成石畫。甫下車，以學校頽廢，即葺而新之。刼文昌祠爲青衿課習之所，每一校藝，輒爲之品騭彈射，士無不醉心而解頤者。州治當祝融之後，廊廡蕭然。大夫請于當道，爲之改創，不旬日而復還舊觀焉。州志燬于火，乃延請士夫文學增輯删定，備而且核，大夫潤色之功居多。

邇者海寇陸梁，秦川瀕海，爲郡藩屏，而承平日久，武備廢弛。大夫爲之謹斥堠、議兵食，時訓練當事者，藉以無恐，其功如尹鐸在晉陽時。性又愷悌，不樂箠楚，非椎埋胠篋、姪媟譸張者，未嘗妄施一刑。至於猾吏狡書，則重足斂手而不敢有所變弄，以干三尺。其吏畏而民懷也如此。

大夫雖皇皇乎吏治，而性耽山水。勝日則與僚佐縉紳登高脩禊、命酒賦詩，有山簡之風。州有太姥山，林巒窈窱，爲仙人壑宅。大夫政暇，裹糧襆被其中。東望海氣，而三島十洲吞吐者八九，識者目爲僊吏云。若夫冰蘖之操，拮据之勤，謙抑之度，則又難以縷述矣。

茲大夫之膺薦剡也，半刺徐君、于君，州幕陸君，乞余言爲賀。余察三君之意，且感且頌。夫頌者，公也；感者，私也。然三君之所謂感者，非以大夫能夘翼而濡沫之，佩德而啣恩已也。凡吏之難，難于佐，非佐之難也，佐而遇長吏之難也。才者見抑，不才者見擯，非壹意孅趨，動輒枘鑿矣。乃大夫之待僚佐也，通之以情，節之以禮，帥之以義，各盡其才，毋令淹抑，左提右挈，以匡其不逮。然後知三君之感，非私而公也。徐君徵大夫寵靈，方擢官淮海，不日將束行李別大夫以去。而于、陸二君，雖得與大夫少日周旋，又恐徵書旦暮且下，不能長侍教于君子也。此三君之所以聞而喜，喜而懼也。昔何武去後見思，世以爲美譚，乃大夫方握符曳組于堂皇之上，而僚佐、而縉紳、而父老，以虞其去而鰓鰓然懼也。此其治行，豈冠進賢者所常有哉？藉令大夫一旦被新命而去秦川，其人情又當何如也？

余沾大夫郭陽之潤，又重以三君之請，故捃摭其大略如此。山林之言，不足以重大夫，其亦擊壤、吹竽之意也乎？

都轉運周公考績榮封入覲序

轉運文野周大夫，以名進士起家，筮仕爲侯官令，歷郡丞尚書郎，稍遷二千石，以至今官。蓋公通籍以來，茲且踰二紀，同時躋膴仕者不可勝數。以公之才，雖數歷中外，晉上大夫之秩，然不得出入帷帳，斟酌元化，對揚天子之休命，猶越在海隅，持籌握算，堇堇收山海之利以報縣官，論者咸爲之不滿。乃公恬然安之，謂人臣而希寵榮、蘄速化，則鹺司誠爲閒曹；若爲陛下計緩急，以佐軍實，則鹽筴豈不稱至鉅至鉅哉？即微臣且懼無以報塞芻輓之任，而寧論積薪哉？識者莫不嘖嘖。大夫之能守其官，而知朝廷之倚毗于鹺政者重也。昔箕子作《洪範》，初一曰五行，一曰水，水曰潤下，作鹹。而齊桓公之表東海也，亦曰謹正鹽筴而已。此國家大業，所以制四夷安邊足用之本，不可廢也。

國朝於寓内設轉運司者七，而閩居一。閩依山負海，厥地瀉鹵，厥賦中中，東南一都會也。四方商賈繦至而輻輳焉，歲榷若干緡，以給公家之用。方今島夷生心，躪踐我土，兵食之費半仰東南，一有不給，則大司農坐堂上有仰屋歎耳。責任夫豈輕也？閩中以鹽筴起家者，非大族則巨商。族大者難擊，而挾素封之資者，往往以錢刀之力挾制主者短長，至有奸我厲禁而莫可誰何者。大夫來司閩鹺，雖持法平恕，不爲竭澤。然一骫于法，則以三尺繩之，即有力者爲之求免，大夫固謝曰：「法如是，弗敢阿也。」卒不可奪。以故亡賴少年興販爲奸，走死地如騖者，當大夫爲吏滿三載，不敢私越一艘。大族巨商，尤奉功令惟謹，而鹽政以平。

兩臺使者以其最上考功令，考功令上天子，天子下璽書褒美，贈三代如其官。適明年天子又當大計吏，大夫乘傳行有日矣。方今主上深拱有年，兹當考績幽明之期，行親四岳郡牧，以咨理道得失。大夫上最凡幾十牘，書御屏者屢矣。且趨陪輦轂以論思獻納，安得久司度支水衡，而敝敝于榷算之役也？遭時遇主，此其一時，豈非拙者爲政之效乎？兹行也，鄉之縉紳父老皆有言爲贈。熥逢掖賤士，受大夫之禮遇獨深，又于長公先生有國士之感，稱通家云。雖淺陋不文，而情之所激，輒摭大夫醢政之萬一，著之于篇，以紀別云。

古田邑侯劉公考績序

方今天下行久任之法，郡縣守令非越兩考不得遷。其滿三載也，皆得上其績于考功而高下其等。乃今之吏，未有不滿三載者，按籍而觀其所上治行，非不犂然舉也。然夷考其政，亦有賢否混淆、真贋相半者。故雖獵虛聲以徼上最，而民寔有口，其誰與之？遂三年報政之典，一切虛文視矣。

玉田劉侯，三載而報政，循故事也。乃一時大吏交口而賢，僚佐服膺而頌。自縉紳、學士以至山農、田叟、氓隸之屬，罔不擊節謳吟，此非可以虛詞借也。蓋今之剖符爲吏者，卑者競利，高者競名。踈闊其治條，綢繆其虛譽，求其家視邑、子視民，夙夜焦勞以奉宣德意者，不數數見也。即鋭意理道矣，然慕精明者傷于鷙擊，用寬和者流爲苟且，則才力相懸而難臻顯效耳。

若劉侯之治玉也，早起坐堂皇，不日昃不休，不夜分不寢。日與二三父老講求治安之術，譽不加勸，毁不加沮，脩舉廢墜，不遺餘力。治玉三年，無不興之利，無不剔之弊。其大者，如脩學校、立義倉、均郵役、練甲兵、繕城郭、嚴斥堠、除戎器、理寃滯、省贖鍰、教子弟、禮遺逸、賑流亡、弭盜賊，其他善政難以更僕。入其疆，民熙如也，吏肅如也，廟貌、黌舍、粉堞奐如也，倉廩囷如也，組練耀如也。士歌于宮，農歌于野，商旅歌于市，闤肆絶愁嘆之聲。委物于道，過者不敢睨也。

自有邑以來，治未有如今日者。故觀于劉侯，而知王道之足以興也。蓋侯秉心愷悌，而運以警敏之才，案牘盈庭，決如流水。其于錢穀户口之數，隸首不能窮者，侯一見而倒覆誦之。即有狡胥獪吏，且咋舌斂手之不暇，何弊之敢生？赫然神明稱矣。吏畏而民懷，則實心實政之效也。前直指徐公薦侯于朝，今中丞金公品騭郡縣長吏，輒以侯爲稱首。今直指何公讀侯所建白，未嘗不篇篇稱善也。一時藩臬諸公爭相嘆伏，無敢以屬吏禮待侯者，侯之治狀可徵矣。故必有劉侯之報政，而後知考績之非虚文也。漢宣帝拜刺史守相，輒親見問，觀其所由，退而考察其所行，以質其言，有名實不相虚者，必知其所以然，故漢世良吏爲盛。茲者，聖天子雖端居静攝，而綜覈名實過于漢宣。以侯治玉之績，由考功而達黼扆，且將增秩賜金，酬以顯擢，如漢室之所以待渤海、潁川者。玉之父老雖有長子孫之願，安得而久借之？

邑佐李君、黎君、典幕何君、博士晉君、廖君、饒君，沐侯之政教爲深，思所以紀侯之績，走幣丐余言爲贈。余方挾策春官，戒行有日，遂著侯之實績於篇，見侯之所三年而報政，與今世名實不相符者異也。若璽書之徵，則余在草茅下，且先拭目以觀矣。是爲序。

呼將軍晉秩營帥序

吾閩世禄之家，建節登壇、有古名將之風者，獨温陵俞公盱江、鎮東呼公益齋、秦公東望耳。余生也晚，不及見俞公。乃其海上之功，閩父老猶能道之。當呼公佩大將軍印鎮閩時，秦公同時爲閫帥。余方爲諸生，寬衣大帶，懷三指刺入謁於轅門。故猶及識二公狀貌，與其籌海之略云。秦公巨目鋭頭，沉毅鷙猛，大小經數百戰，功當封，以數奇，時挂吏議。屢起屢躓，不及登大將壇，竟老矣，余甚恨之。呼公英英玉照，望之肅然。才氣天下無雙，以千夫長起家至大將軍，肘後金印大如斗，前後所獲萑苻之魁無算，環海而築京觀者相望也。金繒文綺之賜歲時不絶，其名位與俞公等。

今呼公往矣，公之子允齡，弱冠以萬户侯入掌撫臺中軍，越四載遷督府營帥。位稍尊，望亦隆隆起矣。當今海内有無事之形，而南夷北虜有輕中國心。乃島夷躪踐我土，吾閩寔當其衝，往轍可鑒已。非得智謀勇力、曉暢軍事者備宿衛之選，以時其訓練，一旦有急，欲使紈絝之夫，出没於粘天浩汗之間，馳驟於荆棘霜露之野，有望艅艎而心悸，聞金鼓而魂奪耳。安得寒山城君之膽，令當事者高枕臥乎？允齡將家〔二〕子，有父風，慷慨多權略，每〔三〕借箸而籌，決古今成敗，瞭若指掌。蓋得其先將軍帳中之秘者居多。當允齡爲中軍時，適枕戈臥鼓，日服兜鍪韎韐，鵠立於欄楯之下，雖有奇無以自見。兹且晉位營帥，則行伍之事，允齡實司之。日擁高牙大纛，揮白羽於風雲魚鳥之中，以其所讀父書通變而用之。出而脩軍容，入而贊帷幄。大將軍藉以爲心膂肘腋，亦足以少見其奇矣。邇者嘉隆間宿將凋謝，略盡其組練而起於行間者，皆舍人子侯稱將種者也。允齡悦禮樂而敦詩書，胸中如武庫，持滿如月，鳴鏑如雷霆。行將南掃倭、北拒虜，馬頭露布，飛聞于上，以舒至尊拊髀之憂，燕然麟閣之勳，舍允齡誰屬耶？則呼氏世有功於國家，而吾閩之名將，且與秦晉燕趙比隆矣。允齡奉璽書，將臨帥府，兩府群僚各徵言爲贈。其居大中丞幕下者，則惜呼君〔四〕之去我。居大將軍幕下者，則慶呼君〔五〕之帥我。皆質之徐生，徐生謂「朝廷開兩府以統兵制，文撫臺，武總鎮，腹心干城之寄，一也。方今文武大吏，同心協力，以靖疆埸。將相調和而士豫附。兩府群僚士卒能一乃心，聽呼君之約束，犂庭掃廬，備縣官任使，即呼君與有榮矣。奚必惓情去留，而左右其袒哉？而況瑂戈鵲印，呼〔六〕君舊物，且將揚旌萬里之外，一偏裨之任，安能久羈呼君也」？諸君怡然而釋，曰：「辨矣，徐生之言。持此可以報呼君矣。」遂書而授之。

送黄博士致仕還劍津序〔七〕

士之通籍于時而躋華膴者，少壯登朝，以至顛毛種種，蓋甘之若飴。然一旦投閒置散，則有愀然不樂者耳。其視脱進賢如敝屣而急流勇退者，蓋難其人。況於廣文先生，職卑秩薄，歲得俸錢不堪果其腹，所遇一不當意，乃能解組拂衣，不屑屑然以一官爲雞肋，此其事豈不尤難哉？若永陽學博黄先生，斯其人已。

先生家世劍津，弱冠以文知名，得迭廪餼，然數奇，屢應省試，皆不中程。歲辛巳，以貢上春官，授鉛山司訓，積數載，得補今官。先生至永日，與諸人士講道論德，又以其餘課公車之業，人罔敢弗嚴憚者。至于燕見，則又怡怡愉愉若家人父子，以故永之人士無不服膺黄先生也。先生故善屬文，即已列仕籍而佔俾如經生，督學使者三臺耿公、夢池李公，先後試諸郡邑博士，先生咸裒然居首。人皆謂先生才名籍甚，必不以一氈自老者。然性倜儻，不爲繞指柔。著永陽篆者，與先生謬爲恭敬，而陰寔含沙。故先生卒遷周府教授，竟掛冠以去。夫士屈首六籍，淹躓黌序，二十餘年而得一職，乃坐不及煐而竟投之散地。人無不爲先生扼腕，乃先生怡然自安，而不肯曳裾王門以叨升斗。此其皭然不滓，求於今世之士，指可幾屈乎？

先生産于延津，其山川奇秀，如九峰、玉華、中岩之勝，皆在目睫間。先生之歸也，頭尚黑而勝具未乏，日與二三朋舊舟航杖屨，以觴詠諸勝之間。其視折腰貴人前以博此苜蓿，沉冥仕路白首而不休者，其趣操相距，不猶蛣羌轉之與蘇合哉？則人之所以中先生者，固所以全先生而成其高也。

永弟子陳夢弼、林用玄輩，沐先生教澤爲最深，於其行也，丐王君崑仲繪圖爲别，而猥令小子熸借言于其首。余言何足以重先生，乃先生之高風盛節良有可述，則小子何敢讓焉？是爲序

送陳起文赴京序

國家以經術取士，士皆騖于經術，而經術之富則首稱吾閩。佔嗶之聲闤闠不絶，然束髮

受經、老而不能青其衿者什之九。即青其衿矣，然三載所貢士，歲有定額，數上不中程，則顛毛種種。即幸得試南宮，然爲文一左其格，則有敝衣羸馬蹩躃于風塵之間，望春明門而泣耳。故閩雖家禮樂而户詩書，然士之得志于有司者，抑何寥寥也。士不得志于有司，有俛首于帖括之習、不老不休者，即欲博採遐搜，究心風雅以垂不朽之業，難矣。莆田陳君起文，少不得志于有司，遂棄公車之業而爲郡掾，三載考績進爲藩司掾。陳君之爲掾也，卯酉抱案牘給事功曹，退則下帷，挾古人書，伊吾不輟，間操鉛槧，學爲聲詩。凡莆之以善詩稱者，陳君皆得與之鴈行，一時藩伯諸公咸器重之，謂此恂恂儒生也，奚必逢掖章甫哉？今且將挾筴上京師，年甫弱冠耳。

藉令陳君而雞肋一經乎，方將呻吟于腐梨敗棗之間若蠹魚，然何暇學爲古文詞。一不得志于有司，則桑户蓬樞已矣，安能裹三月糧過吴越、齊魯、燕趙之墟，觀帝王宫闕之盛，與四方賢豪長者相結乎？其視桎梏于經術、老而不出户庭者，相距萬里矣。

或謂陳君生有異質，不以經術鳴而起家掾史，有爲陳君惜者。不知士顧樹立何如耳？自古有舉賢良、孝廉、秀才異等，其文章功業往往不足稱。而古今名士起家爲掾者，代不乏也。阮瑀爲魏丞相掾，知名于世；阮瞻以「三語」見辟于司徒；庾峻歷郡功曹，舉計掾，乃潛心儒典，與何劭論風雅正變之義，起難往返，四座莫能屈。即以郭象之好莊、老，能清言，以文論自娱，亦辟爲司徒掾。古之人嘗爲之，寧獨陳君哉。陳君美容止，善名理之談，有晉人風致，則於數君奚愧焉。故於其别也，因諸君之請，書此以壯其行。

大中丞博野張公五十壽序〔八〕

江陵大中丞張公，以弱冠成進士，起家縣令，歷郎署卿寺，困頓仕路者二十餘年，始至今官。維時江陵相挾縣官不世之寵，以鉗制天下。縉紳大夫不出其門者淹抑至老，重足屏息而立，安所望華膴哉？中丞公與江陵相同里閈，雅欲引公以爲重。公在兵曹三載，未嘗一登其堂，復持論侃侃。江陵相心銜之，故通籍十五年竟不越郎署。江陵相敗，然後稍遷至御史大夫，持節鉞來撫吾閩。則聖天子所以拔擢守正之臣，亦拙者爲政之效矣。藉令江陵相而終秉國鈞乎，則正直如公，事且不測，寧問積薪也。乃言者脩郄於公，謂公徼江陵之蔭以獵顯榮，而所以詆公者，其事多謬戾不合。公乃抗疏自鳴，解節鉞而還江湘矣。

嗟夫，臺諫公論所自出，乃目正直爲婞婳，指拙宦爲速化，國是何從定乎？公之歸也，年甫踰四十。頭如漆，雖歇歷中外，騰茂策勳，然胸中之奇未抒其萬一。方今國本未定，國計日詘，天驕煽禍，島夷内訌，天下譊譊稱多事。寧有社稷臣如公，得遽厭承明，營菟裘以自老乎？

今年公壽五十，閩之將吏咸謀所以壽公。謂公家荆襄，去太和、衡岳之山不遠，二山皆神仙窟宅，而沅、陵之陽，丹砂出焉。公少習陰符之秘，又脩眉白晳，望之飄如神仙。其於延年益壽之旨，當必有獨詣者，此足以爲壽矣。余謂此非所以壽公也。《周禮》五十而始曰艾，服官政；六十而始曰耆，指使；七十而始致政。公年五十，而投閒者數載，與周家用人之典一何剌謬也。公方今去懸車之年尚遠，天子念萬機之脞，割一二以煩公，公必强起東山而應之，上而翼國儲，下而榷國計。南靖倭，北禦虜，奠國家于磐石之安。此公之所以壽國，政公之所以爲壽也。區區煉精煉氣之談，何足以爲公祝哉。

然延年之説，始于老氏，而其大旨，不過爲而不恃，功成而不居，居萬物之後，處衆人之所惡而已。方江陵相勢焰熠奕時，士皆競而公獨恬，故不與之同敗。及公之被含沙〔九〕也，士大夫無不爲公扼腕者，乃公恬然就道，無幾微見于顔色，且角巾布袍往來于洞庭、瀟湘之浦，以自適其適。則公之於道深矣，此壽徵也。則諸將吏所以稱百歲之觴者，誠非臆説。余之捃摭于篇，以致遥祝云。

昭勇將軍齊公壽序

高皇帝削平宇内，大封功臣以藩衛王室，公侯伯輻輳於内，衛所星羅繡錯於外。齊將軍其先温姓，爲勝國駙馬，從高皇帝定天下有功，賜姓齊氏，封於樵，食萬户，傳幾世而至於將軍。

將軍恂恂長者，而又機警多權略。當道以爲廉武，使督盜賊。日椎牛饗士，令間諜巡行鄉邑。樵郡界萬山中爲盜藪，諸凡作姦犯科、鑄錢、發塚者，夜聚晝伏，郡捕邑尉莫可誰何，將軍皆廉得之。故盜賊聞齊將軍名，咸喘息奔命，俯首就縛，盜亦尋息。當道以爲能，先後下檄旌美。方今天下晏然，櫜弓臥鼓，即有謀臣猛士，皆老于行間，無可表見。將軍生紈綺之家，襲祖先餘蔭，黄金横帶，稱貴倨矣。猶能掃清境土，顯功名于一郡，令當高皇帝時，萬户侯豈足道哉〔一〇〕。將軍資兼文武，雅好儒術，逢掖有投〔一一〕刺者，輒倉皇倒屣，以故縉紳先生、文學之士〔一二〕，無不謂齊將軍知人能禮士也。事繼母以孝聞，有弟不忍分貳，歲所入禄米捐半以與之。文武孝友，將軍之謂乎？性喜音律，帳下健兒有善歌者，日令其彈箏擊筑爲樂，有祭遵之風。

歲甲申，余有樵之役，識公於嵩山蘭若，相得甚歡，未幾而別。今歲與王君玉生、季弟惟揚復客于樵，將軍舘余别室，日啣杯酒，接殷勤之歡，敦世好焉。是秋將軍方五秩，余以道遠不能稱觴，玉生作圖，而余爲文以記之。令蒼頭裹十日糧，趨麾下爲壽，且頌且祝云。

雲溪劉翁七十壽序〔一三〕

嘗稽載籍，自古以壽稱者，莫如崆峒、偓佺、赤松、黄石、籛鏗之流，其住世遠者千百餘歲，近者亦數百歲。此皆栖心冥漠而塵壒人世，故歷萬刼而壽無窮也。即後世脩真之士，亦必伏處大山嵁巖之中，屏絶世紛，葆精煉氣，而後能得長生。蓋城市紛華，山林澹泊，紛華者伐性之斧，而澹泊者所以養壽命之原也。遠者不具論，即以余所見，世之龐眉皓首、負暄炙背于衡門之下者，皆田翁野老，而三河五陵之俠少跅弛不羈者，蘭摧玉折，往往而是。此莊生所以有感于臃腫之樗，而去彼取此也。

侯邑有村曰「唐舉」，去城百里而遥，其地依山帶溪，樹木蓊鬱，而雲溪劉翁世居其中。翁性恬澹，壯歲棄刀筆之業，營菟裘以自老，採山釣水，徜徉於雲煙蒼莽之間。桑户蓬樞，有廣廈連甍之適；糲羹雞黍，有甘脆肥膿之樂。行則藜杖草澤之安車，坐則花裀山家之累褥。所往還者，皆園翁溪友，無唯喏磬折之勞。其所游不出里閈，無遠道風塵之苦。禾稼登塲，先捐什一以輸縣官。即伍伯之屬，不得一至翁之庭焉。日晏而起，不冠不履，提携諸孫，臨流漱濯，歌聲滿天地。凡世之榮辱得失，皆不足入翁之靈府而滑其和。故翁雖不習于吐納導引之術，而行年七十，視履如故，神明不衰，則以澹泊而全天年之效也。

世所傳武陵問津事，未必盡爲神仙。然以避秦之故，遂與世絶，歷漢魏與晉，皆數百歲猶有存者。翁之所居，雖不及武陵之僻，然市聲不入耳，俗軌不至門，衣裳無新，俎豆猶古，哀樂不殃其平粹，思慮不銷其精神。翁之壽固未艾也，況翁之積行累仁，老而弗倦，於吾儒仁壽之旨適有合焉。而神仙度世，亦必擇玄默之士而授之，安知不有鐘吕者出而傳翁以長生久視之訣乎？彼區區期頤之筭，不足爲翁祝也。

黄隱君道晦謀所以壽翁，而翁欲得予之一語。夫稱觴之詞，不索于華膴而索于山澤之癯，則翁之微意亦大略可睹矣。敬著之于篇，以爲祝鯁之助云。

長溪薛隱君七十壽序

海内洞天三十有六，吾閩長溪霍童山居第一，其山川靈秀，爲神仙窟宅。又有太姥山，其奇埒于霍童，寔堯時太姥飛昇之所。余嘗按《圖經》，心嚮往之，謂其中當代有至人長生久視，如葛稚川、陶弘景之流以當其勝。

薛公者，其先楚人，從高皇帝起兵，屢有戰功，賜爵衛尉，食禄長溪，遂爲長溪人。數傳至公，公嫡子當襲。然公少失怙，母夫人張太君寔教督之，學爲儒，嘗曰：「丈夫當如司馬長卿，以《子虚》受知人主；不則當爲留侯、鄴侯，求青城、赤松而隱耳。奈何藉祖宗餘蔭，以紈綺自耀乎？」竟讓之族人，而籍博士弟子，又不售，乃杜門卻掃，脩導引之術。今年公壽七十矣，而顔如渥丹，步履矯健，望之如神仙中人，較之稚川、弘景，又何讓焉。夫葛令望絶榮華之塗，志安窮圮之域，隱居掛冠，神武而後，得登仙籍。蓋簪纓軒冕，有道者視爲桎梏土苴，薛公棄侯封于敝屣，宜乎含真抱朴而享有天年也。陶、葛二公皆家茅山，有三茅君遺跡，故得成道。霍童、太姥，自混元以來飛騰羽化者歷歷可數，且其中多産黄精紫芝，可以延年益壽。薛君試即其地而求焉，九轉之術可旦暮得矣。又按，稚川之隸仙籍也，得其秘于從祖葛玄。薛公大父子静公習養生家言，壽幾百歲，則公之有道術而享松喬之壽也，所從來久遠矣，寧獨山川之助哉？

壽李隱君八十有三序

九華李先生，今年八十有三，髦矣，而神情矯健，視聽不衰。閒坐一室，即市闤溷耳，晏如也。客至則對奕，竟日不休，未嘗先倦而求止。先生少年擅書學，得格于歐陽率更、顏魯公；老而益精，即今猶能作蠅頭細書于燈燭之下，目不昏、腕不弱也。先生之神，可謂王矣。

說者疑之，以質于徐子。徐子曰：「是烏足疑哉？」先生系出柱下，專氣致柔，復歸於嬰兒，此柱下之旨也。先生貌恭而心謙，與物無競，斤斤程度，至老不失尺寸焉。其醇履姱節，儼然有君子長者之風，於專氣致柔適有合焉，宜其壽矣。衛武公九十而不忘儆生正學，申公躬行維時，皆八十春秋也。先生神彌王則德彌脩，德彌脩則壽彌固。遐齡上算，先生需之猶旦暮也。

當余少時，執經鄭夫子之門，夫子所居越先生廬數百武。余朝夕往來，見先生與客垂簾對奕，勝不喜，敗不怒，此足以徵先生之養矣。倏經二十餘年，余齒以逾壯，而先生神明如舊，可不謂難哉？先生仲子以文無害起家，行取升斗以榮其親，而曾孫林立膝下，則先生之取盈於造物者，固不獨以壽也。遂因鄉輩之請而書爲酌者詞。

執金吾林先生壽序

肅皇帝時，天下北苦虜，南苦倭。而承平日久，士皆持文墨議論，不習金革。至於簪弁之家，又飲醲擊鮮，智識昏眊，膂力𢜰緩，不足稱縣官任，使當事者憂之。穆廟嗣基，始詔天下良家子有智謀勇略、能曉行陣者，輸粟補官，高者得户侯。於是林先生得以貲爲執金吾，侯萬户。先生早遊黌序，數試不第。居常自嘆，謂男兒負七尺軀，當犂庭掃廬，揚旌萬里之外，奈何垂帷據案，以經生老乎？故卒補是官。

時南北初定，當事者復諱談兵。先生無以自見其奇，乃棄官歸隱於嵩山之麓，日以琴書、魚鳥、水石、花竹自娱。峽江實先生湯沐，去嵩山四十里而遥，時或泛舟往來其間，探奇選勝，如是者垂三十年。先生性慷慨，輕財好施，能赴士阸困，士以此多歸之。有子數人，相繼以文藝知名，爲縉紳學士所推轂。

先生今年六十，老矣，角巾野服逍遥於嵩山、峽水之間，盡銷其少年跅跎之氣，真有道者流也。世謂先生負請纓之志而不竟其用，爲先生惜，余獨謂此先生所以得全其天年者也。嘉靖季，天下稷稷多故，先生方事儒術，不得越樽俎而談折衝。及先生建節登壇，而海内晏然，櫜弓臥鼓，即有奇安施？今先生已老，而西虜陸梁躪踐我土，近又傳日南島夷有輕中國心，朝廷思得謀臣猛士如渴。今先生髩尚黑，且將輕裘緩帶、擊劍鳴刀，馳驅於荆棘霜露之埸，安得岧居川觀、擊筑吹竽爲樂乎？李將軍白首不侯，以爲數奇。若林先生者，蘊奇不試，正先生所以爲壽也。兵法祖黄帝，而道家養生之説亦祖黄帝。先生少習陰符秘訣，未試其萬一。當更求《素問》諸書而讀之，以考其衛生養形之術，則先生之壽行躋於耄耋、期頤未艾也。

余又聞，三世爲將，道家所忌。林氏代以文章起家，獨先生用武貴而又未嘗毒天下，不惟可以壽其身，而且可以壽子孫也。

曹東渠隱君八十壽序

世之所稱吉祥善事者，無如身壽考而子孫顯榮。然壽考矣，乃或體尫羸而神不王，當食哽噎，遇事遺忘，即黄髮兒齒弗善也。其所謂顯榮者，往往困頓坎壈而後博一第，未有綺歲韶年而即致青雲之上者也。若吾鄉曹隱君，則兼而有之。

隱君今年八十有四，耄矣，而神王如少年。其孫能始君，髪甫覆額而即舉於鄉。顯榮、壽考，萃於一門，可謂吉祥善事矣。然司命無親，造物忌完，奈何於隱君獨有厚享也？則樹德之報耳。昔樊侯之樹漆也，數十年後獲其用，況工于樹德者哉？

隱君少讀《左氏春秋》，能通其大義，壯而數奇，家復貧，遂棄儒就賈。賈術巧者有餘，拙者不足。隱君獨以忠誠遊吴楚間，其所獲反數倍于貪賈。及東行李而歸也，人無不臨觴泣下，謂曹丘長者。

隱君春秋既高，子必薦君，復以貲遊江湖，隱君遂營一廛而老焉。日課孫曹讀書，《孝經》、《語》、《孟》，尚能誦如流水，諸孫隨其聲，不及也。雅與二三友生拍浮酒池中，既耳熱，互相唱和，雖不諧于時響，而鼓腹吹竽，歡然自適。謂之市隱，非耶？隱君父母早違養，而奉伯兄元嫂惟謹。其於諸弟，則篤柔愛之道。閨門雍肅，有萬石君之風。韓將軍上其事于閫帥魏公，得比例給冠帶。隱君囅然曰：「吾自儒隱而賈，賈隱而廛，薄德涼行，無一可稱，烏用是濫竽恩舉哉？」竟辭不受。故里人稱爲隱君云。兹當懸弧之辰，父老稱觴爲隱君壽，而述隱君盛德，著之于篇，以當南山之祝云。

梅窗林公八十有四壽序

昔漢樊氏之治室也，先樹漆焉。人曰：「是烏乎及諸？」既而漆成而材，樊氏之宫室什器罔不鮮澤矣。賈其所盈，獲厚直也。夫漆豈旦暮物哉？乃樹之於前而須之于後。其羨利若左券者，況葆人通士工於樹德者哉？《語》云：「繒薄易裂，牆薄易圮。」言涼德之不宜厚享也。故昌熾之休，融顯之姓，必有顓朴長茂者先而樹之。雖疏邇纖鉅之不同，罔不由兹數矣。

玉融梅窗林公者，世居瀚江，代有顯者，獨公脩隱行。嘗嘆曰：「睡蓮之不醒，夢草之不寧，夫物何常，各適其適矣。⿰多刂水瀦則澤，膏煎則銷，吾將水乎，膏乎？樗廢則永，梓用則劉，吾將樗乎，梓乎？尺波不注，河清難俟，吾奈何而自煎、自劉也乎哉？」故于世之浮榮，一切泡影視之，而以隱德高於鄉。居常戒其子若孫曰：「習逸成驕，習驕成靡，家之鑒也。諸浮豔佻僥之習，爾其屏之。」故子若孫咸若于其教，門庭之内，肅雍以和，振振然俱以文顯。其教行于家，有如此者。鄉人有爭訟者，不之郡邑長吏，而質成于公。公爲之剖是非，辨曲直，人莫不輸情以去。其化行于鄉，有如此者。公性好施，見人有急，不啻己私，即傾橐與之，不顧也。其輕財樂義，有如此者。

聖天子霈然發德音，錫章服，以優禮天下耆民之有隱德者。玉融羅侯，首以及公。而公遂褒衣緩帶，豫縉紳之列矣。鄉飲酒禮，甚鉅典也，匪有德者，不得沾其席。而郡邑亦首以及公，而公遂洗爵執兕于子大夫之側矣。

今年八十有四，顔色光澤，耳目聰明，筋力矯健，即少壯弗及者。何以故？蓋盈縮、得失、禍福、安危，生人之大欲也。情之赴也，決于奔湍；意之炎也，猛于烈日。既勞爾形，又摇爾精，穰穰而靡至，日尋而不已，欲無潰壞，庸將能乎？而公抱肥遯之嘉尚，矢碩人之寤歌，樂泌水而耽寂，飡沆瀣以頤和。爲浮慕，爲色想，爲蠅頭蝸角不得入其中而撓之，且將扶桑耀采、若木載光者矣，豈特杖于國、杖于朝而已哉？

夏丈人壽序

老氏有言：「天之道，其猶張乎？高者抑之，下者舉之，有餘者損之，不足者補之。」至人喆士，頤真葆光，樹德恒豐，而取諸物，恒不盡其究也。昫沫封殖，有沖必盈，天道也。晉安夏先生，其生平操履與柱下之旨，適有合者。先生性長厚，削溪刻之行，備醇和之德。其治家嚴篤，諸丈夫子一稟先民之程，而毋敢踰越尺寸，翩翩然有萬石君之風。其與人處，則披衷見素，敦龐悃愊，人莫不謂與夏先生交，真如飲醇也。

方先生少年時，從事計倪鴟夷之策，善以詘爲贏，因敗爲成，必中乃發，必獲乃營。雞鳴而起，足未踰閾，而聲已出堂戺之外矣。晚歲則憣然悟曰：「粟高于山，不買長年；金大于斗，不鑄白首。吾業以一廛遺子孫，足矣。奈何以六尺奉阿堵，幼而奔僕，壯而拮据，頭顱種種而汩汩不休乎？」於是遂謝人間事，一切經營之事不入于其心，日與二三父老斗酒相樂而呼烏烏矣。

嗟夫，河清難俟，人生幾何？乃百物撓其神，萬愁煎其府，日事刀錐以爲子孫百年之計，亦大惑矣。惟夏先生解俗務而踐清塗，破貪癡之網，布檀施之行，視世之蓬心蒿目、白首迷途者，其見不超越萬萬哉？宜其黃髮兒齒享期頤之壽，而芝蘭焜煌，琳瑯輝映也。天道爽乎哉，則柱下之言，誠若夏先生之左券矣。今年爲先生七十，五月某日乃其懸弧之辰，先生諸親屬徵余言爲賀。余謂長生之訣出於老氏，先生所爲與其旨適合，則七返九還之秘，自當神而明之。而區區雕龍繡虎之文，固不足以壽先生也。

楊母葉夫人壽序

自古稱賢媛出于世族者，無如謝夫人。一門中伯叔群從，皆一時名流。而夫人以閨房之秀比蹤豪傑，況其所適者又逸少之子也。夫江左之族，王、謝爲冠，而夫人女于謝、婦于王，誠千古少雙。然史不著其壽，則完福之難也。

若鳳池楊母葉夫人，可謂兼之矣。夫人出於葉。葉，晉安著姓也。夫人兄弟三人，皆以經術起家，相繼貴顯，金章墨綬，纍纍一堂，時人目爲「三桂」。夫人少慧黠絶人，封君公居常欲擇高門快婿以稱其女，遂得上林楊公。楊亦晉安著姓，蓋纓組重重者也。

夫人既往楊氏，事尊章以孝，甚得歡心。楊公以諸生試不第，補上林尉，當待詔金馬，念太母春秋高，不欲絶裾往。夫人勉令就道，甘脆之養，悉以身肩之，視上林尉家食時愈恭，太母亦怡怡愉愉，忘游子之在萬里外也。及上林尉掛冠神武，日與里中故舊飲釀擊鮮，屨滿户外，皆出夫人手調，雖漏盡鐘鳴而尊罍不恥。故上林尉好客，自喜夫人寔從臾之。上林尉既捐賓客，夫人課諸子，督過尤甚，故諸子咸以文藝知名。夫吾閩楊、葉兩族，不減江左王、謝。夫人兄弟皆列仕籍，而所事者又上林尉公也，甚類謝夫人。然謝之聞于世者，以藻績勝。余謂婦人不出閫閾，即令詞藻煒然，何關婦德。若葉夫人者，可謂有謝之遇而德過之。今夫人福履翩翩，由六十而躋於期頤之算，猶旦莫耳，則潛德懿行之報，豈偶然哉？余與葉爲世好，而夫人季子與余又最歡，故術其壼内之德，當南山之祝云。

丁母李孺人壽序

李氏者，新安丁世蓁之婦也，字曰某。鍾氣靈和，秉質婉順，幼師公宫密室之教，早達牖下蘋藻之儀。年十有九，爰歸于丁。維時丁君遊心竿牘，發憤藝文，用是稼穡廢於吾伊，生産罄於鉛槧，養闕瀡瀡，蓄乏庾釜。李既食貧，畢力扶翼，仰奉姑章，力珍無賫，中饋無解嫚之尤，壼閾無勃磎之愆，惠義暢於親踈，淑慎脩於神明。迨萬曆癸未年，丁君遘疾殞薨，李乃哀號毀頓，規以身殉。父母患之，百方解譬，進之以下宫之義，愓之以文伯之誚。於是瘠色忍死，撫育穉孤，晨興夜寢，宣暢義方。既而丁之室老，將有離異之議，李遂憤激酸愴，矢志靡他，竟完荆璧，永畢一人。此雖柏嫠之遠嫌，陰采之還尸，方斯蔑如也。

是歲余過廣陵，值李年五十，其婿閔孝昭録其德履，丐余一言以爲壽。余以孝昭之父爲三十六峰樵者，觀化武夷，平交太姥，馭青鸞之駕，傳白兔之方，潑醅則玉液金漿，膳羞則鳳羹麟脯。胡不請於若翁，以是而壽其外姑，令得比蹤於樊夫人，接跡於萼緑華，不亦可乎？於是孝昭再拜稽首曰：「某請於吾翁，以壽外姑之身。敢徼惠于夫子，以壽外姑之名。惟夫子留意也。」余既高李氏之誼，又重違孝昭之請，乃綜述其徽美而傳之，使千百世而下，睹文感義者，儻亦有藉於斯。

記

游武夷山記

由萬年宫至茶洞

《道經》稱天下洞天三十有六，吾閩居其二，第一爲霍童山霍林洞天，第十六爲武夷山昇真玄化洞天，皆神仙窟宅。霍童僻處長溪，遊屐罕至；武夷在崇安之南，一葦可航也。歲乙未，仲弟興公有吴門之役，余遂附舟往游。先期報陳惟秦、陳振狂與俱，以八月十三日發白龍江，十六日次囦溪。振狂以病留囦溪，賦詩而别。廿一日次延津，廿四日次建安，訪友人陳季迪。會莆山人吴元翰自楚歸，客季迪齋中。先數日，元翰偕林太史咨伯泛舟武夷，至五曲而返，遊興未盡。至是，余挾之俱往，元翰欣然登舟。二十八日次建陽。

九月朔日，未及武夷數里，從舟中望大王、獅子諸峰，巋然天表，客皆踴躍稱快。既而舟至溪滸，遂舍舟登陸，行松陰中，蒼翠欲滴。越里許，始達萬年宫。中祀魏王子騫，旁列張湛等十二人。前爲漢祀亭，余黄冠羽衣，與諸客焚香膜拜其下。興公談雲窩之勝津津，即欲襆被其中，以日將夕不果。遂至幔亭峰麓一水精廬，室不甚弘敞而幽寂可居，乃吾鄉陳憲伯先生所創，延山人項一閒者居之，一茶而别。山人謂棋盤石去此不遠，令山童爲嚮道〔一四〕，行蓁莽中，以衣蒙面而往。石在幔亭峰左，方廣數十丈，上哆下鋭，其平如砥。按《志》，棋盤石在三層峰下。此石疑即漢祀壇，武帝遣使禱祀〔一五〕於此者，蓋山人誤稱云。是夜宿方丈中。

次日羽流具酒脯，艤舟以待。由一曲而進，過虎鼻、水光二石。第二曲，兜鍪峰壁立雲際，玉女一峰娟娟秀媚，而粧鏡臺倚于其側。入三曲，過大藏峰。四曲過大藏峰，虹橋板亂插石罅，架壑船、仙蛻岩俱歷歷可辨。鐵板障、翰墨石、試劍石、釣魚臺、昇日岩、車錢岩、勒馬岩，丹崖前擁，翠壁後隨，左顧右盼，應接不暇。至三杯石，余命取酒，各飲滿三酌而去。過金雞洞，洞下爲臥龍潭，潭水澄泓，清碧如染，九曲溪最深黝處也。天柱峰、更衣臺屹立溪滸。

舟次五曲，舍舟至紫陽書院，謁朱先生遺像，讀陳伯孺、謝在杭、興公弟壁間詩。鄭繼之先生詩題小閣中，筆力遒勁可愛。

出院，取路入雲窩，石磴盤旋，蒙茸〔一六〕蓊薉。過伏羲洞，洞爲荊蓁所塞，狐兔穴其中，幽不可入。經數折而入雲窩，雲窩舊爲宋陳丹樞脩煉之所，近吴航陳司馬公結廬棲隱其中。委房曲榭，畫拱朱闌，種種臻妙，而石洞、石門、丹爐、茶竈，宛然具在。鐵笛亭俯瞰清溪，研易臺深匿岩隙，此又雲窩中最奇境也。窩在大隱屏之下，接筍峰之左，城高岩當其前，朝昏雲氣，頃刻變幻，遂成山中隩區云。堂之右有徑，達隱屏之麓，石磴〔一七〕玲瓏，松蘿掩映，駭目賞心，一步一嘖矣。數百武而至屏下，有淨室數椽，道流居之。其下有門達茶洞，洞即接筍、天游諸峰之合而隙者，中廣五六丈，削壁周遭，若城垣然，又一奇境也。

由接筍峰至小桃源

既至茶洞，接筍峰在眉睫間，而三梯相續，高可十餘丈。時日已高舂，余謂當乘興往，客皆衣短後衣，賈勇而上。梯盡左折，鑿石爲徑，僅容半趺，以鐵絙縻崖腹，握絙附崖而行。數武徑絶，接以二木梁，梁廣與徑等，而徑實梁虚，履之尤覺惴恐。過此稍夷，始伏地少息，起登龍脊。龍脊者，兩峰夾澗，當中有石隆起，廣不盈尺，長十餘丈，蜿蜒而上，鑿其脊爲級，行者不敢左右視。越里許，達懷僊舘，道人劉隱虚、廖東陽、吴中虚出肅客。舘後爲僊奕亭，亭外有精舍數楹，隱虚脩習之所也。興公談南溟靖險不可度，余與惟秦跣而往。岩壁懸絶，從崖半斸磴道，歷數百武始至。手無所援，捫壁而行，險視龍脊爲甚。洞中祀汪麗陽、劉瑞陽像，而劉蜕瘞其後。是夕歸宿小樓，猿鳥無聲，夐絶人世。初三日，别諸黄冠，同劉隱虚下龍脊，謁汪麗陽遺蜕。汪，貴溪人，嘉靖間緣藤而上，築室以居，卒瘞於此，蓋脩煉而有得者，其詩亦多奇警可傳。既抵峰麓，遂取路尋小桃源，皆繞溪緣壁而度。入谷中，亂石横截，谷口有石，相倚爲門，不得方軌，澗水潺湲其下。過石門，忽然開朗，桑麻滿野，雞犬相聞，儼然一村落也。其中廣袤可二十餘畝，高峰四周，流泉繞舍，杉松檜栢之屬交蔭盤鬱，真所謂别有天地非人間者，何必武陵花源始堪避世也？負山爲陷石堂，相傳山多巨石，宋天聖間，一夕揞于雷，故石多縱横，自成經緯，即所經石門是也。余與諸子相期，異日結廬於此，以託業怡生，不覺爲之躊躇，爲之屢眷矣。

是夜歸宿雲窩，而友人江仲魚自崇安來會。

由天游觀至鼓子峰

次日余以事之崇安，同游諸子已先登天游。獨隱虛道人宿雲窩遲余，余薄暮始至。晨起，微雨不絕，與隱虛冒雨而登。繡薄叢于路側，竹栢蔭于層石，經五里始至觀。觀處九曲之中，溪水迴環，三十六峰皆可指顧。接筍、龍脊對峙其前，磴路屈曲，梯級懸絕，白雲亂飛，丹楓如染，視身在峰上，更爲殊觀。

既出天游，元瀚以病臥雲窩，余與諸子取道入鼓子峰。行數里，過桃花澗，山人吕栖谷荷鋤田間。吕故善江仲魚，遂邀至其廬。土屋茅簷，居然碩人之致。以薄虒索詩，遂各題詩爲贈。鼓子峰之後，三峰霞舉，疊秀雲天，所謂三層峰也。前有三石相並，爲三教峰。將至院，石壁清高，幽篁邃密。其峰横亘半里，精舍皆搆峰隙中，路窮則以木棧相接而度。有石如鼓，履之逢逢有聲，故名。由西而折，有梯二十餘級。登梯入吴公洞，洞乃吴公蜕處。惟秦由石壁側足而入，余與諸人不能從。是夕宿院中，道人二十餘衆焚香誦經，余輩亦隨衆參禮，夜分始罷。

初七日，作詩贈安道人。取支徑入玄都觀，觀荒蕪頹毀，凋落略盡。院門不扃，丹爐久閟，爲之憮然。過三教峰、貓兒石、毛竹洞、丘公洞，仍返雲窩，爲元瀚談鼓子之勝。

由水簾洞至大王峰

諸客復謀爲水簾洞之遊。仍尋天游舊路，至半嶺，轉山谷而行數里，至山當菴，羽流數人居之。菴在三仰峰之後，過此皆行山峽中。景似小桃源，而幽邃過之。雜樹交蔭，希見曦景，澗水淙淙有聲，余名之曰「流香澗」。澗蜿蜒數里，兩崖削壁，高數十丈，劃然中開，僅同一線，澗流其下而清風飋飋，山壑俱響，余名之曰「清涼峽」。此地林障秀阻，人跡罕交，考之志乘，未屬品題，爲之低迴者良久。又數里，過火焰峰。峰悉赬壁，若紅雲秀天，自此皆行松陰中。過還元菴，道者出朱柿餉客。地産仙茅，服之能益壽。余解杖頭易數百根，以寄薛煉師，蓋煉師别時所託也。仰視水簾不遠，行半里，從石竇中出。將至洞，谷聲與人聲相應。山下有亭，亭之上有池，即水簾所匯也。洞壁高數十丈，穹窿如屋，延袤里許，石皆赤色。登石磴數百級，爲三教堂。右折爲道院，水簾瀉其前。時久不雨，飛沫稍微。左折緣石壁側行數百武，至昇仙臺。觀廣仙遺蜕，首微左顧，鬢髮猶在，趺〔一八〕坐龕中，蓋嘉靖間坐化者。會道士李瓊谷。李，中州南陽人，美鬚髯，儀貌甚偉。談内養之術，亦有可聽。

初八日，由水簾洞出赤石街，無舟可渡，衆皆解衣涉水而過，復至萬年宫。仲魚辭歸崇安，隱虚辭歸接筍，余與惟秦入止止菴，拜白真人像。取道登大王峰，自山麓至峰，三里而遥，榛蕪蔽翳，數轉而至梯下。梯三十二級，歲久朽腐，惟秦先登，余尾其後。由右折數十武，拜張仙蜕。既而興公亦追至，余以梯朽不令其登，遂同抵山麓。過含真觀，登樓謁徐仙蜕，齒舌尚存。

初九日，興公别諸客，度崇安，余與元瀚、惟秦亦買舟歸。游凡閲月，在武夷山中者十日，得詩若干首。

游方廣巖記〔一九〕

方廣巖在永福縣七都，石室弘敞，林壑勝絶。宋慶曆間，邑人黄非熊搜得之，遂架閣其中，以奉浮屠。歲久閣崩，屐跡罕至。萬曆丁亥歲，友人林熙工、陳汝翔、陳伯孺，同釋真潮往遊，感故址頹廢，熙工遂捐資募衆，構天泉閣，供方廣佛其中，真潮主之。

壬辰冬十一月，余與王君玉生謀偕熙工諸子齎糧往。以二十七日，肩輿出洪江，泛舟至南嶼，抵面壁洞，則汝翔先在焉。遂折簡報伯孺、幼孺，以兩人居遠未來，不得發。二十八日，遊太平山。二十九日，遊勾漏洞歸，而伯孺兄弟且至。

十二月初二日，遂登舟夜泊瀨下。初三日，過赤壁瀨。壁瞰溪濱，高可數十丈，宛若屏障，石皆片坼，重疊相承，若切以刀斧而砌之者。古樹蒙籠其上，下則潭水澄碧，可鑒鬚眉。勝國王總管翰用文者，勒「赤壁」二字于石，故名。

日午抵葛嶺，舍舟登陸，折而東行三餘里，望脩竹檀欒，廨院出焉。余輩恐日將晻暡，不即之廨院，亟取道登巖。山徑逶邐，松篁夾翠，斷橋殘雪，冷浸芒鞵。又里許，望岩側諸山，巋然天際，鳥道盤旋山腰，而峰勢迴合，岩爲群山所裹。折而東數百武，石壁崚嶒，有泉如練，從灌莽中瀉下，琮琤有聲。舊有石橋亘泉上，今橋圮，其址尚存。王用文鐫「飛珮」二字于石壁〔二〇〕。倚石聽泉，低迴不能去。此入巖，一清涼境也。又里許，用文與遼東薛朝晤諸人來游，鐫八分書五十八字，以紀姓名。字幾徑尺，筆法蒼古，苔痕半蝕，摩挲久之。又數折，有石屹于道周，石色黝黑，用文鐫「鐵壁」二字。徑路巀嶫，客皆蛇行而上。石窮，有兩山夾澗，泉流其下。舊以獨木閣其上，往來甚艱，近易以木梁，行者便之。

由此而上，山愈峻，路如羊腸九折。從道上望，石室如屋簷，大樹蓊〔二一〕鬱，微露朱甍，鐘磬之聲聞于下界，即熙工所建天泉閣也。閣雖數楹，然匿岩中，自下望之，同斗室耳。紆迴數十武，其地稍坦，有兩巨石相枕其下，嵌〔二二〕空如門徑，昔人鐫「石門」并「天關」

四大字。出石門，歷石磴數十級，傍有澗，石梁跨之，爲洗鉢泉。其泉清洌，即巖前朱簾水所匯也，此山中最蓊然處。再折而西數武，兩石並恃〔一三〕，其中不能方軌。友人林熙吉書「方廣洞天」四大字，傍紀余輩姓名並歲月。石罅植桃花數株，春時爛漫，若武陵渡口。折而南，石磴百餘級，旁石鐫「無量壽佛」字。其地平衍，舊有亭其上，今廢。由石磴緣左而上，爲山門。其上即鐘樓，榱桷崩摧，僅存四壁。用文孫王振并三山高起宗諸人題詩於上，墨蹟磨滅，拂拭始得讀，皆洪熙改元時筆也。越此即華嚴閣，自山門至閣，皆在石室之下。石室高六十餘丈，廣二十四丈，深如之，其石色蒼然，莓苔繡之。室垂石乳數十，殊形詭狀，其巨者爲龍頭、龍尾，原泉滴瀝，巖壁中陷，深廣丈餘，奉觀音大士像，曰「觀音巖」。龍頭泉涓涓其前，巖居半壁，去地遠甚。嶔崎不可厝足，附以小木，始得攀緣而上。石壁玲瓏凸凹，如普陀山。五百羅漢棊庋于上，真天造地設者。岩右爲禪房寺，僧脩習之所。石室西隅，水簾懸其巔，隨風飄灑，頃刻變幻，如霰如雪，如煙如霧，如霏粉，如屑玉。飄風如環珮，大風如怒濤，風靜則寂然無聲，潺湲而已。簾垂閣外，十二闌干都爲障蔽。遠山蒼翠，皆於簾隙窺之，此岩中最佳景〔一四〕也。室右有靈羊谷，中僅可促膝。由香積入谷，削壁偪仄，惟容一趺，下臨不測，行者必緣壁而度，跋前疐後，然山僧出没如履平地。余輩望之，汗出如漿矣。

夜宿僧寮，松風冷冷，與禪誦聲相應，令人有世外之想。自山麓至此，巖之勝已窮，然遊興未已。

次日復由巖左而上，才〔二五〕數折而兩崖相隔，横以木梁，名「登天橋」，有崖曰「捨身崖」。自此以上，皆爲樵徑，山形陡絶，俱不成步。附葛攀藤，十步九喘。至一深坳，巨石夷坦，可布几席〔二六〕，而泉瀰漫其上，即水簾發源處也。循岩堧頫視，見白雲隱隱，從山腳中出，而水簾反在其下，不覺神骨俱竦矣。是夜歸宿閣中。

初五日，與諸子尋玉泉洞、瑞松塢諸勝，竟不得。獨聽經石在室下平地中，兩石對蹲，正水簾所潴、由石隙而達于洗鉢泉者也。初六日，别山僧，循舊路歸。至廨院，院不甚宏壯，然香燈清淨，儘可焚脩。午後登舟，暮至瀨下。時熙工、汝翔、伯孺尚以事留瀨下，余與玉生乘潮平先歸。初七日，昧爽，由楊崎入城。

遊凡十日，得詩若干首。林熙吉名應憲，熙工名應起，陳汝翔名鳴鶴，王玉生名崑仲，陳伯孺名价夫，幼孺名薦夫。余仲弟㶿興公者，曾先余遊，兹以病不與。余則東海氏徐熥惟和也。

緑玉齋記

余家九僊山之麓，寢室後有樓三楹，顔曰「紅雨」。樓之南有園半畝，園中有小阜。家大人舊結茅于上，僅遮雨露，而苦於不便臥起，且無以置筆硯、書畫之屬。歲己丑，余下第還山，乃易搆小齋於山之坪。

由園入齋，石磴數十級，曲折逶迤。列種筠竹齋前隙地，護以短牆，蘙以蘿蔓。牆下藝蘭數本，置石數片。齋傍灌木環匝，下置石几一，石榻二。夏月坐陰中，鳥語間關，蟬聲上下，足當詩腸鼓吹。齋止三楹，以前後爲向背，中以延客，左右二楹，差可容膝，余兄弟讀書其中。無長物，但貯所蓄書數千卷而已。山中樹木雖富，惟竹最繁，素筍彤竿，扶疎掩映，窗扉不扃，枕簟皆緑，清風時至，天籟自鳴，故名以「緑玉齋」云。

小山僅同〔二七〕蟻垤，然視郭中民居，已高數丈。每一流覽〔二八〕，萬井千郵，郡峰〔二九〕列岫，吞吐且八九矣。昔人有言軒冕之樂，造物於人不甚惜，獨一丘一壑，未嘗輕以與人。吾齋無壯麗之觀，無奇珍之玩，四壁蕭然，僅蔽風雨。然市聲不入耳，俗軌〔三〇〕不至門，焚香煮茗，攤書搦管，則丘壑之懷于焉而寄。即有軒冕，吾不與易矣。

墓記

皇高祖孔明公妣施氏，吴公亮亦娶施氏，二公爲聯姻。孔明生振聲，亮生叔厚，中表兄弟也。亮有女名鸞，適林世和，則振聲、叔厚同呼世和爲妹婿。世和有女名蕙，配振聲子演，即熥之大父大母也。振聲、叔厚、世和三人交最歡。

弘治壬子，振聲、世和俱卒，叔厚獨存。三氏遂鳩金買山于閩縣孝義里之荔枝林造墳，九壙中四壙屬吴，左三壙屬林，右二壙屬徐。振聲公及康孺人合葬焉。九壙之左越丈餘，續營一穴，爲壙者四，熥大父演公暨配林孺人，及先伯友軒、伯母趙氏祔焉。九壙之下，稍折而左，叔厚之孫塋配葉氏、曾孫鉞配陳氏葬焉。其山衡横廣狹，俱載墓契。林氏再傳而斬，獨吾宗與吴氏子孫祭掃弗絶也。

熥于是有感于古人交誼之厚也。以中表之親，死而同穴。異姓子孫，歷百有餘年，由高而曾而玄，昭穆不紊，古今所未有也。林氏所不爲若敖之餒，一抔之土得免於樵蘇者，蓋亦幸矣。敬敍其始末，以傳示來嗣，俾毋〔三二〕忘世好云。

傳

羅田令張先生傳

鼎石張先生，諱廷器，字用朝。其先光州固始人，繇唐季徙入閩。祖懋，號北山先生，領成化庚子鄉薦，官周王府紀善。父濬，號桂岩先生，隱居不仕。桂岩公有子四人，皆以經術起家，先生其仲也。先生幼穎異絶人，甫十齡，從紀善公遊于洛。每出，必置先生膝前，洛之縉紳學士，莫不謂張氏有佳兒，爭豔慕之。

嘉靖壬午補邑庠生，乙酉以《易》領鄉書，三上春官不偶，念二人髮已種種白，奈何株守一第，竟慳升斗養乎？於是從乙榜署浙江太平學事，以正學率人，士多嚮方。尤精《易》學，得關朗、京房之旨。甲午聘典陝西試事，所取士皆當時名流，後有歷膴仕者。未幾，以母憂去位。終制，除直隸金壇教諭，功令克舉如在太平時。既而擢於潛令。時於潛痢疾傳染，死者枕藉。先生捐俸資，市藥餌，倩醫療治，全活者以萬數。甫三月，又以桂岩公訃至，跣歸。先生居父母喪，哀毀骨立，稱死孝云。

維揚當海之衝，每一海嘯，城市俱没，百姓患苦之。當事者議他徙，念無稱任使者。適先生服闋，謁選天官，時少宗伯崔公桐請于太宰徐公階，以先生領茲邑〔三二〕。先生至海門，相其原隰，經營規畫，新邑以完，出公帑金五千，酌盈濟虚，未嘗妄縻縣官一錢。太學生江姓者，以資雄里中，坐冤獄，先生爲白其冤。江深德之，前後餽遺無數，先生一切峻拒之，由是廉名益著。然以遷邑故，多忤巨室〔三三〕意，有媒蘖者。

調湖廣羅田令。先生處凋敝之後，撫以寬和，而胥吏中有狡猾者，則處之以法。在邑六載，吏畏而民懷之。值歲多旱，公素衣步禱於郊外二十里許，隨禱隨應，歲賴以不饑。邑人汪翔鳳者，兄弟五人訐訟不已。先生庭諭，咸感泣相讓而去，其德化如此。先生自以春秋高，投牒乞歸，百姓攀轅留之不能得，至今尸祝之。

家居二十五載，杜門嘯詠，老而彌篤。詩有岑、韋風致，文學昌黎、眉山，書法顔、柳，然性恬淡，不欲以薄技自見，故人鮮知之者。所著有《四書講義》、《周禮疑解》，藏於家。

徐熥曰：予與張氏，蓋稱世雅云。又與其孫勳最善，故知其先德頗詳。林宗伯志《福唐》，稱紀善公貨藥物，多得數十金，則追二百里而還之。其厚德多此類。子孫昌熾，有以也夫。鼎石先生，予猶及見之，蓋恂恂長者也。王參知銘其墓，足以盡先生矣。語曰「毋忝爾祖」，其張先生之謂乎？

潘布衣傳

潘先生者，齊人也，徙居燕。先生雖居燕而心不忘齊，故自號「海濱生」云。先生豐頤脩幹，工騎射，以武薦上司馬者三矣。例得執金吾，食萬户，先生辭弗就，竟以布衣老焉。謂自古任俠之士，如荆卿、聶政、劇孟、郭解之徒，皆以布衣起閭巷，卒能赴士之阨困，名聞諸侯，豈必如信陵、春申諸君，藉有士卿相之富而後稱節俠也？以故四方豪傑之士，莫不延頸願交潘先生者矣。先生不就職而名尤重於錦衣，自執金吾大將軍而下，以至校尉之屬，無不嚴事先生者。先生出片語，罔不功令奉之。

同時有秦秘書者，吴人也，亦任俠自喜，與先生深相結納，以振人之急。時京師爲之語曰：「緩急可依潘布衣，俠氣不除秦秘書。」其重如此。今上初年，江陵相用奪情不解政柄，吴、趙二太史抗疏論劾，自知疏上，禍且不測。時賓客滿座，皆與兩公所善者。兩公以身後爲托，彼此相視，莫敢應者。獨秦秘書仰天而嘆曰：「所不恤公之後者，有如此日。終不令公妻子死而吾獨生。」乃夜遣妻子與吴、趙妻子，間道亡歸。明日疏上忤旨，吴、趙果下錦衣獄。時執政方以酷刑塞言者路，獄具楚毒，無不立斃杖下者。秦秘書衣短後衣，雜於隸卒中，從旁睨視，目眥幾裂，又時時目攝掌獄者，掌獄者心知爲秦秘書也，爲之氣奪。良久，卒呼伍伯之屬，從旁耳語。故吴、趙雖受拷掠無完膚，得不即死。而潘先生時已伺之門屏間矣，及兩公曳而出，氣息幾絶。將命以巾車載歸，而政府厲聲叱曰：「囚安能車？」遂委頓於地。潘先生乃與一舍人力負兩公歸。當先生少時，曾遇異人授禁方，所謂萬金良藥也。以一匕投搒笞者，即甚縻爛，無不立愈。吴、趙兩公以此得全骸骨。

執政聞之，恚益甚，尋出秦秘書爲魯藩審理，且將甘心潘先生矣。潘先生了無所懼，乃爲書欲投執政，數其奪情罪狀。書成，漫滅于懷者久之，日夜於邑，或繼以泣。母夫人察知其事，曰：「兒之所爲，濡忍而不發者，豈以未亡人故？兒誠能一言而悟執政，吾死且瞑矣。兒第往勿慮。」潘先生曰：「諾。」書遂上。執政不聽，然卒憚潘先生，不敢有所中。居無何，執政事亦敗，先生得以自全。自是任俠之士，從潘先生者日益廣。凡建言得罪之臣下錦衣者，陰所全活者數十百人。先生不以語人，人卒無有知之者。

粤有士人謁選長安，歲久而大窮困，將粥其愛女以給饔餐。先生偶見之，捐槖中三萬鏹以給之。後士得官，將以錢爲報，先生咲曰：「吾哀君困窮，全其骨肉，豈望報乎？」里中有相仇者，即賢豪長者居間十數終不解，得潘先生片言而罷。四方賓客常鱗集座上，不暇櫛食，即鐘沉漏盡，而户外轔轔不絶。母夫人死，自遠方送喪者幾千乘，蓋不減劇孟云。

野史氏曰：自古布衣稱俠者，往往好剛使氣，扞當世之文綱，如翁伯者流，以睚眥殺人，宜其及矣。潘先生起自布衣，然皆好行其德，知與不知，全活者衆，其陰德厚矣。不然，當江陵相之時，奈何能免於虎口哉？

麈守黑山人傳〔三四〕

余雅聞樵川知名之士，則守黑山人爲著。山人早歲補邑諸生，爲樵士所推轂。武昌吴明卿先生分竹〔三五〕樵川，尤愛重之。一日，山人讀司馬子長書，乃仰天嘆曰：「大丈夫當周遊四方，上友千古，奈何屈首蓬户，佔僤六籍以終世耶？」于是棄去舉子業，爲吴越齊楚之遊。凡名山大川，所至無不歷覽。而海内賢豪長者，如顧〔三六〕聖之、張幼于、周公瑕輩，皆慕山人之高，引爲莫逆。山人精于詩，尤精於書〔三七〕畫。其山水，得格于沈啓南〔三八〕，美人得本〔三九〕於唐子畏，書法師山谷老人。其詩風流藴藉，一以唐人爲宗。今年甲申，余有樵川之遊，得遇山人於旅邸，傾蓋之下，遂交歡重也。

山人天性高邁，不喜偕〔四〇〕俗，不脩邊幅。所與遊者，皆倜儻磊落之士，行止去來，一任其意。至于詩畫，惟自適己志，求者亦不甚多得〔四一〕。每落筆時，則蒼頭供茶具，或進疏酌，數觥微醺而止。故其畫不墮俗品，自成一家。山人不善治生，有勸之者，輒謝曰：「薄田足以供饘粥，敝廬足以蔽風雨，吾願足矣。安能事刀錐之末爲此生累也？」布袍鶡〔四二〕冠，瀟然自得。達官貴人有求見者，恒謝絶之，故時稱爲山人云。

野史氏曰：士生天地間，貴適志耳。山人高蹈林丘，怡情翰墨，可謂適志哉。又云：士貴不朽，而世稱不朽者，惟詩與畫，山人進於是矣。所謂不朽者，非耶？老氏曰〔四三〕：「知其白，守其黑」，山人之謂歟〔四四〕？山人姓塵〔四五〕，名白，字守黑，其先魯人。

林孝孫傳〔四六〕

林孝孫名逸夫，字元適，古田人，處士林春秀之仲子也。逸夫四歲喪母，祖母甘氏鞠而育之，最所憐愛。逸夫年雖幼，事祖母、繼母備極孝養。處士家酷貧，又不能治生，性資〔四七〕高曠，非寄心鉛槧，則托興麯蘖。逸夫與兄負薪粥于市以供菽水，怡然也。

萬曆己亥五月，甘氏偶罣危疾，不知人者累日。處士徬徨求醫，醫望而卻走。時逸夫年十五，籲天涕泣，願以身代。又私念其父居常陳説古今孝行，有割股療疾者，遂閉户焚香，割左股和藥以進，家人不知也。藥進而甘氏稍蘇。越三日，疾復篤，奄奄待盡。逸夫復於舊剜之旁重割之，時當皇急，刃不由手入，而深可寸許，宛轉而下，筋露血迸，暈痛幾絶。以掌覆肉几上，悲泣號呼，父母、家人始知之，急作羹以進。甘氏復蘇，遺囑後事乃瞑，年七十有二。逸夫哀痛擗踊，如不欲生，兩手抱屍，伏不肯起，就木始罷。宗族鄉鄰無不嗟嘆。

事聞縣令豫章劉公，延至公庭，大加獎異，手一觴以賜之，用鼓吹導歸，顔其堂曰「童孝希聞」。仍上其事于藩臬諸司，議復其終身，且俾就外傅以卒[四八]儒業云。

野史氏曰：余讀劉令君所上《林孝孫事行》[四九]甚核，未嘗不潸然流涕也。以十五歲之童，欲起祖母沉痾，而忍痛殘軀，不顧其死，豈不難之難哉。論者泥于成憲，以爲行涉奇詭，例弗得旌。嗟夫，其亦不近于[五〇]人情矣。方孝孫割股時，倉皇慘怛，身且不有，何有于名？所謂赤子良知出乎其性者也。責三尺童子以中庸之道，過矣，過矣。藉令旌一孝孫，誰能忍死而效之哉？然行路之人皆嘖嘖孝孫也，旌與不旌，奚論焉。

絳囊生傳[五一]

絳囊生者，名丹，别字太白。其先祝融氏，以火德王，都南離，子孫纍纍，散處閩越、南粵、巴蜀間。遂以離爲姓，生其苗裔也。

生少有異質，顔如渥丹，肌肉豐瑩，性復甘美，雖中若刻核，而外多模稜，未嘗有所譏刺，人有督過生者，任其指摘，生但頽然垂首而已。與人交，一膜之内，洞見肺腑，故見者莫不津津。

漢初時，天子求海國異材，南粤王尉佗以生入貢，十里一置，五里一堠，得達京師。武帝獵于上林，問生於司馬相如，相如對曰：「其才在盧郎、楊子間。」甚稱上旨。相如故蜀産，雅習生，乃以盧、楊並稱，時論屈之。元鼎六年，帝建離宫，處生其中。生素長南方，北地苦寒，雖沾渥恩，顔色枯瘁。一旦以計自脱，守吏坐誅者數十人。生每歲朝京師，所過有司供具甚費。臨武長唐羌謂生縻濫廪禄，以甘腴啗人主，無益于大官，請罷之，上可其奏。生既落職，遂學玉液還丹之術，衣朱衣，肘後常繫絳囊，貯金莖露，往來于七閩、兩廣、夔梓之地，人皆稱爲絳囊生云。

大唐天寶中，楊貴妃聞其名，欲生致之。時生方結廬於蜀之涪州，許擁傳上謁，生以一騎馳至，顔色自若。妃召見沉香亭，見生丰姿姣豔，甚憐愛之。敕宫人以金盤注華清水，賜浴其中，膚如凝脂，芳香逼人。貴妃大笑，謂生非紅塵中物。賜緋一襲，常乘朱輪出入禁中。然生以還丹術得幸，故廷議肅然。丞相曲江張九齡作賦贈生，名益顯。其後禄山陷京師，車駕幸蜀，生亦遁去。襄陽人杜甫避難蜀中，其所吟詠多及生。元和中，太傅白居易出守南賓，時與生爲臭味交。以生美容止，命工史繪像，爲詩贊之，未嘗一惜齒牙。

生族類既繁，而閩中尤盛。宋端明殿學士蔡襄爲作譜牒，敘其本枝奕葉甚詳。南豐曾鞏知福州，爲生脩實録，以爲有邁種之德。生有側生女弟十八娘者，容色殊絶，與閩王審知少女以紅妝相豔，貌與生肖。生晚得道，常挾黄頭奴號旁挺者，先後婆娑于林藪間。其後大丹既成，遺棄軀殼，尸解以去，不知所終。

太史公曰：余讀《列仙傳》及《仙人本草》，皆稱生能蠲渴補髓，有功於人，非虛語也。黄巢之亂，幾膏斧鑕，以老媪抱泣，卒全其天年，幸矣。端明迄今五百餘載，譜牒缺略，然子孫在閩中以朱紫起家者，不可勝數。語曰「桃李不言，下自成蹊」，吾于生亦云。

十八娘外傳〔五二〕

明皇既幸蜀，貴妃縊死於馬嵬，十八娘亦歸里中，居晉安城東報國院。至德三載，無疾而卒，遂就院傍之隙地瘗焉。

萬曆中，有東海生者，閩人也。一日出遊東郊，少憩於報國院，晝長假寐。夢至一所，朱户紅樓，丹楹紫閣，極其壯麗。徘徊間，俄見一雙髻侍兒，紅裙翠袖，揖生而進，曰：「奉十八娘命，敬邀郎君。」生從之入，未及百步，香氣襲人。行一室，扁之曰「扶離別舘」。少頃，見緑紗侍兒導一女郎，年可十七八，衣絳綃衣，顔色殊絶，冉冉而至。生進曰：「偶因休暇，駕言出遊，既味平生，敢逢勝果。」女郎曰：「妾開元皇帝侍兒也，以江采蘋之薦，得幸於上。今歸此中，以與郎君有夙緣〔五三〕，故相屈耳。」因出金鐘〔五四〕貯瓊液以酌生。生飲之，甘如醍醐醴酪。酒酣，姬容色轉麗，因歌《菩薩蠻》一闋：「妾身本是瑯琊種，當年曾被君王寵。豔態鬭紅妝，人稱十八娘。絳綃籠玉質，纖手金盤擘。驛路起塵埃，驪山一騎來。」生聞之，愈加嘆賞，因請問開元遺事。姬曰：「妾憶〔五五〕在宮中時，正月十五夜，上御常春殿，遣妾撒閩中錦丸于地，令宮人競拾之，多者受上賞。又一日，上幸長生殿，奏新曲，未有名。值妾爲貴妃稱觴，上大悦，遂以妾名其樂。左右歡呼，聲動山谷。此皆妾之受寵於上、不聞於人間者。」生聞之，愈驚駭。

既而侍兒報以江家、周家、陳家三姬至。江衣緑，周衣紅，陳衣紫，種種妖麗。三姬曰：「聞吾姊〔五六〕今日有嘉賓，故來相賀。」三姬各集古詩二章。

江姬吟曰：「百花紅紫鬭芳菲，韓愈〔五七〕。隔水殘霞見畫衣。曹唐 別有玉盤承露冷，盧綸 紅妝飛騎向前歸。武元衡」「野人相贈滿筠籠，杜甫 時似開元天寶中。杜牧 火樹風來翻絳豔，白居易 樹頭樹尾覓殘紅。王建」

周姬吟曰：「紅樹枝頭日月長，曹唐 一枝濃〔五八〕豔露凝香。李白 淩晨並作新妝面，韓愈 玉碗盛來琥珀光。李白」「緑蘿陰下到山莊，劉禹錫 丹粉經年染石牀。皮日休 飽食不須愁内熱，王顔久已歸荒塚。妃子妖魂去渺茫，千秋何處識紅妝。夢中細説前朝事，不及王家十八娘。宛轉含情死，馬上君王掩面傷。炎方仍進青絲籠，垂涕還思當日寵。丹實猶然貢上方，朱聽不足。佳名新賜荔枝香，左右歡呼動山谷。一聲鼙鼓震漁陽，西幸鑾輿道路長。蛾眉香，寒冰一片剖羅囊。長生殿上連枝進，太液池頭半醉嘗。樂工初製梨園曲，小部音聲驪山一騎紅塵起，七日能行數千里。丹荔飛來色正新，金盤滿注華清水。花外遥聞百步

生蘧然驚覺，惟見荔枝垂熟，繁星離離。詢其旁，果有十八娘塚云。因賦詩曰：

一函，周姬出真珠一顆，陳姬出紫瓊一枚爲贈。

四姬吟畢，十八娘出紅繡鞋一雙贈生，且囑曰：「願君以此傳之人間。」既而江姬出麝囊

三姬吟畢，十八娘亦集古句二首：「遥指紅樓是妾家，李白 瓊枝日出曬紅紗。白居易 摘時正帶淩晨露，白居易 應服朝來一片霞。秦系」「曉漱瓊膏冰齒寒，包佶 一生長對水晶盤。李義山〔五九〕 香隨翠籠擎初到，韓愈 長得君王帶笑看。李白」

用之 香氣潛來紫陌風。袁不約」

陳姬吟曰：「何處橫釵帶小枝，秦韜玉 可憐妖冶正當時。白居易 曾緣玉貌君王寵，劉得仁 莫比潘家大谷梨。崔興宗」「可愛深紅愛淺紅，杜甫 離離朱實緑叢中。周元範 不知多少開元事，譚

維 已分甘雪飲瓊漿。司空曙」

碑銘

孫將軍去思碑〔六〇〕

國家統一，寰區撫有方夏，外而邊埵，内而州郡，咸置衛設兵以備不虞。而其世胄之才，勇能建勳，猷自表見，荷寵光而垂休烈者，甚衆也。昔漢之名將，如辛、趙、甘、傅之儔，多出于南北軍，在唐則李西平父子，在宋則如曹濟陽父子，皆以武烈世其家，其他不可悉數。我國家亦然，彼其被服紀法，閑習訓令。策果毅之節，篤忠貞之誼，所以承籍培植之者，固有自來矣。

浚脩孫君，先世以大功食邑于閩之劍津。其先將軍雙峰公，邁跡常流躋于顯秩。當永陵之季，倭寇陸梁，公奉檄督駕戰艦出没於粘天浩汗之間。及守備東粤，挺身衝敵，面中流矢，厥功懋矣。至君益自奮踔，以功名自致，諷誦韜鈐，功習觚翰，棄青衿而服韎韐，由萬夫長以至今官，當道諸公無不倚公爲長城者。

茲者倭奴生心，奪朝鮮、迫遼左，國事岌岌矣。而吾閩實當寇衝，南日一灣，尤爲海邦屏障。素得士心、曉暢軍士者，何以勝其任也。君以中軍出膺斯寄，上承都帥，下緝群校，宣揚王靈，震疊醜虜。其任雖重且艱，以君之沉毅有謀，鷙決有勇，廉靖有威，敏給有斷，奉公以涖之，矢心以圖之，何重之弗克負，而何艱之不可濟？功名所樹立，即漢之明將辛、趙、甘、傅輩薄不足爲，而策勳丹書，益張大厥考之遺烈，庶幾哉唐之西平、宋之濟陽父子，濟美將復見於今矣。是可爲邦家之休，豈特禁衛之光也。君其勖之，無負特選之意哉。

君之幙下將吏，嘉君之行，惜君之别，欲立石以紀之，余遂録其梗概如此。

侯官〔六二〕周侯脩築石門硤碑銘

吾閩近村有石門硤者，在大江之滸，當上遊諸溪所匯。每歲巨浸横流，率由石門而入，汜濫衍溢，歷四都幾三十里，室廬阡陌，湮没殆盡，居民患苦之。往歲，當事者捐官緡築隄以障其衝，然率狃于因循苟且，高水湍悍而岸善崩，官緡皆委于水。久之，不復事塞也。壬辰年，耆老陳某輩裹三月糧，竭蹷以趨闕下，稽顙上書曰：「閩中僻在海隅，土地磽确。石門硤亦侯官一奥區也，其田萬畝，其人千餘家，其産桑麻竹木。然地卑下無隄防，溪水衝嚙，歲因以不登，厥賦下下。臣愚以爲塞之便，昧死奏聞，惟陛下憐察。」天子可其奏，下所司雜議之。於是閩中大吏屬其事于侯邑周侯。周侯單車至其地，咨諏量度〔六二〕，謂〔六三〕父老言是，白諸大吏，具題獲允。民之繫産于茲地者，遂歡然相率捐緡錢，鳩工築隄。隄〔六四〕横亘三十餘里，高幾丈，廣幾丈，不盈期而功告成。其沃壤可田，其溪〔六五〕下者潴爲湖，其棄地令民芟牧其中，無不人人稱便者，不費縣官一錢也。今年秋，水潦横溢，石門居民得免魚鱉而畝栖野被者，則周侯世世之伐已見於此矣。古人有云：「常人可與樂成，難與慮始。」又云：「非常之原，黎民懼焉。」非虛語也。石門硤之患歷數千百年，旋議旋止，旋築旋崩，掣肘於豪强，甘以鄰國爲壑者十而九也。惟周侯順民之情，相地之宜，夷險休勞，不激不弛，卒用成功，以報塞〔六六〕聖天子矜恤黎元至意。此〔六七〕其焦勞胼胝，蓋禹之餘烈乎？事既竣，父老願得余之一言，勒石樹於其鄉，以垂不朽。余曰「唯唯」，乃爲之銘曰：

惟茲石門，卑濕之原。衆流來奔，建瓴而瀉。豈惟害稼，溺民廬舍。潰爲江河，傷民寔多。瓠子興歌，幾千百載。巨浸爲害，民則何賴。惟我周侯，爰咨爰謀。障茲奔流，奔流既止。民用以喜，伊誰經始。安厥室家，以桑以麻。甌寠滿車，昔也魚鱉，今也樂業。維侯之烈，侯烈無疆。河水湯湯，萬年俱長。

校勘記

〔一〕《福寧州刺史史公膺薦序》以下至《古田邑侯劉公考績序》三篇，鈔本闕。

〔二〕家，鈔本作「軍」。

〔三〕每，鈔本脱此字。

〔四〕君，鈔本作「公」。

〔五〕君，鈔本作「公」。

〔六〕呼，鈔本誤作「胡」。

〔七〕《送黄博士致仕還劍津序》及下篇《送陳起文赴京序》，鈔本闕。

〔八〕博野，原作「傅野」，鈔本作「傅野」，據文義改。

〔九〕沙，鈔本脱此字。

〔一〇〕「皇帝時萬户侯豈足」八字底本殘泐，據鈔本補。

〔一一〕投，鈔本脱此字。

〔一二〕「之士」二字底本殘泐，據鈔本補。

〔一三〕《雲溪劉翁七十壽序》以下至《丁母李孺人壽序》九篇，鈔本闕。

〔一四〕道，鈔本作「導」。

〔一五〕祀，鈔本作「祝」。

〔一六〕茸，鈔本作「茸」。

〔一七〕僜，鈔本作「磴」。

〔一八〕趺，原作「跌」，據鈔本改。

〔一九〕游方廣巖記，萬曆《永福縣志》卷四引此篇，作「方廣巖記」。

〔二〇〕壁，鈔本作「橋」。

〔二一〕蓊，鈔本作「葱」。

〔二二〕嵌，鈔本作「嵌」。

〔二三〕峙，鈔本作「峙」。

〔二四〕景，鈔本作「境」。

〔二五〕才，鈔本作「牙」。

〔二六〕几席，原作「幾席」，據鈔本改。

〔二七〕同，鈔本作「可」。

〔二八〕流覽，鈔本作「瀏覽」。

〔二九〕郡峰，鈔本作「群峰」。

〔三〇〕俗軌，鈔本作「方軌」。

〔三一〕毋，鈔本作「勿」。

〔三二〕邑，鈔本無此字。

〔三三〕巨室，鈔本作「權貴」。

〔三四〕麈，鈔本作「鹿」。

〔三五〕竹，鈔本作「符」。

〔三六〕顧，鈔本作「願」。

〔三七〕書，鈔本無此字。

〔三八〕其山水得格于沈啓南，鈔本「其」字前有「寫」字。

〔三九〕本，鈔本作「格」。

〔四〇〕偕，鈔本作「諧」。

〔四一〕得，鈔本脱此字。

〔四二〕鷗，鈔本作「鶖」。

〔四三〕曰，鈔本無此字。

〔四四〕山人之謂歟，鈔本無此五字。

〔四五〕麈，鈔本作「鹿」。

〔四六〕林孝孫傳，徐𤏩《榕陰新檢》卷一引《幔亭集》作「童孝希聞」。按：《榕陰新檢》所載稍簡。

〔四七〕資，鈔本作「質」。

〔四八〕卒，鈔本作「終」。

〔四九〕林孝孫事行，鈔本作「林孝孫事」。

〔五〇〕于，鈔本作「乎」。

〔五一〕絳囊生傳，徐𤊹《荔枝譜》卷三（鄧慶寀《閩中荔支通譜》本卷五）録此篇，文字稍有異同。

〔五二〕十八娘外傳，徐𤊹《荔枝譜》卷三（鄧慶寀《閩中荔支通譜》卷五）録此篇，作者署「幔亭羽客」。按：幔亭羽客，即徐熥。又《榕陰新檢》卷十五引此文。

〔五三〕以與郎君有夙緣，鈔本作「以與郎君」。

〔五四〕鐘，鈔本作「鍾」。

〔五五〕妄憶，鈔本作「憶妄」。

〔五六〕姊，徐𤊹《榕陰新檢》卷十五引本文，作「娣」。

〔五七〕韓愈，徐𤊹《榕陰新檢》卷十五引本文，無「韓愈」二字。以下集句《榕陰新檢》均無原作者姓名，不再出校。

〔五八〕濃，鈔本作「穠」。按：李白原詩作「穠」。

〔五九〕李義山，鈔本作「李商隱」。

〔六〇〕孫將軍去思碑，鈔本缺此篇。

〔六一〕侯官，鈔本作「侯邑」。

〔六二〕洛諏量度，鈔本作「洛度諏量」。

〔六三〕謂，鈔本作「廣爲」。

〔六四〕隄，鈔本脱此字。

〔六五〕溪，鈔本作「窪」。

〔六六〕塞，鈔本作「答」。

〔六七〕此，鈔本脱此字。

幔亭集卷之十八

閩中徐　熥惟和著
友人曹學佺能始選
鄒時豐有年編

墓誌銘

周國材先生墓誌銘

先生諱樑，字國材，世爲河南開封西華人。當高皇帝時，有祖叔周順以慣戰頭目起家，周忠繼之。至始祖文，以從龍功授帶刀散騎舍人。既而文皇帝靖難，文始侯萬户，徙封閩中。文卒〔一〕，次子鼎代侯。鼎卒，中子晟代侯。晟子顥先歿，子綱代侯。綱卒，子澄代侯。澄即先生之父也，坐誣枉，爵除。當澄以乾没下吏〔二〕，郡二千石及廉訪諸司按其事者，皆知其誣，獨直指使者以毛摯爲治，謂澄意在侵漁，竟坐法失侯。適澄暴卒，不得上書自陳，遂以疑獄廢置。澄既卒，家益貧。先生與二母居，蕭然環堵，攻苦食淡，至不免負薪。先生既不得侯，乃發憤治博士家言，冀得一第。於凡諸子百家、農圃星曆之書，靡不周覽。同舍郎什九貴顯，獨先生流落不遇。當吾鄉馬司徒、周廷尉兩公同時在朝，先生伏闕訟寃，兩公爲白其誣，旨下所司議其事。所司持先生牘將覆奏，意忽忽不樂，遂寢不報，竟不得侯。

先生精岐黄之術，所投劑貧富不問，前後全活者無數。達官貴人與先生游者甚衆，後有貴人服先生劑良愈，雅重先生，乘間問先生父寃抑狀〔三〕，先生具以對。貴人慨然爲陳之主者，主者下吏議。吏欲得千金，先生貧不得致，主者卒從吏議，又不得侯。歲辛酉，先生以武薦上司馬氏。人咸謂先生既得雋，當復先人故物，然卒被放，又竟不得侯。其數奇〔四〕，多此類。先生既老，種瓜城東，如秦東陵故事。飲酒賦詩，自見其志。以《尚書》授其子官，官爲郡庠生。先生生於正德乙亥十月十五日子時，卒於萬曆己丑十一月廿三日酉時，享年七十有五。官之友人林生者，爲卜葬地於閩縣東郊孝義里龍窟山，坐亥向巳。當未得葬地時，官夢神人指示形勝，後得地悉如夢中，其事甚怪。葬擇於某年某月某日某時，配孺人張氏、趙氏具生壙左右。官娶同衛李公楫長女。孫男二：仲泰、叔盛；孫女丙姐，俱尚幼。

徐熥曰：予觀户牖，侯自謂多陰謀，世即廢，終不能復起。周氏雖世爲將，然考其先世，多恂恂長者。而先生又積行累仁，乃以誣枉，故亦一蹶不復起，此其事不可知。然蕭相國以罪失侯者四世，後天子竟求何後續其封。今明聖當陽，興滅繼絶，官又博學能文章，一旦遭時遇主，克復故物，夫豈難哉，夫豈難哉。

銘曰：罪者竊鈎耶？造物者何讎耶？纍纍者丘耶，是爲明之素侯耶？

蕭山司訓池公墓誌銘

小子熥曩歲之遊樵川也，邂逅西甌池君濯纓於嵩山蘭若，把臂甚歡，如是往還者餘十載〔五〕。歲戊子，熥上公車，道過西甌，具衣冠，拜濯纓令尊君先生於堂下，稱觴上壽而别。時先生年已髦耋，翩翩乎杖履無恙也。越五載，歲在辰龍九月之朔，先生卒于西甌濠棟之故里，享春秋九十有二。時熥方斬然衰絰之中。濯纓走一使賫先生狀來乞銘。讀其狀，𡁱吁涕泣，潺潺不絶。豈所謂同病相憐者耶？

按狀，先生諱鍾慶，字必大，號觀瀾。其先由河南光州固始徙居閩。父諱金，由明經登歲薦，任湖廣湘潭令尹。母楊孺人，以弘治辛酉年十一月初四日辰時舉先生。先生之生也，晚於群從爲季，然穎異迥于常兒。未幾，令尹公見背，先生煢煢尚幼也。楊孺人督課之，不異令尹公在時，先生亦循循奉母儀如父訓。嘗曰：「吾而不能如范滂也者，謂太夫人何？」

既而補弟子員，文名日起，令尹公雖綰墨綬乎而清如胡威，污邪不足自給。先生下帷如董生，口不問家人産。太保肅愍李公與先生交最歡，然先生游之不啻蓬户，未嘗一受其憐，太保公以此益重池先生矣。督學憲臣後先旌異，謂先生可方原憲云。天性孝友，事伯兄色養惟謹，老而不倦，胸懷坦易，與人交若飲醇，歡然無忤，蓋自勝冠以至杖于朝，如一日也。先生博學能文章，而時命大謬，每戰省闈俱不利。以貢上春官，授浙東蕭山司訓。

廣文先生青氊如水，歲入俸錢不堪飽妻子。先生日噉苜蓿而腹果然，嘗戲謂「吾寧爲曼倩，不爲侏儒」，且出其槖中餘資周恤貧士。士有胡某者，貧甚，既壯不能委禽，先生爲之備六禮、諧伉儷。至今胡之孫子〔六〕猶誦池先生柯斧不衰也。先生老得一命，憚於罄折，竟拂袖歸。歸惟杜門息景，取《周易》一書，鈎深致遠，間有所得。摩挲老眼，一札十行，韋編絶者屢矣。賓客時來，則圍棋賦詩，夜深乃罷。或遇天朗氣清，則雙屩孤筇，興來獨往，逍遥移日。

晚喜内脩，《參同》、《悟真》、《内景》、《素問》諸書不去手，故年幾百歲而髮雀雀然、顏童童然，望之如神仙中人。豈亦玄牝之驗耶？國家重鄉飲之制，非忠厚長者或可〔七〕式鄉間者不得濫。先生爲上賓者九，其月旦可知已〔八〕。先生四丈夫子，衿皆青。其汗如血，皆伏槽櫪，不能一驤其首，令先生觀厥成也。豈不痛哉？先生屬纊時，精爽不亂，以旦暮當〔九〕死生，其言皆合于柱下、蒙莊之旨。若池先生者，豈所謂死而不亡者壽耶？所著有《讀易解》、《稽古篇》、《賢奕録》、《參同注》及《詩譜》、《圖書》若干卷，藏于家。先生配江氏，繼配蘇氏。男子四：長即濯纓，郡庠生，娶楊氏；次湧泉，郡庠生，娶丘氏，繼毛氏、彭氏；次濟民，邑庠生，娶謝氏；次渙文，郡庠生，娶潘氏；俱蘇出。女子三：長貞，適處士鄭某；次媛，適鄉進士定安令張某；次彩，適屏山裔郡庠生劉某；俱江出。孫男四：國材娶李氏，濯纓出；國樞聘魏氏，湧泉出；國模、國楷尚幼，渙文出。孫女一，某，許楊氏，濟民出。墓在梅山之陰，濯纓等將以某年月日奉先生柩納諸壙中而封焉，是宜銘。銘曰：

大齊百年，公少其八。河東三鳳，公多其一。居全盛之五朝，膺廣文之一秩。脱影歸真，九月之吉。埋骨茲山，萬事已畢。是爲池先生之窀穸。

玉融周翁墓誌銘

周翁者，玉融之龍江人也。生而軀幹脩偉，洪聲美髯，性倜儻任俠。當嘉靖戊午歲，倭患猖獗，翁將携家往匿山中。時有友人借翁莊居而遠遊者，寇卒至，其妻子皇急無所投，驚欲自絶。翁欲挈之遯，其人曰：「翁休矣，奈何以數口相累？」曰：「夷而收之，臨難而棄之，不仁。終不令若輩死而吾獨生。」令婦與翁媪〔一〇〕結衣袂而走，又令蒼頭强有力者，負己子與友人子並遯深山中，乃免。時山中米粟乏絶，翁與之同飲食者三閲月，寇退乃已。寇既陷玉融，室廬煨燼，或勸翁結廬以自蔽。翁曰：「城郭不完，一旦虜或生心，吾屬〔一一〕能安枕耶？」與邑諸生曁二三父老請于當道，築建城堡，翁日周旋於睥睨間。三十年來屹如金湯者，翁有力焉。里有先師廟圮于兵燹，先生倡弟子員募緣重新于瑞峰之麓〔一二〕。自是龍江之鄉歲所舉士倍于他，所仕有躋華膴者。

先是，歲在甲辰，閩中大饑，以緡錢易斗粟，餓莩相望于道，翁捐囊賑之，全活者甚衆。宗人不能舉火者，有翁在，腹果然矣。負翁責者二百餘金，翁自盟曰：「吾困於財，不能行其德於宗族，而又責其負主臣。」輒私焚其券。宗人不之知，即負者亦不之知也。有婢投匿翁許〔一三〕，翁加意撫育，令人密廉其故主而遣之，不責其酬，且無德色。

周之居龍江者五世，至翁始建宗祠，朔望伏臘，群族瞻拜其中，爲講敦睦之義。大父僉憲松坡公偕夫人歸葬有年矣，形家以爲不利，翁卜宅兆爲改葬焉。里中豪有盜葬於其側者，翁聞之官，卒發其喪，豪者攝服以去。里中有爭競者，皆質成于翁，翁爲之剖曲直、陳利害，爭者無不肉袒于翁，謂「吾屬不檢，而煩長者居間，吾屬愧矣」。其重於鄉人如此。翁性至孝，事父存菴公，不徒色養，務得歡心。存菴公謂仲子才無煩而翁慮者，故有所餘羨，皆散給諸子，獨不及翁，翁顏色愈和，存菴公志益大愜。伯兄舉丈夫子六，食指漸繁，翁乃爲鬻田以具資斧，遊于四方，授以廢舉之術。不數年，伯兄業以大起，既而有齕其伯兄産者，兩訟于有司。慮兄扞文罔，乃輕身爲白于當道，卒貽伯兄以安。季弟末路嶮巇，翁破産爲償其負。室中人謂「翁方食貧，奈何屑越故物，獨不爲兒子地耶」？翁蒿目嘆曰：「夫姪，猶子也，令就困阨即而子安哺，能乎？」卒爲紓其患而撫恤備至，蓋終其身云。

翁少穎異，弱冠補邑弟子員，經書子史靡不淹貫，尤熟《左氏春秋》。居黌序四十年，聲稱籍甚，常五試棘闈，皆不利。後以母老，陳情于督學使者蔡公，可其請，榮以衣冠復其身焉。萬曆戊子，仲子大時舉於鄉，或爲翁色喜，翁泊如也。孝廉君以紈綺進，翁不之御，曰：「非吾志也。」每食輒語孝廉曰：「而異日當官，以清苦自持，毋負國恩，毋辱先世，則而父安矣。」年八十，正襟危坐而卒。

按狀，翁諱德安，字思欽，別號沙村。其先世自清源里出，居仁壽鍾山〔一四〕之陽，後徙居龍江。太公〔一五〕松坡公諱某，官某省僉憲。父存菴公諱某，娶林氏山門侍御之孫子翼之女，生大同，娶本里謝庠生觀我之女；側室陳氏，生大時，即孝廉君，娶方民里李庠生垍之女；側室李氏，閩邑人，生大觀，娶林庠生曰赤之女，繼娶建寧童醫官良性之女。林、李皆先公〔一六〕卒。女五：長適何邦畿〔一七〕，次適夏松，次適謝鏕，次適林大茂，次適林宗斗，大時出。孫男繼梁，聘方民林詔女〔一八〕，維杞、維梓、維楠，俱尚幼。翁生正德壬申年〔一九〕十月十七日辰時，卒于萬曆辛卯年三月十九日戌時。大同輩將以萬曆甲午年某月某日奉翁柩葬於某山之陽，而丐熥言勒石於壙。熥不敢辭也，爲之銘，銘曰：以翁之賢，老于雲烟，遇之迍邅。雖則迍邅，而得全天年。其無懷之與葛天，海之堧，山之巔。有塚纍然，是爲周先生之阡。

登仕郎姚江簿宗先生墓誌銘

宗先生名周，字思兼，别號魯山。其先隴西河寧人，爲宋名臣宗澤之後。洪武初，有諱嘉者占戎籍于閩。嘉生貴，貴生通，通生應，號圃東公，先生之父也。世居晋浦之濱，代隱弗仕。圃東公以布衣累鉅萬。舉丈夫子六，先生其次也。

圃東公好行其德，凡一時名士，靡不延納。故先生少即有長者交，如薛博士欽、葉孝廉麟、林孝廉源清、陳參知全之、鄒明府一麟，皆用藻績著聲。先生以韶年參其末座，於先永寧契誼尤深。既冠，補弟子員，先生性資高曠，喜涉獵百家，厭公車業。乃請于圃東公，北游太學，居都門者三載〔二〇〕，其所交傾四方之士。先生性孝友，居圃東公及母李夫人喪，茹素食淡，不苫塊不寢。伯兄蚤卒無子，先生以仲子繼其後，居恒語及伯氏，則繼之以泣，痛若不勝。尤篤愛諸弟，諸弟中有緩急，未嘗不捐囊副之。歲時伏臘，諸弟有不與者，先生飲弗樂也。至于公私之務，蔑不倚辦于先生矣。先生雖負侃侃，而腸柔甚。聞人困苦則鼻酸心動，不能自禁，必振其急而後臥交睫也。先生家故饒，不善心計。客有以廢舉之術嘗先生者，卒負先生數百金，先生知其欺，白首不問也。嘉靖季，有裨將滕某者，浙人也，以備倭入閩，就先生假館。既以他事往，槖其千金扃鐍以寄，途忽暴卒。先生舉以還其子，猶其人所手緘者。

癸酉歲，廬而火，先生雖皇急，神色自若，餘無所取，獨抱先人祭器及古書名畫以奔，然其煨燼者過半矣。每與熥語及先世所藏，未嘗不嚱吁流涕也。

丙子歲，詣闕謁選，得余姚主簿。或謂姚劇邑，佐之爲難〔二一〕，先生囅然笑曰：「簿，冷曹〔二二〕也。其地去剡溪不遠，且禹穴、蘭亭遺趾在焉，一時詞人墨士咸輻輳其鄉，正吏隱者所宜。何薄姚也？」先生爲吏長厚，又多〔二三〕機警，善鈎箝術，晝夜令司虣之屬巡行四境，以察非常。有龔別駕者，夜爲海盜所刼，亡金寶無算。質明別駕方持牒聞於官，而賊已先就縛矣，咸驚服以爲神君。有陳氏女美而豔，無賴少年蕭某者挑之不得，遂誣其兄以殺人，律當死。先生廉得其狀，一訊而服。有屬吏李某者，坐誣枉繫獄，禍且不測，先生下車甫半月，心知其寃，即解橐中金以贖之，吏得以全，姚人至今誦之。

滿三載，以病免，歸與二三耆舊爲文酒之歡。先永寧實主其盟，詩筒往來，殆無虛日。其居〔二四〕富花竹，先世所遺書畫，先生十襲〔二五〕珍之，客至則懸以供賞玩，曰：「效吾家少文臥游也。」焚香煮茗，超然物外。非烟霞之語，未嘗一出齒牙，先輩大雅君子，無能過先生者。先生工繪事，山水學沈啓南，間爲高房山花卉竹石，種種有法。總之，筆力蒼健，不墮俗格。

晚歲尤喜爲詩，音調清越。書得格蘇、黃，皆有可傳者。先生性通脱而行甚方，生平無貳色，媵婢之屬不近床第。先生少年美風儀，其客長安時，曹偶挾先生爲平康之游，未嘗辭不往。墮珥遺簪之後，或有目成先生者，謔浪通夕，竟不及於亂也。

憶甲申之歲，熥侍先生客樵川，周旋半載，飫先生盛德，蓋不啻飲醇。而先生亦以孺子爲可教，善則奬進，過則譙訶，熥亦事先生惟謹。今先生已矣，其忍以言銘先生邪？先生生於嘉靖戊子年十月二十九日未時，卒於萬曆丙申年二月二十四日巳時，享年六十有九。娶林氏，博士廷植女。男二：長家相，閩庠生，娶趙別駕誌孫女；次家模，禮部儒士，娶庠生藍則卿女，繼娶徐氏、齊氏。孫男五：日炳娶葉刺史邦榮孫女，日烜娶庠生陳邦鼎女，日炡尚幼，家相出；日燦娶庠生王洛女，日焯尚幼，家模出。曾孫二：甲，日炳〔二六〕出；萸，日燦〔二七〕出。女一，適庠生周京男應秋。先生自卜宅兆於鼓山之陽，坐乙向辛。家相等將以萬曆己亥年二月十六日未時啓窀穸而葬焉。方先生在日〔二八〕，命熥爲傳，曰「知我者，莫若卿」，熥謝未遑也。茲以一言藏諸名山，蓋從先生之治命乎。銘曰：

黄鐘〔二九〕輟矣，公其咸韺。蕭艾榮矣，公其蘭蘅。公仕弗顯，公道則亨。吉哉素履，允矣獨行。佳城郁郁，鼓山之側。斧如堂如，以寧魂魄。景行高風，仰彼岁崱。陵谷有遷，斯銘不泐。

黄隱君室人鄭氏墓誌銘〔三〇〕

嘗考載籍，古今高人達士，夫婦偕隱者，不數數見也。楚有陸通，齊有陳仲子，漢有梁伯鸞。或隱於峨眉，或隱于於陵，或隱于霸陵，灌園耕織，以終其身。此非獨三君子能也，乃其婦亦賢婦矣。勢利富厚，即世所稱爲丈夫者尚奔之若鶩、甘之若飴，況婦人女子而能絶甘攻苦、棄濃即淡，没齒無怨，豈不尤難哉？然三人者，誼至高，而其中猶有避兄離母、潔身亂倫之譏，則婦道尤缺也。惟隱不違親，貞不絶俗，躬有道之行而脩廡下之操，則爲難矣。以余觀干黄隱君之配鄭孺人，其微行有足述者，作《鄭孺人墓誌》。

孺人姓鄭氏，文學先生仕俊之女也，年二十歸黄隱君道晦。隱君居于侯官之穆源，去城百里而近，其地依山帶溪，可耕可漁。其俗椎魯少文，雖人烟輻輳，而絶伊吾之聲。獨隱君折節好學，自六經、子史、道釋諸書，以至稗官小説，無不歷覽。間爲詩歌，以寫其山林閒適之趣。少無宦情，不求聞達，荷鋤戴笠，與傭奴雜作灌園，治産以給公上，意泊如也。乃孺人亦于于然安之，椎結布衣，故有林下風氣。晝則拮据女工，夜則篝燈絣辟絖。山宜梨柿之屬，每歲所收頗饒，皆從孺人手指中出。自奉舅姑妯娌外，未嘗屑越一枚也。隱君嗜書，甫釋耒耜，即抱卷呻吟窗間，不問家人産。孺人爲綜理家政，不致乏絶。山中雖無車馬客，然一二父老亦時時過隱君。隱君欲奉觴爲壽，入告孺人，而野簌山肴，咄嗟可辨矣。

忽一日，隱君病，不知人。孺人夜分潛出露禱，欲以己年限有餘者足隱君之算。家人耳以告隱君，隱君嘆息泣下，旋有起色。隱君父病牙癰者半載，隱君求醫於都市，孺人蓬首垢面，不解帶而奉湯藥閲數晝夜。未幾，太夫人病復作，孺人日夜籲天禮斗，願以身代。隱君丘嫂早逝，有兒六歲，女八歲，孺泣不絶。孺人提携鞠撫，不啻己出。久之，二雛且忘其母之背也。隱君年幾四十，未有子，孺人當歸寧時，陰買一媵載歸。隱君失聲曰：

「何物女子，而與之偕來耶？」孺人曰：「妾負君，不宜子。冀買此女以續君後耳。」隱君强納之，又不宜子。孺人復謀置一媵，即隱君不知也。孺人鍼繡精絶，隱君女弟之閨處者，其女工皆出孺人手授。間有根鈍而不能通曉者，即五六指引，了無倦容。暇復以《女訓》、《内則》諸書爲之句解其義，婉孌備至。故孺人卒之日，閨門行哭者皆失聲。隱君雖貧而性好施，鄉鄰有急者，隱君力不能應，或宴居深念，或徘徊四顧。孺人察其意，進曰：「君得無愛莫助者乎？」卒脱簪珥以與之。故鄉人德隱君者甚衆，孺人實相之也。

孺人與余室人爲兄弟，每室人譚其女兄闒内之行，余未嘗不嘖嘖鄭翁有女，黄隱君有婦也。

乙酉冬仲，孺人忽遘疾，自知不起，顧謂隱君曰：「倏短命也，妾復何恨，第爲婦無狀，不能終奉舅姑，又與君中道訣絶以死，妾恨深矣。布衣之操，君其勉焉。」又指愛兒曰：「是兒可憐，君其善視之，毋寡恩，毋姑息。」遂瞑。卒之日爲萬曆乙酉閏九月十一日申時，距其生嘉靖戊申二月十一日寅時，得年三十有八。孺人既死，隱君家益落，不能遂營葬地，藁殯於某山之陽。今年某月日，始奉孺人柩納諸壙，而丐余言以銘其幽。余謂隱居真隱者也，孺人真隱者之婦也。昔人謂要離烈士，伯鸞清高，其塚宜相近。孺人之操，無媿德曜，馬鬣之封，其誰與鄰耶？則有文士銘之矣。銘曰：
二十年蓬户，十年權厝，千百年丘墓。如電如露，何旦何暮，一抔之土。寧論羅襦之與荆布耶。

林兆綸亡室鄭氏墓誌銘

壬辰春，熥方讀禮山中，莆友林生兆綸函其亡室鄭碩人狀來乞銘。熥讀其狀，悼淑麗之凋殞，慨佳人之無禄。朱顔委于黄土，長夜豈能再辰，房帷之好永絶，伉儷之痛難勝。古人有言，婦人之德，非誄不顯。即使熥鄙不文，而埋玉之山，敢愛片辭以藏之窆中，而傳之來世哉。

碩人姓鄭氏，河南觀察使公女也。當觀察公官越臬時，歲在隆慶己巳，徐少君蛇夢協徵，蛾眉斯舉。及兆綸尊大夫権税衡陽，而觀察公道經于楚，解后〔三二〕宦邸，杯酒爲歡，時兆綸歲方四週，騣騣乎有食牛之氣矣。林大夫置之膝前，觀察公撫摩其頂，寧馨發嘆，婚媾斯諧。借楚水以爲盟，指衡山而作證。然而行役不遑，旋即趣駕。雖筐篚未陳，而片言已定矣。及兩公相繼罷歸，桑梓非遥，桃夭將賦。大夫忽捐舘舍，兆綸方抱哀衷。歸妹愆期，有待而行。

至某年月日，碩人始歸於兆綸，琴瑟既和，繾綣彌篤。玉杵得乎雲英，黛眉畫於京兆，可謂一代雙人，百年佳配，禮也。兆綸母黃宜人、生母張少君咸謂新婦婉孌聰慧，甚得歡心。碩人歸兆綸者六載，而婦職不愆。事姑嫜能孝，處妯娌能和。奉宗祧有蘋蘩之託，操井臼無富貴之容。御侍婢夏楚不施，待賓客中饋無缺。侍張少君之疾，具麋蓐，不瘥不休；臨觀察公之喪，伏其尸，一淚一血。其他懿行，難以縷述。夫何歲月無幾而奇疾隨遘，欲延醫調攝，恐貽姑氏之憂，遂暫歸於鄭，以就刀圭。賢哉婦也，意念深矣。詎意彩雲易散，白璧難完。二豎之入愈深，越人望而卻走，乃與兆綸嚱吁訣絕，思還骨于林。舁歸一夕，而碩人竟死，年才二十有一。悲夫，清塵委床，悲風入室，流黃絕響，鸞鏡沉光。魚比目而中路分，枝連理而一朝折。芳香猶在，啓遺篋以興悲；玉珮無聲，望流蘇而太息。

兆綸達不同于蒙莊，痛何殊于潘岳。顧返魂無術，不獲見玉顏于帷幔燈燭之間，而貞石可鐫，思欲藉不朽于藻繪菁華之士。墓中之石，濫以屬熥。熥與兆綸百里神交，異鄉兄弟。哀荒之中，漫成茲誌。雖穢及青山，羞貽白骨，然誼當載筆，其敢辭乎？

碩人生於隆慶己巳閏六月廿一日未時，卒於萬曆己丑四月十五日巳時。墓在某山之陽，葬擇於某年某月某日。碩人名某，父觀察使，名茂。兆綸名去疾，父林某，官長沙郡丞，即所稱林大夫者也。銘曰：孝其姑而佐其夫，夭其軀而無其雛。嗚呼。

墓表

亡友陳仲見秀才墓表

陳君仲見，年三十有四，以閩邑諸生卒，時萬曆十六年戊子歲也。越三年，辛卯冬某月某日，其父汝大先生暨二孤葬其柩于某丘某原。既葬之明年，其友人徐熥哀其志，爲文以表之。俾千秋萬歲後，知吾閩有陳仲見者，才且賢而夭死，埋其骨於此中也。

仲見諱士龍，閩人也。其先侯官人，自高、曾而下，皆歷顯官。祖憲副公爲吏有能聲，而母又爲馬司徒森公女，故仲見貌頗類馬司徒，蓋魁然者也。仲見少警敏，多權略，又於内外祖所習國家掌故，居常有所抵掌，即宿儒老吏謝不及也。今世博士家，屈首受公車業，授以握算，不知從横。仲見雖在諸生間，而獨諳大體。其所持論切於事情，不爲章句之學，故人鮮有知之者。而徐生獨知之，謂仲見得試于時，其功業當比隆内外祖。惜其不能以公車售，竟死也。

仲見性侃直，人有過輒面折之，頗爲同游者所憚。又善飲酒，每宴賓客，必扃鐍其户，客無能亡去者。仲見起行酒法嚴甚，即客量如斗筲，然莫不浮白引滿，無敢耳語喧嘩者。嘗自嘲爲酒中衛鞅，時亦呼爲陳孟公云。復喜任俠，人有緩急，傾身以赴之，而圖畫萬全，無所失墜。其料事多奇中，事有疑不能決者，往質仲見，仲見兩言而決耳。甫弱冠，委禽于鄭觀察公女。觀察時官留都，仲見以此得遊于江淮、吴越間。所過賢豪長者，無不折節與仲見交者。仲見家居尤喜賓客，詞人墨士來遊閩者，仲見未嘗不倒屣。故仲見雖少年，而好客自喜名滿公卿間。

乙酉，省試不利，乃束裝訪鄭觀察于羅浮、五嶺之間。名山靈刹，足跡幾遍。道經章貢，郡二千石與仲見有世雅，下榻甚歡。章貢爲諸藩孔道，商船賈舶，鱗比輻輳，例開榷場，譏闌往來諸商。有大賈載奇貨滿巨艦，冀得仲見一言免其征，奉百金爲陳公子壽。仲見謝不取，曰：「奈何以苞苴汙吾行李？」竟麾之。後太守聞其事，待仲見愈恭。比抵舍，發其橐中，出竹簞一奉父，狐貉一奉母，翡翠、桄榔之屬以遺諸兄弟，無長物也。既自粵歸，喜山水益甚，游宴無虚日。仲見體碩，不便登涉。丁亥秋登岃崱峰，攀躋困頓，歸而病血。戊子歲復遊西北諸山，問奇吊古，遲迴蒼莽間。歸復病痰，伏枕兩月，竟不起矣。

仲見既壯，不能以經術取世資，意常忽忽。故督課其二子甚力，無間寒暑。察其意，即弁而冠進賢猶晚也，時伯玉纔數齡耳。余嘗戲謂之曰：「君何未卯而求時夜哉？」仲見大笑。今伯玉年十六，衿已青，富貴可立致，而仲見已爲異物。悲夫，悲夫。仲見事父母及諸祖母，皆得歡心。父汝大先生工爲詩，日夜握管呻吟，不顧家人產。而弟仲名方下帷爲經生，故家務皆出仲見經畫。臧獲稍有跳浪，則夏楚隨之，故陳氏雖世貴顯，而平頭奴入市，股栗不敢爲非，其家政肅然如此。仲見有經世才，不獲一試，堇堇施之于家，抑又可悲矣。與弟仲名同居，嬴詘之間，毫無間言，人莫不多其友愛焉。仲見父椿，即汝大先生，闔博士弟子，後棄去業詩。祖子文，湖廣憲副。曾祖鏜，惠州倅。遠祖良，國初時以明經起家，官刑部員外郎。仲見娶鄭氏，觀察使人逵公女。子二：長即伯玉，闔庠生，聘國子博士鄭雲鏊孫女；次某。仲見生於嘉靖乙卯某月某日，卒於萬曆戊子某月某日。墓坐某向某，去憲副公墓幾十步，汝大先生所自擇者也。文曰：

士龍名，仲見字。享天年，三十四。死者歸，生者寄。短與脩，胡以異。子英英，有其二。墳纍纍，乘生氣。宿草繁，泉扃閟。友徐熥，哀其志。勒貞珉，爲之記。

行狀

邵武府通判李公暨元配林孺人行狀

李公諱逢，字子時，慕東其號也。其先爲江西吉水谷村之西平王人，二十五世祖仲榮始遷高涼茂名縣華山之下居焉。十傳而爲太僕公，太僕公諱邦直，以名進士起家，爲少卿。太夫人楊氏無子，少君張氏以嘉靖庚子二月二十六日亥時舉别駕公。

别駕公生而穎異，十歲能文章，十二即補邑庠弟子員。越明年，太僕公捐賓客，公居喪哀毁如成人。值直指使者與太僕公有郤，且以公家兄弟黄口耳，思覆其巢而甘心焉。於是日夜招人告李少卿，陰事者胥徒五百之屬，填滿閭巷。公神色不爲變，且撫諸弟曰：「吾宗世有令德，雖及于難，不足憂也。」久之，事竟得解。

公懲於家難，益折節向學，年二十五得食廩餼。隆慶丁卯，例當恩選天下貢士，督學憲臣以公應命，北遊太學。萬曆丁丑，授直隸淮安府海州同知。積六載，得量遷福建邵武府别駕，故人皆稱爲别駕公也。淮陽之地，如高家堰、三義鎮、清江浦諸處，皆當黄河衝流，溺民廬舍。縣官歲出金錢脩築，所費不貲，而董其事者往往有所乾没，故旋脩旋決，迄無成功。當事者以屬公，公手指中出八十餘萬金，未嘗一有所染也。事成報命，特旨增俸一級。其所署桃源、清河、安陽諸邑，篆撫循備至，裁冗費、清田糧、招流移、懲頑暴。非月報不罰一鍰，非公賦不徵一錢。居常自謂曰：「乳媪哺人之子，猶時察其寒温燥濕而置之安，奈何攝人之民而秦越視之也？要以奉職循理效命公家耳。」故公每去一邑，父老無不扶携泣下者。在淮六載，先後膺薦者三，膺獎者三十四，其吏畏民懷，猶庚桑之於畏壘也。

癸未，擢判邵武，其治一如淮陽。時邵武堞樓崩圮，當道委公脩葺，城以之完。形家者言，以爲濠水分流不利于郡治，公鋭意改築，相度有方，百姓便之。邵郡偶值歲饑，民嗷待哺。而公方督糧務，仿古人十二荒政之遺，設法周賑。是歲饑而不害，公之力也。公攝篆建溪，有術者詐爲繡衣郎行部，突入縣署，厲聲向公曰：「若胡不起？吾直指使者某也，微行按若耳。」公端坐不動，目攝左右收之，果得其詐僞狀而寘之法。先是，建陽令何某者，年少不諳于吏治，失庫中金千餘兩，令當入覲。當道委公視其篆。以失金故，不欲與公面，相代間道行三十里，令吏封册籍付公而遁。公憐而秘之，不即發。侍御楊公廉而得之，屢手書問公，公終不以爲言。直指怒公曲庇此令，卒逮公，而公亦遂返初服矣。公歸甫半載，以微疾而逝。人咸謂得以骸骨歸者，長厚之報也。

公丰姿玉立，高出風塵之表，而性寬厚，喜怒不形。與諸弟自少至老，未嘗有間言。諸弟能以文章起家者，公勉勸之力多焉。公配夫人林氏，爲吴川縣林廣文之女，公自淮歷閩，幾十餘載，夫人未嘗侍左右。或勸之往，夫人曰：「佐貳，卑職也。其歲所入俸錢，僅足自飽耳。奈何復以賤妾爲累？孰若不往，以成其廉哉。」公在宦途且久，夫人督課兒曹，毋問寒暑。至如桑麻絲枲之屬，皆夫人手自拮据。其内助之賢，尤有足述焉。

公卒於萬曆丁亥十一月某日某時，距其生四十八年。夫人生於嘉靖己亥年某月某日某時，卒於萬曆丁亥六月廿六日某時，年四十有九。男二：長之芳，以廩例入太學，娶教諭顔觀光女；次之芬，郡庠生，娶壽官梁琥女，繼公仲弟遥後。孫男儒偉，之芬出。孫女京妹，之芳出。墓在某山之陽，卜以某年某月某日某時，與夫人林氏合葬焉。

熥少時乘侍先君子于高涼官署，奉教於公有日。及公佐邵也，又客公傳舍者半載，有孔李之誼。公子之芳將乞言以銘公之幽，屬不肖爲狀，故捃摭懿行之略，以上于大方君子記曹，惟哀憐而華衮之，幸甚。

張隱君暨配鄭孺人行狀

高祖瑛處士；曾祖懋授奉直大夫；祖濬贈國子博士；父廷器，羅田縣令。少石張先生卒之明年，其孤勳輩將奉其柩與元配鄭孺人啓馬鬣而封焉。勳衰杖造余，再拜泣下曰：「先人之棄諸孤也，骨肉將歸于土矣。所有生平行誼不與骨肉俱朽者，則有墓中之石在耳。顧先君子潛德弗耀，何以徼名公長者之一言，願藉手于足下，狀我先德，足下其無辭焉。」余應之曰：「唯唯。」作《張隱君鄭孺人行狀》。

張隱君者，閩中人也，名圻，字孟京，號少石居士。父羅田令，母唐孺人，以正德戊寅年二月初八日生公。公生數年，而唐孺人即世。繼母賀氏憐愛公，公之事賀也，不異〔三二〕唐孺人在時。幼侍羅田公宦遊，每遇歲時伏臘及唐孺人忌日，則扃户痛哭。羅田公怪問之，跽告曰：「方大人家食時，母氏拮据女紅〔三三〕，以佐力學，虀鹽不飽。今大人享有升斗，而母氏不逮，是以哭耳。」羅田公亦哭。既而聞賀孺人且至，則倉皇拭淚，言笑自若。羅田公又怪之，公曰：「奈何以亡者而傷生者心。」羅田公心異之，謂孺子無童心。賀孺人生三弟，友愛特至，推貲讓産，無幾微間言。有妹適于葉氏，少而嫠，公周給之者，終其身不廢。比羅田公及賀孺人前後見背，公髮已種種，然饘粥哀毀一如少年時。其孝友多此類。

嘉靖乙巳歲，閩中大饑，公倡義發粟以賑鄉人，賴以全活者甚衆。族人有逋官租者，公捐己貲爲償其負。人之假貸于公，契券滿篋中。其有力而能償者，公索之；貧而不能償者，公焚其券，不索也。性尤儉素，綈絮之衣，藜藿之食，老而不厭。謂吾坐享先人成業，不能有所封殖以長尺寸，奈何而更屑越之乎？見人窮窘，則解衣推食，略無吝色，即家之羸乏不問也，人皆多其儉而能施云。公少善公車業，謂富貴可立取。及羅田公棄五斗而歸，公實爲家督，家務鞅掌，不得卒業，故白首〔三四〕而稱隱君也。

萬曆辛卯年臘月十有一日以微疾而逝，享年七十有七〔三五〕。配鄭孺人，諱瑛，汝寧太守時佐孫女也，年二十歸公。端重〔三六〕貞淑，通《孝經》、《烈女傳》諸書，勤於績紡。先是，隱君從羅田公之官四方，孺人代秉家政。羅田公所遺俸錢並田租所入，自供祭祀外，未嘗妄費一錢。及羅田公解組還家，封識有未啓者。事羅田公、賀孺人，與隱君朝夕視寢膳，得其歡心。早歲未有子，爲隱君置側室丘氏，愛如己女。孺人年四十始舉動。丘氏復生三男一女，《樛木》、《螽斯》之詠，孺人有焉。至于隱君能恤其寡妹者，雖隱君之篤於骨肉，亦孺人有以成之也。孺人性澹泊，衣一浣衣，十年不易。見里中紈綺子弟，輒舉以戒諸子曰：「丈夫不能致身青雲，榮華當世，乃至竊先人餘焰以誇詡閭里，徒〔三七〕

令識者揶揄耳，不願汝曹有此行也。」晚舉動，雖甚憐愛，不姑息也〔三八〕。稍有不恪，則夏楚隨之。故張氏諸子，其恂恂謹飭者，雖庭訓有漸，亦賢母之烈歟。

孺人生〔三九〕正德戊寅年二月初八日，卒於萬曆乙亥年八月二十一日，壽五十有八。男四：長即勳，孺人出，娶庠生王振世女；次爚，娶庠生陳其嚴女，繼娶陳氏，爚少出爲仲叔後；次杰，娶朱氏；次默〔四〇〕，娶周氏。女一，淑玉，適陳郎中良珍孫男文湛，俱〔四一〕側室丘氏出。孫男二：長問仁，勳出，聘陳侍御褒孫女；餘俱幼。孫女四。勳等卜以某年月日葬于雲林山之陽，背乙向辛。熥不敏，謹草創其行事，徼名公一言哀而褒之。立石壙中，以光泉壤，張氏幸甚。謹狀。

先考永寧府君行狀

不肖孤熥之再上春官也，先府君春秋已七十有九，旄矣。二母髮亦種種白矣。然熥家酷貧，念不行無可養者，故以辛卯八月六日束行李辭先君於庭。熥泣數行下，引裾不能別。先君固訶止之，謂「而翁尚善飯無恙，兒第往，毋內顧」，爲熥掩淚。

驅車而去，及次樵李，熥偶得疾，臥船窗中，不知人者五日。至吳門，疾益亟。吳友張幼于館熥於別墅，爲求良劑〔四二〕，數日後稍愈。九月念一日〔四三〕，與莆友陳子卿宿閶門舟中。是日也，熥意忽忽如有所失，皮肉俱顫〔四四〕，以爲咄咄怪事。子卿用好言慰藉，熥意稍解，遂不復疑慮。越一月，過吕梁洪，熥假寐舟中，夢先君車從輿馬甚都，與吾鄉故博士薛君寅甫者，蹴熥起。熥忽驚寤，即具衣冠過子卿舟，欲述夢中事。未發口而熥舟已覆矣，以此得不死。薛君者，爲先君執友，與計偕，溺死吕梁，而熥曾爲之搜校其詩〔四五〕，以傳於世者也。心益怪之。仲冬望日入長安，而先君之訃至長安者已半月矣。

嗚呼，痛哉。熥之去高堂游萬里外者，圖升斗養耳，乃三釜不及而抱恨終天。徒跣奔歸，痛深屠割。熥念先君之歿也，瞑不及視，木不及送，而今已矣。獨有墓中之石得徼名公長者一言以傳示來世。熥所藉手以見先人於地下者，此耳。儻一旦溘先朝露，悔則何及〔四六〕？故荒迷之中，掩淚捉筆，與弟𤊹、熛論次先君生平行事之概，著之于篇。惟名公長者哀憐而賜以文，先君骨且不朽。

熥族猥微，譜牒散佚，遠者不可知，斷自宣教公而下耳。宣教公諱景宗，景宗生孔明，孔明生鏗，世居閩之臺江。孔明公蚤世，鏗公始謀入城定居焉。鏗公復蚤世，故先世之事弗詳。鏗生演，號易叟公，即不肖孤之王父也。娶林氏，舉丈夫子六人，先君名在第五，諱棉，字子瞻，號相坡居士。

余家世受賈，自宣教公以來，未有服逢掖爲博士弟子者。先君生而穎異，與諸兄弟同受書，書過目輒成誦。遇休假，諸兄弟皆從群兒嬉，先君獨吾伊不輟。易叟公及伯父友軒公最憐愛之，謂是兒當亢吾宗[四七]。及長，從雲川舒先生受《易》。舒先生門弟子甚衆，先君未辨色即負笈往，有所疑難，論駁蠭起，未嘗不嶽嶽也。舒先生大奇之，謂異日以《易》名世者卿耶。嘉靖丁酉督學使者貴溪江于順先生補爲閩邑弟子員，庚子錢唐田叔禾先生拔異等，得食廩既，名遂起諸生間。然試于省闈者八，試于京闈者一，俱不利。

歲乙丑[四八]，丹陽姜公來督閩學，時詔天下郡縣貢士毋拘資次，必得年力英茂、經明行脩者充選。先君遂以薦上春官。隆慶己巳，授江西南安府儒學訓導。廣文官至卑散，無所事事，日與二三同調遨遊山水間，飲酒賦詩，自見其志。壺觴杖屨無虚日，然雖陸沉杯酒間，而功令克舉，諸生有質疑問難者，隨叩隨應，莫不謂徐先生胸中如武庫。尤敦尚氣節，不爲齷齪米鹽之謀。郡二千石與先生同邑同硯席，甚歡也。公庭延接外，未嘗操閩音私交片語。崇義邑缺令，當道命署篆。先君不欲越俎而代，乃稱疾固辭。使者旁午于道，竟不往也[四九]。南安爲章貢上流，山巒環麗，然東隅稍缺，故科目不及他郡。先君采形家者言，請于當道，建塔郡城之東，一瓦一石皆手自經理，閱歲而成。是歲庚午，遂有首鄉薦者。至今人士猶誦説之。士有某者貧甚，值督學使者檄召赴他郡歲試，資斧無策，虞後期又失此青衿〔五〇〕，乃粥其子以往。先君聞之，出俸金爲贖其子，仍與之同舟往還。其人德甚〔五一〕，先君竟秘其事，不以告人。此熥爲童子時所目擊者也。

萬曆癸酉歲，擢廣東茂名縣儒學教諭。先君時年六十有一，念閩中距高涼遠甚，且海寇陸梁，道路多梗，以熥方髫齔〔五二〕，𤍠、熛二弟皆在襁褓。先君謂：「吾甲子已週，三子又俱孱弱〔五三〕，奈何戀此一氈，入瘴癘之境，夜行不休乎？」欲棄官歸。客有謂先君：「君家無卓錐，奈何遽舍此苜蓿，令他日饑欲死乎？」先君不得已，始登車度庾嶺，非其志也。既至高涼，督課諸士，視在聶都更加飭〔五四〕。在公庭則講道論德，諸人士無不憚其嚴者。及至燕居〔五五〕，未嘗不飲人以和，莫不人人悦服。葺堂宇，飭俎豆，購書籍，恤貧士，禮遺逸，皆取諸私帑。其事種種不具論，茂之人至今猶尸祝焉。

丙子歲，擢永寧縣令。永寧，巖邑也，界萬山中，土瘠民貧〔五六〕，而又喜訟。先君雅不長吏事，性又畏聞箠楚，寧一歲租庸不上三千緡，先君僅能徵其半。當事者以爲拙于催科，時時督過。故作令兩載，奪去俸錢者亦幾半。先君謂民色如菜，奈何更剥其脂令立槁乎？竟不加一箠。民亦感悟，稍稍繈屬委輸矣。先君性狷介，而春秋又高，不任勞苦，耻束帶對吏卒，及退食則顰蹙不堪。永寧爲吉郡屬邑，故事，令旬月或數往郡中伏謁大吏。塗有嶺名七蹊，高蔽日月，而路如羊腸九折。先君每度嶺，愀然不樂。謂吾頭顱如許，尚數乘此險，彼迴車者何人哉〔五七〕？是以去志益決，投牒乞休。郡守爲太倉張先生，謂先君循吏〔五八〕，勉留數四。每牒上，輒匿去不爲轉聞，以此綬竟不得解。及張先生考績入都門，先君始得掛進賢、棄五斗矣。是歲戊寅，先君年六十有六也。先君在寧，無赫赫功，及去寧後，百姓反思之，謂徐侯長者。

先君爲微官十年，橐中如水，置宅一區，僅足容膝，買田數畝，僅足種秫。晚歲經營尚平之事，尋復蕭然，以至老死，傷哉貧也。

先君嗜學，自六經子史，以至稗官小説，罔不讎校，必求其解。家居十五載，兀坐一室，口不絶吟，無間寒暑，老而好學，則少年可知也。少習聲詩，古體得格陶、韋，近體取材工部。而性恬淡，不欲以薄技自見。

性喜飲酒，居恒未嘗不耳熱。當爲令時，每出飲必大醉，醉便臥車中不能下，申旦而後醒，率以爲常。至於延客，客未醉而主人已頹然，客散去不知也，其真率如此。又喜花木，所植百餘種，曉起則手自灌溉，不以煩童僕。有風其勞者，答曰：「吾自適其適耳。」當先君爲諸生時，藜藿不充，家徒四壁，而日與酒人游，陶然自得，即懸罄不問。晚年飲水茹蔬，經月不嘗一臠。即强進之，輒麾去，曰：「毋溷我清虚。」所不廢者麴蘖耳，其澹泊如此。性又好潔，環堵之中，塵埃不染。所讀書，雖繙閲至數十年，若手未觸者。其甲乙次第，即暗中摸索可得也，端方多此類。

事大父〔五九〕、大母以孝聞。伯父友軒公故翼令先君就學者，四十六而卒〔六〇〕，無子。伯母趙氏老而盲，先君迎養于家，實母事之。伯父恪軒公亦無子，先君雖宦於外〔六一〕，歲寄所得俸錢以給之，終其身不廢。惟孝友于兄弟，蓋天性也。

先君侃直無他腸，自少而壯而老，未嘗有苟言苟行。晝之所爲〔六二〕，夜必書之，如是者垂五十餘年。即屬纊以前數日，所書得疾問醫事，歷歷可辨，墨痕尚鮮。熥每一捧讀，事跡宛然而音容永隔。悲夫，悲夫。

先君雖老，而精神矯健，無異少年。臨水登山，屐齒不倦。故熥兩與計偕，即有離別可憐之色，而無風木之慮〔六三〕，先君亦不自慮也。乃遘微疾，不旬日竟卒。雖當易簀而神爽不亂，謂二弟曰：「人生如隙駒石火，其將化也，毋論富貴功名，如幻如夢。即此七情，天之所賦，性之所具，至此亦澌滅無餘，兀然空一身耳。吾返吾真，更復何憾。」客來問疾，猶延入榻前，語笑自若，拱揖成禮，無尫羸態。至于家事，絕不掛齒頰。所諄諄者，花木、竹石、圖書而已。客無不嘆先君達者。家人環而泣，先君顧笑曰：「宋某墓材已拱，而我方就木。彼已返其真，而我尚爲人。我，天之戮民也，乃圖久生，不亦惑乎？」遂掀髯而逝。宋某者，亦先君執友，與先君生同干支，先先君卒者三十四年。脩短不齊，故先君舉以自解云。及熥奔喪歸，仲氏、季氏與姊丈謝君長史述先君臨終時狀如此，而熥不及見。悲夫，悲夫。是日也，即熥在閶門舟中忽忽不樂、皮肉俱顫時也。熥病不知人時，先君疾且革。豈父子一氣，即數千里外有相通者乎？熥得免呂梁之難者，豈先君陰有以相之歟？此其事不可知也。先君博學能文章，而卒慳于一第，官又不過爲郎。年四十有九始舉熥，今熥且壯，又廁賢書，乃不能早致青雲之上，生不及養，死不及訣。熥罪人耳，何以見先君于黃壤也？熥等將某年月日奉先君柩葬于某山之陽，謹泣血具實如右。哀迷昏憒，語無倫次，惟名公長者哀憐而賜以文，先君骨且不朽。

先君生於正德癸酉十月二十七日寅時〔六四〕，卒於萬曆辛卯九月二十一日申時〔六五〕，得壽七十有九。母陳氏，生姊一，適吉府長史謝汝韶。生母林氏，生熥與弟燩、熛。熥字惟和，娶鄭氏，生子莊，聘崖州尉鄭公廷用女。燩字惟起，一字興公，娶高氏，生子陸，聘大中丞陳公達孫价夫女。熛字惟揚，娶郭氏，生子袁。孫女三：坤，熥出，許人瑞翁程蕃守林公春澤子應起男如稷；餘俱幼。妹一，適知縣鄒一麟男學閔。先君生平所爲詩頗繁，熥請陳价夫爲選其精者若干首，名曰《徐令集》，行于世。又有《周易通解》、《養生纂要》若干卷，藏于家；《晉宋人物考》，書將成而卒。

誄

故福建按察司提學副使顧公誄〔六六〕

故福建按察司提學副使衡宇顧先生，弱冠薦于鄉，二十七成進士，例得外補，乞爲會稽博士。稍遷括蒼司李，以治刑最，徵入爲尚書郎，上疏陳情，改南司勳氏。十年，擢山東臬憲，復調督學閩中。無何，遭吏議，即投劾歸。家食十餘年，於萬曆丙申年三月某日，以疾終于吴江之故里，享年五十有六。嗚呼，哀哉。閩晉安徐熥，先生門下士也。初以明經受知，再以騷雅見盼，執燭易簀之誼曠焉。莫展炙雞絮酒之忱，緬然有懷。時因户部主事鄧原岳還朝，道出門下，謹脩香帛之奠，掩涕爲文，敬吊先生焉。其辭曰：

明文郁盛，七子主盟。琅琊云亡，大雅無聲。起衰拯溺，繄厥先生。明懿夙稟，詩禮蚤聞。胸藏二酉，腹笥三墳。鴻鵠抗志，龍虎鬱文。英齡登朝，去華就夷。皇路首矯，雲阿神羈。苜蓿闃寂，竹箭葳蕤。青氈夜雨，絳帳晨風。駕言其邁，應接鏡中。暨晉司李，括蒼之區。嗟此胥靡，痌瘝是辜。桁楊臥庭，赭衣絶途。爰書凄楚，吟嘯于徐。帝念士師，寔生我徒。其亟召還，庸佐王都。睠顧北堂，燕雲其遥。願乞南曹，奉母昏朝。司勳清署，白雲滿堂。三山勝蹟，六代文章。探奇朱雀，吊古鳳皇。南朝古刹，攬眺徜徉。十年不調，拓落爲郎。揚雄執戟，曼倩饑腸。人日淹滯，先生洋洋。齊魯秉臬，爲憲百城。旄頭風肅，斧上霜明。璽書載畀，視學我閩。冰壺衡鑑，山斗人倫。傳經校藝，造士作人。丹荔夏劈，朱橘秋陳。幔亭聽樂，玉女結鄰。桃李有蔚，苡薏無因。挂冠去國，納履入林。門杜俗軌，閣敞清音。招朋放鶴，把酒聞禽。吴歈楚舞，皓齒娥眉。歌傳樂府，曲度新詞。三平自快，百年同期。以此卒歲，不知其非。雙魚蹔歇，二鼠先機。遊屐苔暗，承塵鵩飛。斯文天喪，吾黨誰歸。嗚呼哀哉。年壽有盡，不朽者言。名立身顯，位薄道存。氣淩叔夜，量倒陳遵。肆志日月，比類荃蓀。孰存而壽，孰貴而尊。釣雪之渚，垂虹之瀆。瞻廬望路，衰草平原。儀刑既遠，德音不諼。千秋有淚，國士啣恩。擘悲屑涕，神悸氣吞。悲哉秋也，賦此招魂。嗚呼哀哉。

王少文誄

萬曆二十一年三月二十七日壬午，友人王少文年甫二十，以疾卒于鳳池里之故第。嗚呼哀哉。年之不永，命也如何？昔伯牙輟流水于鍾期，濬冲嘆河山于嵇阮。情之所鍾，千古同痛。余也懷倚玉之摽，抱焚芝之嘆，托招魂之誼，附絮炙之情，抒悲惋于一時，章盛美于來禩。敢藉素旗，爰作斯誄。誄曰：

猗歟王君，系出太原。雲仍不墜，纓組斯繁。高曾而下，代有顯者。君繼休聲，渢渢太雅。甫在垂髫，肅肅蕭蕭。阮咸自達，阿龍故超。抽毫掞藻，詞林共寶。敏過陳思，秀方文考。夙有書淫，致遠鈎深。下帷發憤，抱膝長吟。善談名理，四筵傾耳。大暢玄風，研精奥旨。墨跡如雲，鍾王派分。黄庭模帖，白練書裙。解衣盤礴，丹青間作。筆底雲烟，胸中丘壑。追琢磨礱，技擅雕龍。工同斯邈，古類鼎鍾。後來之秀，君爲領袖。君才則高，君德則茂。傾蓋交情，恩比同生。花間問字，竹下尋盟。緇流勝侶，精廬別墅。把臂烟霞，連床風雨。日遣書郵，尺牘頻投。停雲落月，一日三秋。蘇門之嘯，與君同調。寒食分題，晚山共眺。刳心嘔肝，以受譏彈。建旗拔幟，惟君登壇。君善容止，春花秋水。居然羸形，不堪羅綺。君苦病魔，數抱沉疴。一歲之中，呻吟居多。累月積日，遂成寢疾。昊天不吊，奄然而卒。嗚呼哀哉。易簀之時，執手漣洏。愁雲在户，悲風在帷。嗚呼哀哉。呼天呼父，君情何苦。方當夢楹，猶能轉麈。嗚呼哀哉。當君嬰孩，陟屺興哀。君父何辜，蘭玉先摧。嗚呼哀哉。賦成鸚鵡，諸生乍補。豈意青衿，竟埋黄土。嗚呼哀哉。納采問名，六禮未成。孤鸞有影，鳳曲無聲。嗚呼哀哉。賢而不壽，苗而不秀。驢嗚可悲，馬策誰扣。塵世難逢，永隔音容。金盡南國，寶失衰宗。思君不見，悲歌以唁。流水亡琴，空枝掛劍。天路茫茫，君遊帝鄉。死者無情，生者自傷。將尋天路，叩閽而訴。虎豹當關，恐逢帝怒。漠漠殘魂，脩夜長昏。生平交誼，一哭寢門。嗚呼哀哉。

祭文

祭宗主簿先生

人情嶮巇，友道斯衰。惟我先子，與公維之。弱齡締結，白首爲期。惠施之好，管鮑之知。豈必同氣，而後塤篪。通家之誼，世世不遺。先子弗祿，六載于茲。登堂見公，猶慰我私。公復棄我，如何不悲。當公之少，文采陸離。長遊成均，名譽四馳。晚得一職，姚江之湄。政先惠愛，民口爲碑。解組東歸，寔由南箕。公齊得失，處之怡怡。日與先子，及諸鄉耆。登山臨水，浮白賦詩。礚礴適意，謔浪解頤。惟公之性，真率坦夷。言也有物，行也不欺。待諸昆季，篤于秉彝。太樸不斲，盛德可師。甲申之歲，得侍履綦。薄遊樵川，往返追隨。載色載笑，尤勞夢思。公有奇疾，體日尪羸。誰爲公祟，二豎三尸。年幾七袠，竟與世辭。嗣公之業，公有佳兒。諸孫玉立，不廢吾伊。剸犀之劍，脱穎之錐。公目可瞑，何以悲爲。緬念世雅，不禁漣洏。千秋萬歲，永别光儀。一杯之奠，侑以哀詞。公靈如在，尚其鑒之。

奔喪歸祭先府君文

詎意生離，竟成死别。燕京聞訃，求死不得。徒跣奔歸，肝腸寸裂。遺像徒存，音容永隔。嗚呼哀哉。昊天不仁，胡至此極。父子至情，不能一訣。天地有窮，此恨無極。不及黄泉，相見何日。隙駒如流，忽經五月。卒哭逾期，虞祭已畢。兹辰薄奠，徒增慘切。嗚呼哀哉。父既死矣，三釜不及。三釜不及，祭亦何益。嘉餚不御，旨酒盈觴。幽明路隔，咫尺茫茫。撫床憑几，益斷肝腸。父靈有知，當亦悲傷。哀痛哽咽，語不能長。嗚呼哀哉。

祭池博士

歲在辰龍，賢士陽九。古有是言，符驗非偶。誰其當之，西甌池公。五朝遺老，九十二翁。翁也倜儻，聞于吾黨。忠厚雅醇，清通爽朗。文藻翩翩，凌固軼遷。數奇不偶，官止一觴一詠，一壑一丘。萬緣俱屏，留神《内景》。鉛汞在爐，車輪窺井。衣剪霞綃，鶴馭飄飄。花朝月夕，杖屨逍遥。蠹魚成癖，怡情典籍。飲酒讀《騷》，參禪學《易》。壽幾百年，陸地之仙。見推月旦，九薦賓筵。精神矯健，略無困頓。伏氏傳經，廉頗善飯。熥等託交寧馨，得塈典刑。祝哽祝噎，長享脩齡。俄聞訃至，謂公已逝。胡不百年，而九十二。悠悠蒼天，何爲其然。世界缺陷，造物忌全。如公之壽，世所罕有。四大微軀，誰哉能久。公有諸兒，皆稱白眉。世公之業，公又何悲。生芻一束，望風而哭。使乎將歸，奠公之木。青氈。青氈未煖，公已思返。墜鱣無心，冥鴻斯遠。冠掛城頭，歸隱西甌。哀哉。

祭外舅鄭茂才

古人有言曰：有不可知者，有無奈何者。居嘗誦之未知，言之甚痛也。今於翁其情類是，烏得不悲？

翁子婿四，受翁恩最渥。長適林大堅，大堅家故貧，翁濡沫之不遺餘力。室廬、婚嫁以至絲枲、米鹽、薪水之屬，咸取給于翁，與生男同。及諸孫稍長，大堅竟先翁死。翁經紀其喪，撫恤寡女，外翼諸孫。乃未食林氏一日之報，而翁竟逝矣。

次適黄子文。方子文之罹于難也，值婦新喪，室如懸磬，仇家獄吏索人錢若餒虎，親戚交游，無可告者。翁捐二百金爲之居間，事始得釋。夫人情憐婿以女耳，乃女既亡矣，猶破産以脱婿於難，豈不難哉？今子文落魄且老，不能酬翁萬一，而翁竟逝矣。次即熥。始熥爲諸生時，翁最憐愛之，謂富貴可立取。翁居鄰棘闈，熥每就試，皆憩翁家，翁爲治供具，寢不能睡，乃三試而三不利，翁反慰藉之。最後幸領鄉書，上春官，又卒被放，不能早致青雲之上，副翁責成之意，而翁竟逝矣。次適林達穎。方達穎爲鄭婿時，翁耄矣，又時時疾作，且諸婿各以事奔走四方，不能常奉杯酒爲壽。達穎猶冀與少日周旋，以陪杖屨，詎甫匝歲而翁竟逝矣。夫人之有施而不身食報者，苦無年耳。翁年幾八袠，諸子婿且壯且老，竟無一人能報翁也。豈所謂不可知、無可奈何者耶？翁之孝友在家庭，文章在士類，長厚在鄉閭，義方在孫子，不具論，獨論翁婿之情如此。

祭黄憲副

於鑠黄公，閩南鉅宗。一門之内，纓組重重。旬宣播績，黄門納忠。公也繼起，繡虎雕龍。少年擢桂，旋冠南宫。筮官民部，除奸去蠹。衆口鑠金，蛾眉易妬。出爲别駕，淮水之涯。屈平澤畔，賈傅長沙。既刺柳州，復佐金華。帝心簡在，白麻重拜。寄以專城，黄金横帶。奏績彤廷，分憲楚荆。剸繁治劇，弼教明刑。冠峨獬豸，湘潭幾載。言思故鄉，鱸魚蓴菜。拂袖還山，鬢猶未斑。鹿游雲臥，岩居川觀。鮐背黄耇，娱情詩酒。丹煉大還，書探小酉。嘯傲雲烟，垂三十年。津門之下，于山之巔。昊天不吊，大星隱曜。服鳥翩躚，哀猿叫嘯。公雖已矣，孫子振振。家聲不隕，公也如生。熥締交令子，素仰丰儀。奪我蓍鑑，同情共悲。生芻一束，聊寫哀私。公靈不昧，尚其格思。

祭黄子獻

昔陸機《嘆逝》，追親故之凋落；江淹賦《恨》，怨天道之難論。少愛其文，未知感痛；長知感痛，而懿親無恙，戚屬具存，雖臨文嗟悼，而真哀未宅。十年以來，漸罹茲患，始信江、陸之言，非無感而哀，蕙嘆芝焚，果心驚而不已也。

余與子獻行年相若，同親硯席幾二十年。寒夜孤檠，呻吟不輟，當筵杯酒，謔浪爲歡，意氣文章，互相推許。蓋子獻性既恬淡，亦復寡合，所稱兄弟之愛者，僅吾數人而已。

今年子獻甫及四十，病不五朝，倏爾長逝。營魄未離，余輩環侍，俟其易簀，目其衾殮，臨其蓋棺，哀從中來，其何能已？此伯牙所以致嘆于絶絃，而向秀所以興哀于鄰笛也。子獻以《易》學世其家，擅名經術，雖迭廩餼，屢躋公車，竟以青衿早歸黄壤。有才無命，痛也如何。然顯晦者命，脩短者數，軒冕布衣，俱歸静寐。彭鏗殤子，同戢一棺。匪余輩謬爲曠達之言，而實古今齊物之理也。嗟嗟，子獻又何憾焉？獨余輩年僅不惑，交遊漸凋，積至白首，存者幾何？故每哭寢門，輒動悲愴耳。茲辰同脩薄祭，哭君之靈。精靈未湮，伏惟鑒格。哀哉。

祭陳伯孺母林夫人

梗楠杞梓之材，生非瘠壤；珊瑚木難之質，産匪淺淵。精金生于良鑛，美器范于巧型，則儲毓者粹而濬發者深也。不慧小子，少求友生，嚶鳴相召，蘭蕕斯叶，四方同志，咸托素交。而締納之中，所稱振響詞林、絶塵藝苑、比蹤元季、方軌機云者，則義溪陳氏二孺其冠焉。揆厥所由，匪惟嗣彼先業，而寔遵母訓也。令母林太夫人凝粹旗山，洩靈峴水。其歸于陳也，朱顔矢共姜之操，白首樹京陵之範，誓撫二孤，歷逾四紀。茹荼而甘，和丸而苦，夘彼鳳雛，成其羽翮。可謂棣萼並輝，琳瑯雙映者矣。皇輿既徵，翟第可俟。疢惟痁疾，僅逾中壽。傷徽音之永絶，悼繐帷之不光。此令子之躃踊，而不慧之所同痛也。恭陳清菉，爰薦素軒。靈爽未沉，或其鑒之。

祭陳平夫室人詹氏

萬曆二十六年，歲次戊戌，冬十一月某日，文學陳平夫之配詹碩人，以羸疾卒于義溪之故第，享年四十有三。平夫友人徐熥等束芻而奠禮也，敬爲文以告其靈。曰：

義溪發祥，代紆華組。赫赫流芳，重重接武。鳳閣鑾坡，鐵冠繡斧。袋賜金魚，符分銅虎。彌熾彌昌，乃父乃祖。聿生賢胤，錫名邦注。爰配碩人，詹氏之女。曰相君子，以篤宗祐。滫瀡必親，中饋是主。採蘋與蘩，惟筐及筥。餙謝珥紞，衣甘布縷。如光儷鴻，眉齊案舉。夫子遺榮，寄懷農圃。伯通入吴，接輿在楚。碩人相之，罔辭攻苦。闒闟肅雝，二十年所。詹之淑姬，陳之賢婦。命何不辰，遘兹二豎。深匿膏肓，沈綿肺腑。蘭蕙易凋，參苓奚補。岐嶷佳兒，長能齊户。六禮告成，琴瑟方御。床簀奄奄，猶能及覩。吉與凶俱，慶吊相遇。寶鏡埋鸞，星光隕婺。嗚呼哀哉，短脩者數。螗蛄春秋，蜉蝣旦暮。兒痛木風，夫歌《薤露》。潘袿尚遺，莊盆忍鼓。夫子偕余，素心相許。恩比同生，誼高往古。休戚攸關，惋傷聞訃。薦以庶羞，陳兹清醑。一水盈盈，百里相距。遣使𠻳詞，祭焉不與。望風而拜，冀來靈馭。嗚呼哀哉。

校勘記

〔一〕文卒，鈔本作「文卒後」。

〔二〕下吏，鈔本作「吏□」。

〔三〕問先生父寃抑狀，鈔本無「父」字。

〔四〕數，鈔本作「數之」。

〔五〕餘十載，鈔本作「十餘載」。

〔六〕孫子，鈔本作「子孫」。

〔七〕可，鈔本作「亦」。

〔八〕已，鈔本作「矣」。

〔九〕當，鈔本作「將」。

〔一〇〕令婦與翁媪，鈔本作「令婦與婦翁媪」。

〔一一〕屬，鈔本作「廬」。

〔一二〕先生倡弟子員，鈔本作「後先生倡弟子員」。

〔一三〕有婢投匿翁許，鈔本作「有婢匿翁家」。

〔一四〕鍾山，鈔本作「鐘山」。

〔一五〕太公，鈔本作「大父」。

〔一六〕公，鈔本作「翁」。

〔一七〕邦畿，鈔本作「拜畿」。

〔一八〕方民林詔女，鈔本作「方民林詔之女。」

〔一九〕年，鈔本無此字。

〔二〇〕三載，鈔本作「載三」。

〔二一〕爲難，鈔本作「爲實難」。

〔二二〕冷曹，鈔本作「冷官」。

〔二三〕多，鈔本無此字。

〔二四〕其居，鈔本作「其所居」。

〔二五〕十襲，鈔本作「什襲」。

〔二六〕日炳，鈔本作「日燦」。

〔二七〕日燦，鈔本作「日炳」。

〔二八〕在日，鈔本作「在時」。

〔二九〕鐘，鈔本作「鍾」。

〔三〇〕《黄隱君室人鄭氏墓誌銘》以下至《邵武府通判李公暨元配林孺人行狀》四篇，鈔本缺。

〔三一〕解后，當作「邂逅」。
〔三二〕不異，鈔本作「不異事」。
〔三三〕母氏拮据女紅，鈔本作「母氏時拮据女紅」。
〔三四〕白首，鈔本作「皓首」。
〔三五〕七十有七，疑爲「七十有四」之訛。張圻生於正德十三年戊寅（一五一八），卒於萬曆十九年辛卯（一五九一），前後七十四年。
〔三六〕端重，鈔本作「端方」。
〔三七〕徒，鈔本無此字。
〔三八〕不姑息也，鈔本作「不姑息之也」。
〔三九〕生，鈔本作「生于」。
〔四〇〕默，鈔本作「默默」。
〔四一〕俱，鈔本奪此字。
〔四二〕良劑，鈔本作「良醫」。
〔四三〕念一日，鈔本作「廿一日」。
〔四四〕俱顫，鈔本作「皆顫」。
〔四五〕搜校其詩，鈔本作「搜校詩篇」。

〔四六〕何及，鈔本作「何及哉」。

〔四七〕是兒當亢吾宗，鈔本作「是兒他日當亢吾宗」。

〔四八〕歲乙丑，鈔本誤作「歲乙酉」。

〔四九〕竟不往也，鈔本作「不往也」。

〔五〇〕青衿，鈔本作「青衫」。

〔五一〕其人德甚，鈔本作「其人德先君甚」。

〔五二〕緌方髫齔，鈔本作「緌方垂髫齔」。

〔五三〕孱弱，鈔本作「幼弱」。

〔五四〕更加飭，鈔本作「更加飭嚴」。

〔五五〕燕居，鈔本作「燕私」。

〔五六〕永寧巖邑也界萬山中土瘠民貧，鈔本作「永寧土瘠民貧」。

〔五七〕何人哉，鈔本作「何人耶」。

〔五八〕先君循吏，鈔本作「先君乃循吏」。

〔五九〕事大父，鈔本作「事先大父」。

〔六〇〕四十六而卒，鈔本作「四十六年而卒」。

〔六一〕宦於外，鈔本作「官於外」。

〔六二〕所爲，鈔本作「所行」。

〔六三〕風木之慮，鈔本作「風木之虞」。

〔六四〕二十七日寅時，鈔本作「二十一日申時」。

〔六五〕二十一日申時，鈔本作「二十七日申時」。

〔六六〕《故福建按察司提學副使顧公誄》以下至《祭陳平夫室人詹氏》十篇，鈔本缺。

幔亭集卷之十九

閩中徐熥惟和著
友人曹學佺能始選
鄢時豐有年編

疏

九僊觀重建玉皇閣募緣疏〔一〕

玉皇閣者，乃上帝栖真之所，九僊託跡之區。珠殿璧門，直摩霄漢。丹臺玄闕，上拂雲烟。匪特壯一方形勝之觀，實以起萬代焚脩之敬。風風雨雨，嘆時序之滄桑；歲歲年年，致壇壝之荆棘。梁木其壞，大廈將顛，滿目蓬蒿，晝靜無人。參寶訣，數椽茅屋，夜深何處；禮寒星，清虚少有，之天傷哉。竄鼠鬱蕭，彌羅之館久矣；棲烏玉塵，塵生金爐火冷。道流星散，入門惟見一青松；福地雲封，看院只留雙白鶴。玉版經盡埋黄土，金鵝蕋半掩蒼苔。過者傷心，言之短氣。

有道人某者，越國靈姿，海邦真侶。讀殘紫府三千録，策印龍泥；看盡玄都十萬花，笙吹鶴背。煉精化炁，煉氣化神，煉神化虛，得三花之聚頂；知雄守雌，知白守黑，知榮守辱，見萬葉之歸根。洗髓伐毛，已傳正印；烹鉛鍊汞，不落旁門。久棲息于鼇峰，駕參白鹿；欲重興乎鴻室，囊乏青蚨。幸遇當道君侯，曁茲鄉邦碩彦。慨然興嘆，允矣協謀。以清淨心，發廣大願。朱提赤仄，競出于宮中；白堊丹楹，高翔于漢表。飛軒蔽日，瀟洒軼浮埃；伏檻排雲，參差淩倒景。信人間之蓬島，寔塵世之瑶京。

工不踰于一年，業已成乎八九。顧事縻數千金之費，善作者不必善成。且閣垂億萬刼之長，慎終者莫若慎始。工師之腹未果，庚癸長呼；匠石之竈無烟，丙丁不舉。花磚滿埴，無一葦之可航；良木在山，缺千夫之邪許。雖僅成上棟下宇之制，猶未免疾風淫雨之侵。繩墨不操，斧斤久輟。功尚虧于一簣，事未底于萬全。道人四海空囊，一身如寄。雖能絶烟辟穀，然匠人待哺，百口難供；即令點銕成金，而木石餘資，一文何措。霞衣換粟，僅同投一粒于太倉；星劍賣錢，何異納細流于滄海。口然束手，正爾拊膺。茲者緣以天成，功由神助之哉。

二千石又萌喜捨之心，賢矣諸大夫共發好施之願。重爲檀越主，復結夙世因。功德欲遍于七閩，福緣不專于一郡。携一雙草屩，歷殘海上風烟；踏萬頃紅塵，費盡壺中日月。

挨門乞助，到處求題。伏望賢士大夫、善男信女，捐有餘之朽貫，結無盡之善緣。斗粟緡錢，取之内帑而寄之外帑；福田善種，播之今生而收之來生。俾傑閣聳千尋，如翬斯飛，如鳥斯革。高居上帝中天，積翠玉臺，遥庶玄闢。開一竅，龍從火出，虎向水生；揖讓群，真三界花，宫仙梵遠。垂玄功于有永，奉香火于無窮。凡有寸心，請助一臂。謹疏。

烏石山重建仁王寺募緣疏

九龍吐水，象教顯于西方；白馬駝經，鷲峰遍于東土。欲化衆生而成善果，當開福地以種旃檀。緣藉十方，功垂萬刼。

有仁王禪寺者，枕彼烏山，構茲紺殿。拓基于五代，地布黄金；演教于累朝，闢開玄鑰。横山樓平臨雉堞，雨花閣上接龍宫。兜率弘新，苾蒭甚衆。珠旛寶蓋，妙像莊嚴；暮鼓朝鐘，法輪運轉。自謂七燈常焰，誰知一炬成灰。湮没多年，廢興不一。雖成草創，尋復傾頽。幾千寶業空虚，丈六金身剥落。空梁摧古瓦，鼪鼯歲久據爲巢；香積冷炊烟，鳥雀年來饑欲死。金爐頓成瓦礫，蓮座變爲荆蓁。善知識，瞻法界焚脩，每嘆桑田滄海；行脚僧，借空廊掛搭，惟飱月露風雲。昔也香花之壇，今爲茂草之鞠。

茲有鎮慶上人者，英年好道，心勤梵行之脩；朗質觀空，性徹禪那之悟。志圖創復，力限單微。皈仰興嗟，徘徊增慨。邇者賴四方布施，搆一座禪堂。寶壍金池，尚乏丹青之壯麗；雕甍畫拱，猶虧飛翬之偉觀。費用既繁，資財莫繼。破瓢敝衲，典盡以給工師；孤錫團蕉，粥去以供陶冶。入難償出，力不從心。伏願賢大夫，善男信女，成其振復之志，廣布檀越之恩。發歡喜心，去貪吝障。施金錢如瓦石，助米穀如土苴。齊結福緣，共成勝事。種菩提根于下土，收果無窮；灑功德水於恒河，流波不竭。功同無漏，福亦有歸。善哉善哉，諦聽諦聽。

千佛殿莊塑佛像募緣疏

鷲峰表刹閻浮，開白淨之宮；象教垂慈祇苑，現紫光之色。莖草化金身丈六，豈云有相皆虛；微塵遍世界三千，共説即心是佛。惟蓮臺顯瑞，斯蘭若增輝。法雲禪寺之右，有千佛殿者，地僅容乎十笏，佛曾供乎五千。金跡輝煌，跏趺盡皆梵相；珠龕掩映，開目便見如來。過去佛，未來佛，現在賢刧佛，莊嚴相數滿河沙；清淨身，圓滿身，百千億化身，凡聖居皈同淨土。迨年深剥落，痛像久銷沉。猊座棲烏影，但留乎金粟；龍堂竄鼠光，已失乎玉毫。

如明上人，心發菩提，功資檀越。雲眸雪齒，再發圓光；月貌金容，重新寶相。六時頂禮，四衆皈依。但緣雖募乎十方，而功尚虧于一簣。桑門有幸，栢府來臨。以宰官身，脩菩提行。共結無漏之果，同生喜捨之心。如是勝緣，宜形短疏。助其一臂，賴我同心。累爝爲明，積毫成仞。欲顯七滿八平之像，還資一銖半兩之施。永植慧根，共成好事。自一佛二佛，以至三四五佛，布施隨緣；歷一劫二劫，以至百千萬劫，收功無量。由真相而斷凡相，因心田而種福田。謹疏。

興復羅山法海寺募緣疏

昔我釋迦文佛，雙林演偈，化既弘顯西方；迨我達磨祖師，一葦渡江，教遂流傳東土。秉慧燈於闇室，共照幽途；艤寶筏於迷津，同登彼岸。故精廬遍於震旦，苾蒭滿於閻浮。蕭梁以來，閩越尤盛。幡幢影接，鈴鐸聲聞。

郡中羅山堂者，舊之法海寺也。名列於九山，基宏於五代。孤峰聳鷲，一脈廻龍。靈秀攸鍾，慧覺斯啓。傳燈備録，大藏可稽。唐咸通、光啓間，有道閑禪師者，問道于巖頭，闡宗于海澨。大暢厥旨，實主茲山。參法座者千有餘衆，入禪室者一十六人。又有紹孜禪師、義因禪師、義聰禪師、弘瑫禪師，衣缽相承，香燈不絶。由宋迨元，有興無廢；迨至我明，始就荒圮。祇園鞠爲苑囿，像設化爲刼灰。獨法堂舊搆，因壯麗而僅存；伽藍尊神，藉靈通而免毁。

輒更數主，幾歷百年。今其地于藍君圻，藍君承其遺創，拓爲新宫。費逾千金，居方十載。兹者篤信佛教，皈依淨土，奉釋迦彌陀像于一室，早夜焚脩，虔誠頂禮。常自思惟，獨發願力。謂鎮江招隱，乃戴居士之故廬；吴郡虎丘，實王短簿之遺宅。正覺叢林，捐從陸氏；宣化梵宇，施自何家。處處如斯，代代不乏。彼捨宅爲寺，古昔之善信皆然；何毁寺爲居，凡愚之慳貪至此。況天地本一蘧廬，浮生元同逆旅。章華冀闕，總是虚花；金谷銅臺，終成幻泡。瑣窗秘閣，先埋地獄之根；曲沼方池，自沸苦海之浪。當知無常迅速，火宅何人久居；試觀滿目興衰，華屋誰家世守？望諸天而悲泣，向三寶而盟心。願捨所居，仍爲梵刹。仝社友張君、王君等，合掌稱讚，矢志相成。衆謂藍君既有心薙草，未嘗戀此千金。

然無地卓錐，何以安兹四大？雖財施即同法施，而自利亦要利他。用是化募十方，償其半費。俾龍象復歸于有託，而鴟鴞不至於無棲。誠方便之法門，無窮之善果也。若乃重鑄金身，再興寶殿，工程甚浩，糜費不貲。乘此機緣，一同抄化。使既湮鐘鼓，重聞朝暮之音；半死旃檀，載發空香之氣。願揮慧劍，割斷慳魔；好挽慈流，共躋檀度。言無多遜，福有冥歸。謹疏。

重脩安境侯廟募緣疏

安境侯者，顯赫威靈，聰明正直。安邦輔國，累朝貽玉册以加封；捍患禦灾，七社望金扉而頂禮。廟倚九僊之麓，地鍾雙石之奇。畫棟飛甍，雄于古昔；丹楹白堊，創自何年？顧時序之屢遷，致神棲之就圮。蕭條粉壁，已銷往日丹青；剥落金身，無復本來面目。一輪皓月，暗室内爭放大明光；半夜淫霖，屋漏中盡沾功德水。雖香燈清静，尚早夜以焚脩；而妙像莊嚴，向東西而徙倚。燕泥墜淨土，穢着佛頭；蛛網結虚龕，塵蒙法眼。蒼鼠竄于古瓦，白蟻蛀乎神床。歲時伏臘，走村翁薦藻蘋而太息；古廟杉松，巢水雀披荆棘以增悲。神其恫矣，衆安忍也。

爥仰賴神庥〔二〕，皈依真教。時當蠱壞，議欲鼎新。然大廈非一木能支，工力仗十方布施。善男信女，齊發歡喜心；賢士大夫，同脩無量德。納細流以成海，集狐腋以爲裘。隨多寡施以孔方兄，俾後先付之公輸子。庶廟貌如故，而輪奂一新。秘宇靈宫，歷億萬載而不壞；心田福海，垂千百世而無窮。凡有善緣，請題左牘。

重脩凝翠所疏

吾閩當世廟初年，時和物豐，粟紅貫朽。有司簿書之暇，吟眺登覽，殆無虚日。直指使者石沙王公，尤風流好事，其於琳宫梵宇，所建亭榭甚衆，而鼇峰之法雲寺爲最。後遭兵燹之禍，聚客兵其中，日夕脱巾譟呼，僧徒漸以散去。于是旃檀之地，化爲榛荆；布金之區，變爲瓦礫。亭榭日就頽廢，無復舊觀矣。

凝翠所者，在寺之東偏，巖石疊砢，樹木蓊薈，亦一勝區也。歲久，亭將就圮，居民不逞者，毁傷其薪木以當樵蘇。其下則聚溷而已，過者傷之。

值嶺南觀微上人來游吾鄉，上人精於教典，嚴於戒律，又以其餘發爲詩歌，以自寫其方外之志。吾鄉縉紳學士皆與上人結支、許交，二三同志以上人未有卓錫之所，遂謀以凝翠舊亭葺而新之，以奉世尊其中。因增數楹于後，上人居之。一以繫直指公甘棠之思，一以爲上人鉢瓶之所，一以爲吾黨選勝之場，一舉而三善備矣。

語曰「有其舉之，莫敢廢也」，其斯役之謂乎？顧木石之費不無賴於十方，凡我同志，如宰官賢士，肯捐緡錢斗粟以樂觀厥成，則功並須彌而行周沙界矣。某不勝五體投地和南懇禱之至。

烏石山建八卦團瓢疏〔三〕

伏以法界三千，縱現莊嚴之刹；坐具數尺，足容清淨之居。所以中土托身，隨緣可結；至於真僧習定，何地非家？然勝果有因，悉檀難遇；而菩提易證，蘭若宜先。茲者某上人，祝髪披緇，便圖出世；冥心茹素，無假參禪。由生相、住相、異相而明滅相，無相即真；因業識、轉識、現識而了真識，有識皆妄。庶幾開悟，誰云一指猶迷；漸次薰脩，孰謂四偈未解。誠佛子之住持，宜人天之供養者也。

今東西南北，已倦津梁；恐生死輪迴，終歸漂浪。露宿烏山之頂，四大未可輕拋；雲遊龍藏之中，一衲何堪遍布。欲仍數武之地，宏開八卦之壇。藉樹爲籬，倚巖爲蓋。灌地敢求白乳，照壁寧假青銅。即茆屋竹椽，神功莫就；而蔬食水飲，人力難供。伏願大檀越主、諸善信人，種最勝因，發大宏願。或捨之金，或捨之粟，期不日而成；或錫之寡，或錫之多，各隨力而施。俾一瓶一鉢，於此皈依；而孤磬孤燈，從茲棲托。千峰片月，諷嗟嗟哆嗷怛囉之名；萬壑踈鐘，念阿那隸鞞舍提之呪。不至爲野狐之坐樹，豈同於老鴿之聽經。則河沙功德，雖曰利他；而淨土寂光，歸同自利矣。蓮花已種，藤葛休纏。凡有捐貲，請題于左。

爲趙道士赴京奏請藏經募緣疏

伏以靈宮肇建，壯七閩形勝之雄；福地宏新，啓一代文明之盛。顧雕甍畫棟，此日飛翬；而玉笈金箱，多年飽蠹。散函關之紫氣，誰知《道德》五千；闡真教之玄機，全仗經文萬卷。緣隨衆結，道以人興。

有道士趙某者，浪迹烟霞，寄情雲水。棲巃峰者十載，同鷦鳥之一枝。羽客本無家，雖紫府玄都皆同幻境；然梵脩須有地，而璧門珠殿總是玄關。幸遇當道名公，暨茲鄉邦耆德，喜心齊發，傑閣斯成。中天積翠玉臺遥，高居上帝；三界花宫仙梵遠，直接太清。文運弘開，有關地脈；臚聲首唱，寔賴神庥。雖閣聳千尋，金粟臺前增勝槩；而經無一字，蘂珠宫裏盡空函。

某寶劍登途，請藏經于紫禁；鐵冠伏闕，抗封事于彤墀。道路八千，步虚不到；遨遊數載，辟穀莫延。縱咽玉液于華池，寧免長安炊玉粒；雖鍊金丹于寶鼎，難於客路當金錢。南去北來經幾車，擔經有費上天下。天鶴一隻，養鶴無資。萬水千山，歷吴越燕齊之境；一錢斗粟，賴東西南北之人。糊其口于四方，寄此身于六合。伏祈沿途大檀越主，到處結清淨因。願衆生視八荒如闤，有捨施不必限以封疆；俾道士認四海爲家，得錢財猶如取之内帑。庶叩九閽而上請，不嗟一飽之無時。功德無涯，福緣非淺。望寒星而頂禮，願善男女齊注仙班；對上帝以祝釐，期士大夫同登道岸。謹疏。

石竺山乞靈疏〔四〕

爝海邦微賤，下界愚蒙。早歲蹉跎，愧乏雕龍之技；丁年偃蹇，虚慚馬齒之增。事筆硯者十年，玷賢書者六載。長安下第，嗟壯志之成灰；燕市遭艱，痛麻衣之如雪。天乎降罰，母復辭堂。苦已似于茹荼，心頓忘乎捧檄。然家徒四壁，難遽出乎樊籠；而年踰三旬，竟未知所稅駕。敬陳衷悃，上叩仙靈。伏望指我迷途，醒兹大夢。九仙赤鯉，仰世代之非遥；一枕黄粱〔五〕，覺神靈之不爽。雖窮通壽夭，已預定乎生前；而得失憂虞，賴潛通於夢境。

爲道人王太和乞米疏

道人王太和者，浪迹烟霞，寄情雲水。脩心煉性，不落旁門；轉竅開關，能傳正印。坐蒲團者七日，息守胎中；閉静室者三年，神超殼外。得喜聃之妙術，悟鍾吕之玄詮也。顧木食草衣，雖可隨緣自適；而桂薪玉粒，堪嗟仰給無資。寶鼎真鉛，烹來未化；華池神水，咽處猶饑。欲完超脱之功，難免饔飱之費。敢題短疏，報告十方。或斗粟緡錢，或寸絲尺縷。共成盛舉，齊發歡心。結此勝緣，毋留宿諾。

石松寺募緣施棺疏

伏以大權機熟，每現慈悲；上聖行深，先度苦阨。雖幻形飄蕩，即神識冥化他生；而覺性昏沉，縱骷髏認歸自己。以兹膿褁之遺，誠切肝腸之痛者也。

今某等每念分叚微軀，幸忝同居之土。常懷寂光妙樂，深圖出世之因。無生法忍自度，雖曰未能有漏。善緣度人，庶乎可勉。睹清淨世界，愁看暴骨郊坰；思功德河沙，忍見積屍原野。皈依大雄寶寺，頂禮皇覺金容。生悉檀心，發菩提願。苟脱驂而可賻，毋論男女寃親；俾就木以無虞，寧別愚癡智慧。痛茫茫朽魄，即瓦棺玉匣，總似荼毗；惜渺渺游魂，任白骨黄泉，罔知檀越。夫以捨之頭目，捨之手足，不如四偈利他；況乃恣其煩惱，恣其貪嗔，縱剩萬金何益。迷途莫覺，閉眼便屬他人；苦海無邊，回頭足登彼岸。願此功德，普度幽冥。

謹依每月十七日齋潔旃檀，竭一忱而發供；涓取七月十五日大宣科典，超五濁之沉淪。務臭穢得藏，不至薰天沃地；冀寃愆盡釋，永離灌雪淋銅。一念善根種西方，金蓮萬葉；諸天妙應垂上界，寶樹千花。似此勝緣，良爲不偶。各宜喜捨，以答鴻庥。

像贊

程康伯像贊〔六〕

彼其之子，穆穆風襟。雖緤華組，匪移貞心。託情遠想，棲志長林。俯濯清淵，仰眺高岑。巖巒蓊蔚，松篁蕭森。徽尚自昔，隱几非今。流聲振藻，永嘯長吟。瞻彼令儀，眷茲德音。琳瑯在目，中情彌欽。

伯孺像贊

有虎頭之技，無一者痴；有梁鴻之遇，不五其噫。行乎不窳，言也無巵。力田而不逢時，處世而能委蛇。樂莫樂兮，吹塤吹篪。百世而下所稱不朽者，予既已知之矣。我其君之惠子，而君其我之鍾期。

幼孺像贊

爾之貌則癯，爾之心則慧。五字而萬古斯傳，片語而千人自廢。不知者或謂巧累而儁傷，其知者自能調同而神契。貧不免負薪，名豈緣擢桂。其目之閃閃而耽耽也，非虎視乎詞壇，則睥睨乎一世。

林正覺像贊〔七〕

公之貌老而神甚都，公之體瘠而藏甚腴。少而學書，名高數寸之觚；壯而棄繻，功成丈二之殳。晚謝畏途，而川觀巖居，爲山澤之癯。偉哉丈夫，惟此七尺之軀。

陳振狂像贊

家處龍江，人號鹿散。隱居放言，世或以爲誕；貧賤肆志，世或以爲慢。袍敝而無裏，甑塵而不爨。鹿豕與遊，馬牛可喚。落魄兮半生，狂吟兮達旦。有盡者，四大之微軀；不朽者，千秋之詞翰。誰乎貌此丹青，余也不覺歡喜而讚歎。

仲氏像贊

人似朝霞之舉，才如白雪之清。懶有同于叔夜，達或類乎莊生。垂髫而操觚作賦，弱冠而藝苑蜚聲。八叉可就，四座皆驚。雖不能竄跨于父，而已能火攻其兄。真不忝爲吾弟，而無愧乎第五之名也。

王元直像贊〔八〕

其貌仙仙，其性翩翩。才若湧泉，而辯若河懸。既怡情于典籍，亦嘯傲乎雲烟。香在荀令君既出門之後，神在衛洗馬未渡江之先。雖當弱冠之年，能與長者而周旋。盻睞者青眼，結交者白蓮。若郎君者，可謂魁然者矣。

林熙吉像贊

貞不絶俗，介而能通。文稱吐鳳，書若驚鴻。禪問南宗，悟佛教之真空；道契鴻濛，守老氏之玄同。君其無忝，于人瑞翁。

薛君佐像贊

文而且秀，俠也而儒。懷連城之璧，握明月之珠。氣如太阿之出匣，神如清冰之在壺。腸能吐錦，腕善操觚。才何慚於倚馬，學有類于童烏。少而都，曾擲果之盈車；壯而癯，日來乎清虛。美哉丈夫，無忝於君家之鳳雛。

錢叔達像贊

長不踰七尺，而金相玉質；年已滿四十，而脩眉白皙。玄契混沌之宗，禪入維摩之室。書法永和，詩宗大曆。清嘯入雲，紫簫裂石。動操兮流水高山，坐隱兮蒼苔翠薜。雖腹笥五車，而家徒四壁。但能一語千秋，何論三旬九食。咦，曾生所貌者君之形，徐生所贊者君之神。得其神，忘其形，然後知粉澤之爲幻，而皮相之非真也。

胡隱君贊

行無町畦，胸絶城府。跡雖混于市廛，心已超乎太古。命托麯生，情遺阿堵。其生也拍浮池中，如覆瓿之布，而忘其腐其没也。當葬陶家之側，庶百歲之後而化爲土。斯先生陸沉于杯斝之間，而步兵、公榮之與伍也。

鄭士嘉像贊

思也無邪，節也甚姱。胸藏五車，而學得乎精華；韋編三絶，以《易》名其家。玄著揚雲之草，夢生江令之花。雖步趨於矩矱，亦吟嘯乎煙霞。斂其鋒鍔，已知爲匣中之鏌鋣；騁其神駿，終當爲天閑之渥窪。洵哉嘉士，其無愧於士嘉。

王丈像贊

癯然者貌，渾然者心。養不求五鼎，諾可比千金。藏名市肆，晦迹園林。與物無競，於道爲深。二毛未侵，已知白髮之盈簪；三槐成陰，已知其孫子之森森。其樂也，豈必堂之列千駟；其壽也，豈必戲之用五禽耶？

康元龍像贊

爾貌則古，爾神則清。諾可當乎季布，俠不愧於荆卿。臨池踵鍾、王之墨妙，摛詞繼嚴、樂之筆精。聞雞函谷，飲馬長城。人以爲英英之烈士，而不知其爲恂恂之儒生。

陳翁像贊〔九〕

皤兮雙髩，澹然一心。既擅臨池之技，長爲抱膝之吟。繪形縑素，宴坐長林。餐烟霞之四壁，聽鶴鳴之在陰。流泉瀰瀰，可以洗君耳；滿篋芝茯，可以充君腹。誰氏之子？曰潁川陳孟。公宜置丘壑中，祝公壽永無窮。

胡外史像贊

悠悠忽忽，落落穆穆。宜置丘壑，解衣盤礴。是謂西湖之狂客。

郭生像贊

蓬蓽爲儒，衣褐長裾。江淮業賈，腰纏資斧。既而學書，能辨魯魚。時命不如，誰薦乎《子虛》。去而學劍，懸乎組練，而介子終童之。再見彼相皮者，毋以其貌之恂恂，而謂封侯之不出於白面也。

施生像贊

其脩七尺，其髯如戟。燕頷虎頭，豐頤廣額。諾可比乎千金，飲能盡乎一石。走馬臂鷹，探丸博奕。買笑兮青樓，看花兮紫陌。既多軒蓋之賓，亦有椎埋之客。世以女爲落魄，不知女之適其適。而女所得列于士林者，有徐生爲之莫逆也。

屠田叔像贊

錦繡腸，談天口。禄一千，才八斗。美無度，名不朽。舊司農，今太守。别三山，過二酉。留此圖，垂永久。何人斯，社祭酒。

題跋

蘭亭記

此帖乃友人王孔振客臨卭時見寄者。雖甚澶漫，然色澤蒼老，神骨遒健。校之近刻，若商周彝鼎，欵識磨滅，猶堪賞玩耳。孔振精於格古，以此寄余萬里外，當有定價，其非贋鼎無疑。既而孔振客死於蜀，無復得相辯證。每覽此帖，則泫然出涕。所謂「一死生爲虚誕」者，真情至之言也。今夜偶繙諸帖，景況甚佳，睹此復爲黯然。

虞恭温公碑

余所見歐陽率更書，以《化度寺》爲最，次則《九成宫》。此碑雖殘缺不可句讀，然秀勁可愛，不減《化度》。今年客長安，偶得此本，斷羽殘鱗，真橐中至寶。舟次連窩，出以展玩，漫題數語。

米元章方圓菴記

元章此記專仿《聖教》，位置甚善，但稍柔耳。戊戌夏日，得于燕市。己亥初春十九日，山齋無事，偶爾檢閲。雜臨數十字，無一肖者。始信古人不可及也。

趙子昂吴興山水圖記

趙孟頫既撰《圖記》，乃集右軍行書，摹勒上石，可謂雙美。然體格雖晉，而筆氣則元耳。

萬曆丙申清明日，微雨初霽，禽鳥嚶鳴，忽一展玩，如身在蒼峴碧浪之間。回首舊遊，有同夢境，因書以志感。時同觀者，陳子惟秦、弟興公也。

黄庭經

《黄庭經》押縫有「書印」二字，米元章辯其爲唐鍾紹京之印。按：紹京，虔州贑人，以善書直鳳閣，武后時置諸宫殿明堂及銘九鼎，皆其筆也。紹京嗜書畫，如王羲之、獻之、褚遂良真蹟藏家者，至數十百卷。但「書印」二字，元章不知從何辨其爲京物耳。元章博物君子，必有所本。

馬遠畫誌公小像

馬遠真蹟，閩中不多得。近於呼將軍處見誌公像一幅，絹素縝密，氣韻生動，真神品也。上有讚云：杖頭剪尺，這般模樣。拭目一看，誌公和尚。丹崖子讚。按：丹崖子，姓唐名肅，字處敬，會稽人，洪武間以議禮被徵。有《丹崖集》，宋景濂爲序，疑即此人。字作古篆，可愛。

趙子昂畫太祖蹴毬圖

此圖筆法生動，其爲元人之筆無疑。其「青巾白」數語，舊人考核之言，孟揚引録之。「蹴毬」以下，乃孟歟自跋也。但孟揚以永樂初元徵入京師，授翰林檢討，至九年辛卯正月，孟揚從英國公張輔覆征交趾，六月以解縉事，俱逮下獄。辛卯仲冬望後，孟揚正在獄中，何從得至林尚默書舍？又按：尚默方以是年首鄉薦，仲冬望後或抵〔一〇〕京師，則當稱旅舍，不當稱書舍也。又按：尚默年十四即從孟揚受學，古人師弟之分最嚴，安得稱友人林子耶？且孟揚「揚」字，間或作「歟」，未有作「暘」者。又按：趙承旨生當勝國，至元、延祐間迨永樂辛卯，僅得百年，所云「將二百載」，假令真出孟揚手，當不如是憒憒也。本以跋證畫，反以滋疑。然楮墨蒼然，亦百餘年物，不忍遽棄，漫留以識高明。

高秦仲山水圖

此幅爲源溪黄隱君道晦所貽。峰巒重疊，烟樹濃藹，極得宋元名家遺意。以印章有「高氏」，遂相傳爲龍門漫士所作。然考其篆文，獨「胸中邱壑」四字，漫士曾作《漢陽雲樹圖》，亦用此印。其一曰「采芹子」，一曰「高氏秦仲」，一曰「三山竹所」，俱非漫士之印，其畫筆法亦微異。藏之十年，竟莫知爲誰筆也。近與公弟撰次《七閩畫記》，繙閱《長樂縣志》，見永樂丁酉科有高淮者，字秦仲，邑之後澳人，疑此圖出其手。然郡邑志乘俱不載其能畫，苦無證佐，遂篝燈分檢國初諸公遺稿，亦無及淮者。至王典籍恭《白雲樵唱集》有《題〈高淮水墨扇〉》一絶，云：「偶坐孤亭趣不稀，片雲空翠濕羅衣。相逢莫話前朝事，剩水殘山只鴈飛。」不覺相顧踴躍，始知真爲淮筆也。蓋國初印章，如「胸中邱壑」、「無聲詩」，善畫諸公互相摹刻，不足據也。

淮工於繪事，二百年後，卒無有知之者。僅《寄於皆山樵者》一絶以徵不朽，信非偶然矣。國初諸公擅此技者頗衆，雖蟲鼠之餘，猶時時獲睹真蹟。獨于秦仲，但見此幅，運筆又爾精絶，豈當時不輕點染，傳於人間者遂寥寥邪〔一一〕？因感古今名筆，自秦仲而外，其湮没不稱者多耳。十年之疑，一夜而釋，書以志快。

己亥六月六日。

文待詔墨蹟〔一二〕

吴中詩，海内皆推徐昌穀，此無容置喙。然余有解有未解也。余所最愛者，高太史季迪、文太史徵仲。兩公詩調雖微異，然皆清婉流麗，近於性情，非近代可及。嘗舉此語以質顧道行先生，先生賞余知言不以耳食。即待詔此二詩，讀之膾炙人口，非但書法之工而已。在杭試評此語，以爲何如？

王玉生山水卷

往辛卯歲，玉生爲余作此長卷，窮工極變，可謂精絶。然筆氣較之今日，似猶不逮。第玉生囊宿余齋，輒經旬月，興到則揮灑數紙，略無倦容。今玉生且奔走吴越燕齊之境，而余亦浪遊四方。無卒卒之間，間至余齋，復信宿别去。雖點染視此爲勝，然欲作此長江大河，層巒疊嶂，尋丈不竭，難矣。偶與汝翔、惟秦、興公繙閲，不無今昔之感。

陶淵明集〔一三〕

陶淵明「雖有五男兒，總不好紙筆」，此詞人有託之言，其子未必爾也。臨終一疏，詔以人倫大義，望以聖賢之學，儼等豈真碌碌者哉？後世紈絝之子，目不知書者，動以淵明自解，可發一笑。

陸士龍文集

辛卯秋北上，道經吴閶，客張幼于曲水草堂。臨别，幼于出此爲贈。今坊間二陸已有善本，但此寫本尤所難得，又爲張君手披之物，誠爲可珍。况是歲余覆舟吕梁，所載書俱爲波臣所得，獨斯集既已溺去，旋撈得之，不至磨滅，尤奇也。并識。

文中子

老、莊、列、荀、楊諸子，其所著書不盡合孔子之道。然各立門户，譬之國統，所謂偏安而非僭竊也。惟《文中子》一書，竊聖人之糟粕，謦欬間動以仲尼自居，置魏徵、薛收諸人于顔、曾之列，吁可怪也。其僭竊之罪，當不在新莽下矣。豈文中夭死，而一二門人僞譔以欺後世歟？不然，何唐初佐命功臣，一一盡出其門乎？此必無之事也。况《隋書》脩于魏徵，不爲文中立傳，此乃何也？每繙《中論》，便欲付祖龍之火。

王右丞集〔一四〕

王摩詰輞川諸詩，極冲淡有致。至於裴迪所和之詩，真堪伯仲。如：「結廬古城下，時登古城上。古城非疇昔，今人自來往。」「迢迢文杏館，躋攀日已屢。南嶺與北湖，前看復迴顧。」「日夕見寒山，便爲獨往客。不獨深林事，但有麏麚跡。」「跂石復臨水，弄波情未極。日下川上寒，浮雲澹無色。」數作清新冲淡，殊無軒輊。當時定爲摩詰所賞，故得並録。後世談詩者，遇王作則極加詠歎，遇裴作則妄置彈射，如同耳食。二公有知，當爲絶倒。

李翰林集

李太白《姑孰十詠》，蘇東坡怪其語淺，不類太白。孫邈子思以爲李赤之詩，且謂赤詩止此，而以太白自比，則其心疾已久矣。豈廁鬼之罪哉？今觀《十詠》，體格聲調，無可指摘，且中多佳句。如「波翻曉霞影，岸疊春〔一五〕山色」，又「小女棹輕舟，歌聲逐流水」，又「竹裏無人聲，池中虚月白」，又「石甃冷蒼苔，寒泉湛孤月」，又「翠色落波深，虚聲帶寒早」，又「岸映松色寒，石分浪花碎」，此非太白不能辨也。藉令果出赤手，亦自可傳，何至詆爲病狂喪心之語？俗儒吠聲，一至於此。

愚又謂，唐人譏諷時事，多託爲寓言，如李赤、河間婦，亦烏有先生之類耳。以爲實有其人，似亦憒憒。蘇東坡謂《李太白集》中「笑矣乎」，「悲來乎」，及《贈懷素草書》

數詩，決非太白作，爲唐末五代貫休、齊己輩詩。此蘇公望太白過高，非真知太白者。太白豪宕，歌行中率易之句時見筆端，不獨此數詩也。又謂，太白或有妄庸假託，子美斷無僞譔，此亦尊杜之過，非確論也。後世學杜者衆矣，豈無一篇相肖、雜于集中而莫辨者耶？

杜工部集〔一六〕

杜詩五十卷，杜文二卷，共八册，乃友人王孔振所藏者。壬辰冬，孔振將入臨卭，恐扃之篋笥，秖以飽蠹，寄余齋中。去年孔振客死瀘州，且未有子，此集將誰歸乎？尤宜謹藏，以當王君手澤。然每一披閲，不勝存亡之痛矣。

長恨歌

白樂天《長恨歌》，流麗穠縟，敍事有體，當是古今長篇第一。《竹坡詩話》病其「梨花一枝春帶雨」氣韻近俗。不知「玉容寂寞」兩句，模寫妃子悲惋之態如畫，雖稍涉纖弱，然在此篇中實爲當家語，何妨千里一曲也？陳幼孺生平論詩，與余極合，但謂《連昌》勝《長恨》，余所未解。

常建詩

廬陵楊文貞公同陸伯暘造其師吳孟勤，時孟勤有《常建詩》一册，文貞與伯暘皆欲得之。孟勤未決所與，笑指門外汲井者曰：「二賢請賦此，先就者持去。」文貞應聲曰：「皎潔如明鏡，銅瓶下愈深。妝成不照影，應恐墜金簪。」遂揖而取之。三人相視大笑，伯暘因不復賦。偶憶楊詩，漫識卷末。

文選纂註〔一七〕

張伯起《文選纂註》芟繁就簡，極便覽閲。其謂《十九首》中「東城高且長」與「燕趙多佳人」當作二首，亦獨創之見。此但可備注疏，不當遽爾割裂，似乏闕疑之義。

唐詩正聲

諸家選唐詩者，以吾鄉高廷禮先生爲正。此本乃胡可泉公所校定者，大勝今刻。又吾鄉黄尚書鎬、郭民部波二序，皆諸本所無。至於述廷禮出宋張鎮尚書之後，冒姓高，此又郡乘所不載者。戊戌歲見于燕市，遂購以歸。

花間集〔一八〕

萬曆戊戌，得此集于長安。既而買舟南還，時作曼聲以歌，用消旅況。然孤客岑寂，讀此豔詞，益重仳離之感。正當扃之篋笥，俟對輕紅淺黛，然後可歌數闋耳。六月廿日，識於濟州舟次。

趙清獻集

趙清獻公知崇安，鑿渠以廣灌漑，壞民居千餘間，百姓嗟怨。公賦詩曰：「撤屋變成河，恩多怨亦多。百年千載後，恩在怨消磨。」至今享其利，呼爲「清獻渠」。此詩公集不載。

鶴林玉露〔一九〕

古今模寫山林丘壑之樂者，以羅景綸《鶴林玉露》「山靜日長」一篇爲最。閒中披玩，真如身在山邊水涯，不復知有人世。談者戲謂「此篇但得濁醪數杯，尤爲佳境」，不知一涉微醺，便傷清況，不如增入好香一炷，更絕幽絶。

趙松雪集

僧義高，號秋岩，吴航人，早得仙術。元太祖召賜金幣，遇貧者悉分與之。又精于兵機，晉王北征，累命從行。時六月煩熱，王令降雪。乃齋沐飛符，以皂旗麾之，雪旋至。後賜歸，端坐而化。趙子昂有挽詩云：「世祖龍飛正統天，先生聲價重當年。詩袍剪碎宮娥錦，酒債分還御賜錢。虎衛紅雲通玉笥，鳳池明月送金蓮。梁園一去無消息，荒草寒烟思惘然。」此詩《松雪集》不載。

高太史缶鳴集

國初詩，余最嗜高季迪太史，然見者皆諸家所選，未睹其全。曾借張德南比部所藏者一讀，未幾索歸。甲午歲，移書吴興司理謝在杭求此種，久不見寄。既而余客秣陵，見孝豐友人吴翁晉遍覓於肆中，遂得此本。初謂翁晉自購之，不知其爲在杭市以寄余也。及在杭緘入閩，余方客燕市，興公弟得之，隨加評品。先是，余至武林别買一部，亦以己意圈點。乙未還山，互出所閱者，印證多有合。今兩部俱藏于家。然此兩部皆《缶鳴集》，惟德南者爲全集，尚俟續購。

高太史鳧藻集

高太史所著有《缶鳴》、《江舘》、《鳳臺》、《吹臺》、《槎軒》、《扣舷》、《鳧藻》及《姑蘇雜詠》、《婁江吟稿》、《史要彙抄》諸集，余所藏獨《缶鳴》一種。今日偶于長安市中得《鳧藻集》，而《扣舷》附其後。此書梨棗久腐，一旦入余笥中，良可喜也，遂秉燭誌於簡末。

文太史詩集

文待詔徵仲書畫伯仲趙承旨，但待詔詩蕭散俊逸，得物外之趣，似非承旨所及。若論生平大節，更覺霄壤。古今詩人得閒適之趣者，晉陶靖節、唐白樂天、宋蘇子瞻、國朝文徵仲四公，皆意得境中，神游象外。每一吟誦，覺胸次悠然。

沈石田集

沈石田詩，高者入晚唐，卑者入趙宋。然句多奇嶮，不落常調，沉着痛快處，往往令人擊節。觀者當得于驪牡之外，未可輕置雌黄。

赤牘清裁〔二〇〕

近世所傳《赤牘清裁》，多王長公益本，楊用修元本絶不復睹。架頭缺此，每以爲恨。去歲偶于坊肆亂書中得之，楮善而刻精，又爲義溪陳閶窗方伯公所梓行者，尤不易得。二孺覽此，當更寳愛耳。

格古要論

《格古要論》，余家舊有所藏，字稍漫漶。友人林志尹客長安時得此部，大勝余本，遂以歸余，又重爲裝訂。志尹之意亦勤矣。余舊藏者志尹持去。

玉壺冰

都玄敬《玉壺冰》一書，山房宜置座右。余友陳履吉《潛穎録》，真舌吐雲霞，腸休烟火，可祛倦眼，足快賞心。因一式裝之。

周祠部詩集

國初周玄微之，嘗令數蒼頭肩書數千卷，縱游四方。至吴航，止龍門高廷禮家，曰：「吾益友也。」與居十年，後辭去，棄其書，曰：「在吾胸中矣。」

詩藪

宋元以來談詩者既乏朗鑒，又執成心，近代尤甚。重漢魏則薄齊梁，尚開元則卑大曆。遇宋詩則概目爲庸常，遇元詩則均訾爲纖弱。一倡百和，曾無定衡。獨胡元瑞《詩藪》，以虚心而濟以卓識，當意則收，不拘時代。六朝、晚唐、宋、元佳句，爲其拈出殆盡，可一洗舊聞之陋。

周易通解

先君子少學《易》于舒侍御雲川先生，韋編幾絶矣。長而以《易》授四方弟子，遂著《周易通解》六卷。當熥髫年，先君課以此編，必成誦而後已。熥之以一經成名者，實藉庭訓焉。古云：「父没，不能讀父之書，口澤存也。」況出于先君極深研，幾積數年之功，手自撰著者乎？今先君已矣，每一披覽，不勝蓼莪之痛。恐其歲久朽蠹，暇日與㓝、熛二弟重加脩訂，傳之子孫，以見先祖父下帷之苦，而知家學之所自也。吾子孫其慎藏之。

鄭繼之手録雜著

一日，偶於市肆見廢書數册，皆蟲鼠之餘。余偶索觀，其人謂將用覆瓿，不足觀也。强之，始得觀，則此編在焉。此編出鄭繼之吏部手書無疑，以印章考之，知爲高宗吕家所藏。首《易論》、《河圖》、《洛書》，次《洪範數補敘》及《洪範論》，次《田制論》，次《九章乘除法》，次《演禽法》，次《奇門遁甲法》，終以衣、冠、車〔二〕之制。皆探賾索隱，鈎深致遠，非世儒所能窺測者。先生于學可謂博而精矣。先生歿且七十餘年，其書片楮數行，人皆珍惜，况此編蠅頭萬計，又關理數之微，尤可寶也。然不縻爛于醯雞者如綫哉。因重加補緝，秘之帳中。其《洪範補敘》一篇，非先生真蹟，並存之。

敦義篇

吾鄉高宗吕先生，取其生平所交遊姓名及贈答詩文，彙爲《敦義篇》。書法遒古，疑宗吕手録者。宗吕工詩善畫，翩然名家，追蹤于鄭，比肩于傳，真一代偉人。其所游，傾海内之士。余讀其往來諸詩，雖不盡雅訓，然古人友誼之篤，宛然在目，足以風世，故重訂而藏之。我子孫勿謂此他人點鬼簿，何預吾事，任其飽蠹也〔二二〕。

薛博士詩卷

余久〔二三〕欲刻先生詩，未遂。友人鄧子汝高督餉浙中，編梓《閩中正聲》，拔先生之作居多。五言律《中秋見月》、《游雞鳴寺》、《句容道中望茅山》、《春日宴魏公東園》、《送林天宇守桂陽》、《關山月》、《隴頭水》、《黎陽早秋》，七言律《送魏德光赴闕》，七言絶《送葉麟之揚州》、《樵溪送别》，僅得十一首。然鄧子選詩甚嚴，計先生之作亦可謂侈矣。中二首不載此卷，余于他家册中見之。其册一俗人以濃墨戲作草書于上，漫漶幾不辨字跡，可恨也。册今藏余家。

皇明詩鈔

楊用修太史選《皇明詩鈔》，收劉子高詩，中有《寄萬德躬》「日暮山風吹女蘿」首、《寄范實夫》「細雨柴門生遠愁」首，乃唐人戴叔倫詩。豈子高嘗書二詩，後人誤入遺稿，而用修不及詳考耶？「林花落處頻中酒，海燕飛時獨倚樓」二句，亟爲王元美所稱賞，則元美亦不知其爲唐詩也。余向舉以質胡元瑞，元瑞亦不知爲叔倫作。三人最號武庫而誤至此，信乎博洽之難也。

盧子明選《明詩正聲》，「萬德躬」首刻作「王懌」，蓋用修《詩鈔》王懌之後繼以子高，盧君遂誤爲懌作，尤紕漏可笑。至于劉子高《廣州雜詠》四首，中三首談粵東土俗甚備。其第四首云：「峭壁崩崖溪水邊，深山日暮見人烟。滄波杳杳連山峽，寒草青青自一川。」此首絶非廣州風景，且體格與三作不類，疑賦蜀中山川耳。

元末饒介之自號「醉樵」，求詩歌于一時名士。以張仲簡爲第一，高季迪次之，贈仲簡黃金十兩，贈季迪白金三斤。二歌具在，季迪模寫醉樵無毫髮遺憾，仲簡雖氣魄豪宕〔二四〕，稍乏淘洗。何當時品第乃爾？豈季迪單題「醉樵」，仲簡「管樂」、「松喬」之比，雖爲類句，反爲介之所喜耶？尚當以質高明。

袁景從詩卷

吾鄉近世詞翰，前則鄭吏部，後則袁太守。兩公詩調微異，運腕亦不同，要皆錚錚可寶者。吏部年不滿四十，而墨跡流傳者甚富。太守不輕臨池，故物化未幾，遺墨寥寥不易得。假令墓木拱如吏部，不猶龜鬢兔角耶？然吾鄉墨池筆塚之家不乏，獨推轂兩公，則所重又在彼而不在此也。

二孺贈詩卷

丁亥歲，余始得交平夫。時伯孺方客珠崖，幼孺臥病義溪，僅以詩往來，不及識面者逾一載，二歌正彼時所寄贈者。其後遂爲骨肉之好，每一相過，留連竟日。短策烟霞，孤燈風雨，吾兩家兄弟必共之。贈答酬倡之什，十年間盈於篋笥。然此二篇實定交之券也，謹識之以遺子孫，見吾父誼之篤，不媿古人云。

池草篇

昔左太冲《三都賦》未成，世有覆瓿之誚。張茂先謂，君文未重于世，宜經高明之士及皇甫謐爲作序，而非貳者斂衽，士固有所附而後不朽也。平夫兄弟工于詩而名未起，不求高名之士，而索筆于流落不偶之夫，不益重覆瓿之誚也乎？然士貴自樹立耳，必附青雲之士以施後世，非平夫之志也。不佞以此益推轂平夫矣。

陳伯孺詩卷〔二五〕

陳伯孺詩稿二册，向曾授余較閲。余見其一札十行，結構精密，心甚欲之。然以其出于手録，當爲主人所寶愛，不敢奪也。既而鄧女高計曹竟攘其一，獨留此帙，皆近年所作者。林君志尹雅重伯孺詞翰，請裝爲卷，伯孺許之。卷成，志尹丐余跋其後。披讀再四，倍加珍惜，始悔當日之過于廉也。女高宦轍且遍四方，何日出其帳中之秘，還我舊觀？

陳幼孺詩集

此帙乃幼孺甲午冬至丁酉冬所作，未刻稿也。甲午上公車，乙未下第還故山，丙申家居，遂有北堂之變。四年之中，離合欣戚，所遭不同，足生感嘆。況其間多與余同倡合之作，覽之真如夢中事也。己亥二月朔日，寓水明樓，偶爾搜讀，漫識數語於後。

青樓俠氣卷

萬曆戊子夏，余製《青樓俠氣卷》贈伎李儀卿。同時倡和者十餘人，獨伯孺一歌膾炙人口。即今披讀，一時風流勝韻，宛然在目。俛仰之間，忽踰十年。余馬齒既增，雄心頓減。伯孺又長四歲，意興可知。儀卿尚淪落風塵，鏡中衰謝，其翩翩俠氣，猶如釣龍臺畔取琵琶、度新曲，慷慨作變徵聲時無也？情之所鍾，不獨江州司馬矣。

董省元西廂記

萬曆丁酉歲，四明屠田叔司農見惠。自《北西廂》盛行，此本幾廢。雖不可搬演，語語當家，真詞曲之祖也。今日山齋清暇，偶爾繙閱，又因筆研之便，漫識于此。關漢卿《北西廂》，家傳户誦，膾炙人口，自是傳奇第一部。及觀董解元所撰《西廂記》，雖不堪搬演，然造語精工，模寫宛曲，談閨房兒女之情，可謂備極繾綣矣。至於打諢插科，往往絶倒，閒言冷語，無不解頤，較之關本，更勝一籌。憶與幼孺寓南劍蕭寺中，讀至數過，不忍釋手。此政索解人不得也。惜卷末鄭恒《賴婚》齣，大覺支蔓，更當删竄。

校勘記

〔一〕《九僊觀重建玉皇閣募緣疏》以下至《興復羅山法海寺募緣疏》四篇，鈔本缺。

〔二〕麻，原作「痳」，據鈔本改。

〔三〕《烏石山建八卦團瓢疏》以下至《程康伯像贊》六篇，鈔本缺。

〔四〕石竺山乞靈疏，底本目録作「石竺山乞告何仙靈疏」。

〔五〕梁，當作「粱」。

〔六〕程康伯像贊，底本目録作「程康伯典客像贊」。

〔七〕林正覺像贊，鈔本缺此篇。

〔八〕《王元直像贊》以下至《王丈像贊》七篇，鈔本缺。

〔九〕《陳翁像贊》以下至《蘭亭記》六篇，鈔本缺。

〔一〇〕抵，鈔本作「掠」，誤。

〔一一〕邪，鈔本作「耶」。

〔一二〕文待詔墨蹟，鈔本缺此篇。

〔一三〕《陶淵明集》及下篇《陸士龍文集》，鈔本缺。

〔一四〕王右丞集，鈔本缺此篇。

〔一五〕春，《李太白集》作「千」。

〔一六〕《杜工部集》及下篇《長恨歌》，鈔本缺。

〔一七〕文選纂註，鈔本缺此篇。

〔一八〕花間集，鈔本缺此篇。

〔一九〕《鶴林玉露》以下至《高太史缶鳴集》三篇，鈔本缺。

〔二〇〕《赤牘清裁》及下篇《格古要論》，鈔本缺。「赤」，底本目録作「尺」，據正文改。

〔二一〕車，鈔本無此字。

〔二二〕任其飽蠹也，據謝章鋌《課餘續録》卷四「敦義篇」條，此句後有「大明萬曆丁酉四月十八夜雨中書於鼇峰緑玉齋徐𤊹」二十二字。

〔二三〕久，鈔本作「允」。

〔二四〕宕，原作「岩」，據鈔本改。

〔二五〕《陳伯孺詩卷》以下至《董省元西廂記》四篇，鈔本缺。

幔亭集卷之二十

閩中徐　熥惟和著
友人曹學佺能始選
鄒時豐有年編

書牘

答吴叔嘉〔一〕

僕之納交于足下者，四年于此矣。居常所以服膺讚嘆者，謂足下工于藻繪菁華，爲一代詞人之翃耳，不意足下之深于道也。昨過齋頭，得發議論，及讀諸箋札，僕心口私語，自謂嚮者知足下之淺也。

足下山衣田冠之士，慨然以名教爲己任，崇孔氏之正脈，黜諸家之異説，砥柱狂瀾，挽回世運。以布衣而憂當世，求之于今，不兩得也，然後知吴先生非獨藻繪菁華之士也。頃捧來教，謂僕聞之有不豫之色，拂衣而起，斯言過矣，未獲我心也。

僕自束髮受父師之教，即誦法孔子，立身制行。雖不敢謂盡合于道，然未嘗不早夜以思，求無忝所生，以毋負大聖人之訓也。豈敢溺情二氏，以操入室之戈哉？然僕之所痛哭流涕者，以今之誦法孔子者，大都襲其衣冠、言貌之迹，而不探其性情心術之微。孔門高第，無過顔淵。顔淵之問仁，孔子告以「克」「復」。「復」者，聖門心學之要也。《易》曰：「復其見天地之心乎？」所謂「天地之心」者，果何物也？又曰：「君子無終食之間違仁，造次必于是，顛沛必于是。」所謂「是」者，必有所指之處，而又何物也？又曰：「朝聞道，夕死可矣。」夫死生之際亦大矣。「朝聞」「夕死」，其所聞之「道」，果何「道」也？僕嘗求其所謂「復」者，求其所謂「必于是」者，求其所謂「朝聞」「夕死」者。非不孜孜置力，然天資朽鈍，工夫鹵莽，旋得旋失，迄無成功。此僕之日夜憂勤淬勵，正恐一旦溘然朝露而竟虚此生也，安敢背吾夫子之道而溺異教哉？

然僕之好二氏者，非如今世風流之士，標佞佛之虚名，樹談玄之僞幟，以邀清譽也。亦非如愚夫愚婦，求福田利益也。正以二氏之末流，自失其先世之宗旨，而僕不自諒，欲起而醒之而匡之也。老子以「道德」名經，虚心抑性，柔志降氣，抱一還真，是其玄也。乃其微詞難識，而學之者皆趨于邪僻矣。欲匡道家之失，則玄之理不得以不譚也。儒者謂「性爲吾心，生生不息」之理，本無善無不善。佛氏亦謂「無所住而生其心」，又謂「本來無一物，何處惹塵埃」，此其近理者也。然而今之學佛者皆滅生殁性，流于斷滅頑空真佛之聲音也。欲匡佛之失，則禪之理不得以不談也。君之所以詆二氏之非，此必有灼然獨見，而僕之竊有請者也。僕之所誦法者，孔子也；足下之稱述者，即僕之所誦法者也。使僕聞足下之言而不悦，是不悦于孔子也。人而不悦孔子，尚何以幸生于世哉？僕生平無他腸，獨好道一念最切，而心最虚。倘有過謬，足下與我有數年之交，願爲藥石而毋美疢也。

答陳子卿

不佞夢中或作鯉湖遊，不減青蓮入天姥時，醒來大恨。乃足下吟屐屢至，如遊庭廡間，私心甚妒之。承惠《三秀集》，真得盛唐遺響。方今海内，皆拾王、李唾餘，野狐外道，種種可厭。獨足下曹溪正派，此正索解人不得也。小詞自是鍾情語，極其膾炙。俟至長安時，令燕姬如雪兒者歌之，聲宛轉如鶯，更覺陳郎嫵媚耳。賦才特妙，明歲以《上林》、《子虚》奏之天子，豈不篇篇稱善哉。不佞舊刻殊覺孟浪，業已中悔，然不敢匿醜。近作數首録寄，惟足下彈射之。初秋行李入會城，當得握手。然不佞橐中如水，無以束裝，未識得附青雀否也？

寄顧學憲先生

舟過垂虹時，正當薄暮，而熥方寸已亂，不能暫停江滸，一候顏色。獨以片刺投於函丈，遥想清音，徒用耿耿。熥遭酷禍，甘填溝壑。然念二母垂白，而先君尚在淺土，復以饘粥自延，苟活至今。卜以今歲初冬奉遺蛻，啓窀穸而藏焉。謬藉通家之愛，欲徼一言，勒之于石，納諸壙中。則白骨可肉，黄壚不夜，豈惟諸孤哀感，即先君亦待此而瞑也。熥義當衰杖匍匐，躬謁門下，但瞻依老母，重於遠遊。仲弟不遠千里，齎狀上請。惟我師哀憐，即賜泚筆。不揣干瀆，實切主臣。仲弟少年，識事淺且哀痛，昏憒之中，胸懷作惡，不知其何以鞭策之。

與顧長卿兄弟

去歲兩過吴門，竟不得一面。人生聚散，寧可常哉？近薛生歸，詢二卿動定，知方卒業太湖。太湖，山嵯峨，水揚波，以二卿磊砢者當之，真與山川相映發也。弟遭此閔凶，五内痛裂。思無可以報先人於地下者，獨有老師一言，足光泉壤。仲弟冒伏暑，裹一月糧，哀籲於門下。仲氏槖中如水，桂玉無資，懇二卿從臾老師，即賜命筆，令得早歸，免弟日切看雲之念耳。所與俱行王生者，雅善丹青，七閩人士無能出其右者。足下今之虎頭，能加一盼，當增聲價幾倍也。

與王百谷

滸墅一別，頓成河漢。乃僕遭憫凶，自長安奔歸，再過吴門，日在崦嵫，遂不及夜過王先生一雪涕也。還家以來，杜門待盡，然念先君子骨肉未歸於土，輒復苟活耳。卜以今年初冬奉遺蜕藏於窀穸，僕抱風木之悲，思藉大方一言以當三釜，謹泣血具實。而仲弟衰杖造王先生，丐幼婦之辭以表兹墓。蓋王先生能自不朽也，故能不朽人。倘先生不棄諸孤而念及先人也，慨然泚筆，則澤枯之仁與貞珉俱久。諸孤幸甚，先靈幸甚。仲弟少年初客，且當哀毁之中，神情肅索，惟先生教督焉。所與俱者王生崑仲，與僕爲石交，其筆端丘壑在七閩爲輞川，不識能當王先生一賞否？王先生薦士若不及，必不靳齒牙餘論耳。

與張幼于

天涯病客，得足下假以館舍，濟以刀圭，此之爲感，固不獨銘心鏤骨已也。江干一別，意殊恨恨，不意甫至長安，即聞先君之變，旋即奔歸。過吴門時，值日入虞淵，歸心勃勃，不得一叩閶闔，控此哀衷。曾已寄聲善長，轉聞於門下，想當爲僕扼腕也。徒跣歸來，又餘半載。所幸二母無恙，復偷生人世。然終天之恨，曷其有極耶？先君位不滿德，而生平隱行良有可述，門下當世董狐，而僕又托孔李之好，謹泣血具實，上干記曹。求門下捃摭成傳，以垂不朽。庶爲先君傳神寫照，存者亡者感張先生，寧有涯哉。

與强善長

夜過金昌，得與足下把臂者半刻，足紓鬱抱。次日遂解維，不及一别爲恨。弟以今歲春首抵家，痛念先人，五内如割，形神俱敝，癯然骨立矣。弟自今以往，以餘生許嶠雲；而雲霄之念，付之邯鄲一夢。横塘烟雨，徒有神遊已耳。兹仲弟有吴門之役，所與俱者爲王生玉生，兩人輿復不淺，而王生又雅善丹青，不識能當足下賞鑒否？

寄劉季德秀才

倪理官廝養歸，得削牘良慰。時老母方卧床笫間，不能舍刀圭而事筆硯，遂缺報章爲罪。神理荼酷，家難相尋，竟以此月哉生明，奄然棄諸孤以逝也。蓂莢一更，椿萱遞謝，無怙無恃，痛何可言。號呺之聲不絶於口，素車白馬絡繹在户。如此而生，不若溘先之爲快耳。李惟實暴死客中，或云其絓於吏議，恐傳者妄也。哀痛之中，復失良友，益增悲慟，有淚盈河。令次君雖鎩羽長安，竟當遠舉，何至遽以青氈乞乎謝郎？擁傳歸來，不啻晝錦，行當脂轄入苕溪，看天目山中爽氣矣。足下去歲幾剖而刖，然荆山之珍，非三獻惡知其實乎？仲氏夏間乞銘於吴中，邂逅陳伯孺，得《述征草》，携歸武夷。君寄聲相謝，且問前度劉郎何日來耳。

寄李伯實太學

去秋領削牘，朱提白葛之惠，拜命之辱，無以爲報。綀裙數幅，涼薄太甚，然足下風流如羊欣，故以相遺。僕筆不如椽，不敢效小令漫污之。僕去年入長安，得先君子之訃，匍匐奔歸，近者老母復以天年下世。兩歲之交，奪我二人。其屬纊之辰，皆立冬前一日。神理荼酷，一至是耶？此固足下變色於談虎者，自當同病相憐也。先君向在茂庠，功令頗舉，承貴郡人士獎借良深。倘有去後之思，得分半豆于名宦諸公之後，則血食無窮，先人骨且不朽。幸爲我謀於舊遊諸君，果有玉成至意，僕明歲當裹三月糧一謁記曹，成兹盛舉耳。惟實令祖叔向得其凶問，以爲齊東野語，昨五羊劉生損書，始信人言非虚也。匣中吴鈎如雪，未知何日掛其隴樹乎？令弟爲君家龍駒，其騄驃何似？附問。

再與劉季德

先君子舊宦高涼，鐸聲甚舉。雖廣文先生官獨冷，然彼中人士，猶畏壘之于庚桑乎？僕於明歲欲裹糧爲五嶺之遊，求俎豆先人於其地。道經五羊，與足下作十日期也。東莞令李君與僕有研席之交，已口足下於其前，倘此君有式廬之雅，毋爲鑿坏而遯。歐楨伯先生眠食無恙否？其全集能以一部見貺，不啻肅慎之矢矣。令弟篆刻可與斯邈比肩，儌足下之惠，求鐫一方以光東壁，毋曰馬牛其風而惜此腕爲致書郵者。郭君乃季弟之外兄，儒雅風流，尤精篆隸。足下不惜咳唾之餘，此君價且倍矣。如有惠教，請納其橐中。

寄陳崇禮孝廉

都門分手，不勝黯然，今又幾年所矣。僕去歲甫至長安，驟得先君之訃，徒跣奔歸，哀痛悲摧，無復人理。北堂痛念亡人，老病加劇，竟以此月哉生明，從先君于地下矣。一歲之中，奪我怙恃，造物小兒，不仁至此。腸非金石，能堪此銷鑠耶？幸不即死，欲於明春裹糧爲嶺表之遊，税駕于貴郡，爲先君求一豆于庭廡之末，不識輿論允否？惟足下從臾之，重于九鼎大吕矣。倘衆言淆亂，難與慮始，亦不吝相聞，庶可枳其轍也。李惟實如千里神駒，倏化異物，人琴俱亡，痛何能已。明歲東遊，或得拜其宿草耳。

與王君聖貢士

僕年來懶慢如嵇康，每一題箋，神思昏憒。昨得損書，罪僕無特緘，謹東望肉袒以謝。僕遭閔凶，去歲杪秋喪父，今歲初冬喪母。當老母之瞑也，擗踊哀號，恨不俱死。然附身附棺者，皆手指中出，稍慰區區。至於先君易簀時，僕方杖馬箠奔走萬里外，至長安始得驅廣柳而南，恨抱終天，誰謂荼苦哉？先君生平位不滿德，官貴郡時頗有聲。明歲欲東行李之高涼，爲先君求分一豆於庭廡，不識諸君尚有墮淚如峴山者乎？則請以報我，我且脂吾車也。

與陳建聖孝廉

熥不天，去歲有公車之役，先君子竟奄然棄熥也，近者老母復以天年終。歲月幾何，奪我怙恃。哭泣之聲在耳，素車之客在户。皮骨空存，神理頓盡矣。先君遊宦十年，獨于貴郡人士爲膠漆。即年老家居，一飯未嘗忘鉅鹿也。長逝者魂魄，安知不神遊於羅浮、五嶺之間邪？熥欲徼諸君之惠，得俎豆於名宦之列，不識輿論允否？倘諸君念及先人而疏於郡縣乎，奚令君于先人爲舊好，於熥有一臂之交，其督學使者有桑梓之誼，事未有不濟者也。熥且以明歲苴經造門下，一以成先人千萬年血食之舉，一與諸君子敍十七載契闊之悰。是在諸君留意焉。

答林晉伯

先令之喪，甫及祥練，此月哉生明，老母又棄諸孤而逝矣。齊斬頻仍，桐竹相繼，悠悠蒼天，此恨何極。苫塊中忽得削牘，兼惠佳什，收淚卒業，恍若晤對，仁風之頒，不勝故人之感。名園佳勝，不讓李倫，行當求諸兄弟，爲足下抽毫而賦。如不成者，有金谷之罰在。

與陳子卿

不肖聞變長安時痛楚萬狀，足下慰藉之言猶在耳也。甫經祥練，又復奪我先慈。即令不肖腸如金石，淚如湧泉，能不枯且竭邪？門衰祚薄，大變頻仍，癯然之軀且未知所稅駕也。足下嘯詠墨潭之濱，五色斑衣爛然如錦，此樂誰云哉。謝在杭擁傳初歸，人事如蝟，才得一握手。嵬然進賢，非復縫掖生故態，行當捧檄往詠，雲山從此別矣。顯晦殊途，欣戚異感，足下能無慨於中耶？

與林兆綸

先令之殁也，諸君子越三百里而惠輓章、誄文。墨痕尚未燥也，乃皇天椓我，復以此月哉生明，奪我所恃。歲月一週，二親淪喪就木，殘魂恨不從先人於地下耳。所幸者，仲氏遊吴，事竣即歸，歸二十晝夜而老母下世，不然幾蹈不肖故轍矣。佘全椒爲先人序詩，昨鄭性之云其脱稿已久，尚浮沉至今。幸爲我覓置魚腹。大幸，大幸。

與佘宗漢明府

先令遺集，雖不敢遠望左冲，然得佘先生一言，免飼醯雞，功當百於皇甫哉。即欲脩謝，緣家難洊至，老母又復辭堂，哀毁悲摧，僅餘喘息。日對吊客，擊顙數千，顙成贅疣，哀冗所奪，猶缺戔戔，徒抱悲感。杪冬將有莆口之役，當覓門前五柳間。佘先生雙梟無恙也？周所諧倏化異物，故人零落，增我隕涕。漫賦四詩，以當慟哭。足下寧無酒壚之感乎？

與陳彦宗秀才

削牘仁風之惠，拜命已久，緣老母在床笫間，遂久缺奉報主臣。主臣天禍，寒門竟以此月哉生明，棄諸孤而逝也。自去秋徂今冬，白衣冠之客屨錯户外，哭泣之聲日夜無休。時僕神理既傷，形骸轉憊，對鏡啞然，僅如塚中枯骨，不但從前太瘦生耳。高堂閴寂，形影相弔，不能寧居。正欲於杪冬時躡屩過壺公，與諸公把臂，適得周所諧凶問，生芻之誼，其何敢辭？哀荒中可免足下杖頭赤仄，但得脱粟數升，便令徐卿腹果矣。所諧暴死，造物誠不可知。望風通悼，無淚可揮。幸索其遺稿緘以付僕，僕且謬加選定，爲此君身後之計也。貴鄉有林文烈者，與僕有十年神交。近鄭性之來，僕猶問其無恙，不知其在鬼籙者幾何年矣，又痛悼者久之。並賦二詩往，足下過其廬時，幸爲徐卿作變徵聲歌之，以當慟哭也。伏苫裁緘，語無倫次，炤督幸甚。

與周喬卿山人

近方有書報尊君，不意尊君之不及讀也。嗚呼，痛哉。僕之淚痕如匡廬秋瀑，得此凶問，更潺湲不止矣。尊君素性無恙，其得疾而昇歸也，何故屬纊之時，尚能了了刺刺，與家人訣絶乎？或竟奄然與氣運俱盡也。遺稿幸備録付僕，且爲删定，謀之有力者行于世。毋令亡者苦心五十年，竟扼腕于地下。哭章四律，矢口而成，情之所鍾，寧論工拙。生芻之束，謹以異日。杪冬時僕將躡屐壺公，一哭尊君銘旐，且與足下作楚囚相對耳。順時節哀之語，日嘈嘈耳中，僕且視爲鳥音之過，今又勸之以進足下，足下得無以徐卿爲憨乎？

與池秀才〔二〕

前聞足下有荀奉倩之悲，已爲短氣，乃令廣文竟溘然朝露也，豈勝驚悼。昊天不仁，奪我所怙，而猶未已，又禍及先慈。吾兩人家難略相當，然君家太夫人尚善飯無恙，潘輿可御。僕則僅有所生母，髮且種種而繐帷已空、高堂落莫，夜聽啼烏聲則仰天太息、血淚滂沱。是僕之禍，視足下不尤酷哉？墓中文垂于千秋，當索如椽之筆。乃浪委於僕，僕亦漫然命子墨，是足下與僕罪等耳，識者不笑秦無人哉？嘉惠之頒，對使拜命。束帛瓣香，致尊公靈几前，當生芻一束也。

與張叔弢博士

花朝日曾作書報記曹，而鼇峰之巔有峰如迴鴈者，遂不得繫其足，故寢閣至今耳。《瞻鳳》詩，先以數首塞命，尚有二三作者，但册子已盡，而不佞麻衣如雪，不堪當羊欣白練，徼諸君書以寄足下耳。鄧、謝兩生遂冠進賢矣，猶着麻衣待至公，吾兩人不已鐘鳴漏盡乎？涷石産自永嘉，去長溪猶庭廡間，又爲揚子談經處。幸爲覓數方，不佞當以十五城易之，庶不爲寶山空手哉。

寄沈從先

僕故不識從先面孔，然時時從履吉舌間得之。履吉巖巖壘砢，非阿其所好也。讀《蟲刻草》，嘗鼎一臠，可知全味矣。聞足下欲裹糧遊閩，吾閩武夷奇勝甲天下，千岩萬壑，競秀爭流。足下能躡屐來，僕二三酒狂當堅城壘，與足下會獵于大王峰，共振旗鼓，結千載勝盟，惟足下留意。令祖先生墓木已栱，乃小子追賦輓章，而詞旨紕漏，幽冥之中，當爲絶倒。

與丁亨文司理

足下乘堅策肥，頭上進賢岌岌矣，乃顧我蓬户，握手于苫塊之中，厚誼不方駕古人哉？承奠先慈，哀感無量。新在凶粗，不能至行部一稽顙，耿耿如何。束帛戔戔，聊布謝悃。更奉送小詩一首，真《下里》之音，漫題扇頭，以當送君南浦。然不堪携入郢中，與《白雪》相和也。

又與丁亨文司理

小詩不足重君行李，聊博軒渠耳。乃以佳箑索敝帚，得無與嗜痂者類乎？墨楮之污，誠不知顔之厚矣。昨面鄧汝高，談足下鋭意雅壇，篇什甚富。幸録一二報我，毋以我爲木桃也。而屑越之雨絲絲不絶，從者倘未即發，能信宿齋頭，猶勝别後夢思也。

寄聞人仲璣

齋頭一宿，不減竹林之遊，别後遂同河漢，然以吟屐尚在五嶺間，不知足下之已爲逢萌也。且聞受侮于河伯，豈槖中有神物，竟爲蛟龍所睥睨耶？卜居西子湖，三竺兩高，悉受杖屨。造物之待足下，良不薄矣。藉令頭上進賢尚在，且將折腰貴人前，能爾爾耶？仲氏入杭，感足下綈袍之意不淺。僕家難相尋，先令肉尚未寒，而老母又復棄世，五内崩摧，神理頓盡。僕且將絶榮進之念，以一丘自老，而倦如相如，又乏勝具。足下能以丹青惠我，作少文卧遊，即環堵皆五嶽矣。小作二首，聊寄遠懷，足下得無纓絶乎？

寄許靈長太學

僕三年四過西子湖，竟不得一識許先生。乃反爲仲氏所先，阿奴即此可掩其兄，寧用火攻下策哉？扇頭諸詩，讀之香滿齒頰，出入懷袖間，可令荀令慚沮矣。紫陽洞千巖萬壑，嵯峨壘砢，得足下伊吾嘯詠其間，當與山川映發耳。僕遭閔凶，仲氏歸方二旬，而先慈又復見背。重罹大變，痛何可言。既辱神交，當爲扼腕。小詩一首奉寄，惟足下彈射之。

寄朗上人

去歲舟過語溪時，日仕崦嵫，而長年無賴放船波浪中，不令客登彼岸。遂不得造維摩丈室，捉麈其間，一談名理，何無夙世因哉？今歲仲氏得參猊座，歸來衣袂間尚帶楊柳枝頭甘露，吾師法力遍于恒沙矣。扇頭諸詩直入三昧，讀之洒然。漫賦三章奉寄，納之謝司理橐中。謝爲我家宅相，少年稱詩，與俗吏官進賢者河漢；剖竹苕川，與語溪接壤。僕已頌吾師清德於其前，到時無惜一把臂，毋謂豐干饒舌哉。武夷、九鯉爲震旦奇蹤，不可容吾師一衲乎？況重以孫令君之謂，何惜折此一葦？方春時和，敬聽空中振錫。

答胡御長

僕交君家之季而不識君，君識吾家之仲而不識僕，然通家之誼則僕與君共之。見貽諸什，盡琳琅珠玉，漫賦一章奉詶，不覺形之穢矣。令季久客晉安，每一登樓，便懷故土。而此中人士往往枳其轍，以爲有足下脩色，養于尊人之側，足慰游子之懷，丈夫志在四方，安事一室哉？顧足下毋過督之。僕罹荼苦，形神慘悴，一壑一丘，有終焉之志，西湖花月，徒懸夢思。把臂之期，茫然無定，言之可嘆。茲以一緘並詩一紙上記曹。

答王百谷

自先大夫之棄諸孤也，想像容聲，如疑如慕。得王先生一言，不待燈燭帷幙，真以先大夫爲生也。豈惟不肖一字一顙，即徐氏高曾而下德，黄絹之惠寧有涯乎？仲氏未歸，而民母已奄在床第，及税駕經旬，竟從先大夫于地下。非王先生慨然泚筆，則終天之痛亦所不免矣。洊遭閔凶，心緒荒落，竟缺脩謝。陳翁歸，乃手札反先之，汗簌簌至踵矣。茲以一緘附陳孝廉往，愧先施之未能也。

寄陸無從貢士

倚棹蕪城，不淹晷刻。麈柄未温，榜人促發。回首瓜步，惟見長江天際流耳。熥自歸來，鞠凶洊至。先令纔及小祥，而老母又以天年下世。蓂莢一週，椿萱遽謝，但有聲徹天、淚徹泉耳。苫中論次先人行事，而仲弟具糗糒走吴門，求顧學憲諸君子銘先人之幽。乃吴中諸君不以熥爲不肖，慨然華袞之甚，幸矣。然不得陸先生一言，無以合先人之目。敢徼高曾之靈請于門下，倘肯捃摭成傳，以垂不朽，則起亡人之骨而肉之。豈惟熥誦義無窮，即子孫所不知者何人，且世世戴德矣。足下近況定清佳，長安五斗，知不悋情去留。倘雞肋此青氈，則閩中苜蓿堪令足下腹果，而幔亭、玉女間，可當杏壇片石也。臨楮瞻依，字字嗚咽。

寄吴叔嘉山人

拍浮舟中，持蟹螯，烹鳧鴈，聽廣陵濤聲，真人生奇遘。及僕麻衣歸自長安，再過寓所，則聞方在床第間，不及捉麈，悵然者久之。僕歸半載，而先慈又逝。鞠凶如此，頭顱可知。足下久處揚州，腰纏何似，養鶴之資，將安所出？對萬樹瓊花，尚憶横塘烟雨乎？向辱分題詩，黄河中爲波臣所得，更求再書，幸毋愛此腕。小詩題扇頭奉寄，不足當木桃，覬覦璚瑶，則僕之區區。

寄夏玄成孝廉

再過廣陵時，以舟人報潮生，遂急于解維，然把臂數語，猶勝夢思也。不肖歸來，雙袖未乾，而北堂繼殞。欲知瘦骨柴然，請視揚州鶴也。足下近況，定是清佳，二十四橋明月夜，何處不可着夏生屐齒？小詩録小箋奉寄，足下毋惜去其蟬翼手，北鴈南來，敢希一繫其足。

寄閔壽卿

浮玉停橈，遂成彦會。恨晷刻未淹，長年促發，竟不得襆被山中，聽夜半濤聲，至人耿耿耳。足下高臥烟霞，枕流漱石，千秋萬世，焦閔同稱，良足愉快。不肖長安聞訃，號慟奔歸。再渡揚子時，風波澎湃，翹首玄亭，徒增於邑。漫賦一章，並前分題之作寄去。張函一一鳴驚人，大堪折屐。雪浪、海若二師，野鶴孤雲，蹤跡何似？併問。

寄張成叔貢士

去春鄧民部署中，得陪卜夜之歡，刻韻分題，片言千古。次日欲謁幸舍，聞馬首遂南，悵然而生。及讀《新柳》佳篇，張緒風流，依然在目矣。舍弟歸自姑蘇，始知有尊公之變，河山遼邈，不能脩吾家孺子絮炙之誼，徒怏怏于懷。當尊公宦閩時，曾攝督學政，我先君子方爲諸生，寔尊公得意士。先君在日，每與不肖言之，輒抱感激。則不肖之於足下，匪獨好同惠、莊，而又誼通孔、李。曩在長安，卒卒而别，不及敘此。兹舍弟讀尊公行狀，始知不勝存亡之感。蓋尊公梁木既壞，而先子墓材亦拱，然足下與愚兄弟得結蓮社之交，則通家之誼，傳之世世矣。兹田叔過家，肅此奉唁，惟節哀自玉，不盡縷縷。

答曹重甫太學

把臂秦淮，歡如骨肉，雨宵分韻，得附琳瑯，一日勝緣，遂成千載。既而門下返棹泖湖，僕亦泛舟苕水，雖一葦可航，竟同河漢。冒雪北征，空行空返，薄劣之相，以分自安。第負故人卷卷之望，則不無主臣也。莆中林君來，得拜手教，兼領紫花布之惠。足下不我遐棄，開緘跽誦，徒有感戢，具審動履佳勝，甚慰鄙私。貴邑令君，僕未識荆，俟有與之相知者，當索一緘奉寄，不敢負所託也。宋硯數十年前在敝鄉賤同瓦甓，今爲好事者搜括已盡，僕求之數年，僅得一二，尚非完好之物。明歲有吴門之役，或挾一方過齋頭爲贄耳。前《金陵倡和篇》聞在授梓，倘已竣工，便間幸惠一册，感逾百朋也。兹林君行，草此候起居。暑氣如蒸，勒狀極不周謹，晤對未期，臨楮魂斷。

答陸纂父

嚮者諧賞園得讀《鴻里什》，時顧先生僅有兩册，不敢袖歸，便抄數十章，時時于竹間吟玩，以當晤對。昨接手翰，兼拜大篇，而不肖記曹中遂全璧〔三〕矣。舍弟新刻，曾寄百谷尊生齋中，何竟至浮沉。今往兩册，門下有通家之雅，想不吝一彈射也。莫廷韓書畫，僕慕之如渴，敢托門下於雲間求之。或扇頭，或長箋，或短幅，惟其便耳。留意，留意。顧道行先生倏然物化，僕有國士之感，崩摧不可言。門下與顧先生莫逆，想有同痛也。但不知何時携馬策扣門，過西州之路，耳面長卿、世卿爲述此懷。兹林友行，便草此候起居。天氣鬱蒸，幸順時自愛。臨楮不盡惓惓。

寄陸無從

向道廣陵，得承下榻，以彌天風雨，急于解維，深懷怏怏。然扇頭佳什，載之俱南，八月濤聲，崩騰掌握，平原清河，世代不乏矣。

别逾三載，愧絶片鴻，屠司農入閩，悉門下動定，海國山川，曾經杖屨。能乞一氈，重尋九曲，寔所大願。僕自還山，頗親竹素，然才慮短淺，未能廣傳同好，先以貽笑大方。荷門下數載之知，奈何愛此針砭也。秋暮冬初，復當北上，計艤棹邗關，再奉顔色耳。前求先永寧小傳，以承鼎諾，著作之餘，冀命子墨。閔君朱夏來閩，得拜不朽之惠，此愚兄弟日夜所惓惓者也。惟留神，幸甚。草草奉候起居，語不周謹。秉燭裁緘，神與俱往。夏玄成不及耑啓，面時乞叱名致聲。

與彭興祖

足下之客閩，雖逾半載，然半在清源、九鯉間。及入晉安，又以淫霖作惡，即咫尺鍾山，難於蜀道。至春和景明，天地開朗，而翠袖紅妝，擁之以去。其間能把彭先生之臂者，蓋寥寥矣。忽爾言旋，私心如割，所謂「黯然銷魂者」，僕猶謂江郎語淺也。足下故多情，當知此言不謬矣。窮交無可爲贈，口占一詩書扇頭，聊記別情，未免爲行李之累。從者以何日入都門？僕計以暮秋束裝，雪花如掌時，當得與足下睥睨燕市，歌「京洛何煌煌」耳。萬里脩途，加餐自愛。不盡惓惓。

與高東荃太史

曩客都門，辱承款注，身居華膴，念切同籍，感戢之私，匪不肖第一人也。既而老年丈洊當大變，聞之痛心。終喪一疏，朝野歎誦。陳情令伯，方之蔑如。所愧者，漳、閩相距里道非遥，絮炙闕然，慚吾先孺子矣。邇者端揆久虛，枚卜未定，老年丈望重具瞻，大拜可俟。此蒼生之慰，實二三兄弟之光也。不肖故業荒蕪，壯心頽廢，且老母齒髮已衰，時時善病，違膝下之歡，圖升斗之養，鄙計甚左矣。欲長謝公車，永奉潘御。君爲夔、龍，我爲巢、務，一潛一見，同于委蛇，不亦休乎？熊老師倏爾遊岱，身後之事杳不相聞。西州之痛，如何可言？圖報之懷，空用耿耿。兹以金山上人持心募緣入漳，敬候起居。此僧乃不肖舊識，其塔緣始末，俱見許少傅、馮陸二太史疏中。願賜接見，俯加吹噓，此宰官身無量功德也。造次勒狀，極不周謹。

與陳公衡吏部

南都一別，六載於茲，蹤跡暌離，音問疏闊。曩以片札附友人王玉生上記曹，計塵清覽矣。既而明公讀禮山中，僕以奔走四方，闕于弔唁絮炙之誼，慚吾先子。死罪，死罪。憶昔白下衙齋，杯酒留連，群彦畢集。今則明公寢塊于鯉湖，翁晉考槃于苕水，季豹托足于敬亭，子馬折腰于南楚，其餘數子皆如晨星聚散，匪常言之可慨。近者，吾閩雅道推于中原，取威定霸，此其一時。明公登壇軌耳，四方豪傑自當景附，僕雖不敏，或足備偏裨之用，願賜鞭策，以與勝盟，定不以鄙言爲誕也。茲以金山上人之便，敬脩荒楮，上候起居。其塔緣始末，俱見許少傅、馮陸二太史疏中。願賜接納，且吹噓于莆之善信者。俾得完勝果，則明公福力隘須彌而涉恒沙矣。造次勒狀，不備不恪，主臣，主臣。

與陳子卿孝廉

去歲都門之別，極切懸念。既而聞足下還山之後，尊體漸安，甚慰。弟自九月歸故廬，以家事奔馳，無卒卒之間，以故雖莆人往來不絕，而音問闕然。向歲足下所擇古山葬地，弟已購得之三年矣。言佳者什九，言不佳者什一，以故尚在狐疑，未即營造。何日得足下入城，爲我一決，此世世之感也。尊公大拜之期，朝野屬望。此時天下政爾多事，國是日非，所謂安石不出，當如蒼生何也。東山之起，敬當拭目。唯足下從臾之。茲以金山上人入莆募化，敬脩荒札，遠候起居。其塔緣事俱見許少傅、馮陸二太史疏中。當今莆中大檀越，無過足下者，伏乞大加噓拂，完此勝緣，即無量功德也。此僧忠誠，非尋常行腳者之比，願足下破格待之。足下固素有信心歸依淨土者，不待僕之喋喋矣。但侯門深邃，老衲謁叩爲難，幸戒閽人，時爲通報，尤見方便法門也。對客草草，不盡所言，臨楮無任飛越。

與李與熙同年

都門之別，水陸參差，遂不及再相面也。弟沿路稽留，至菊月始還故山，度從者已越晉安。嗣後音問杳然，殊切懸念。弟自歸來，奔馳家務，略無少間。今且欲糊口四方，安得復下帷如少年時乎？將來之事，真不知所稅駕矣。吾兄定當畜其全力，爲背城之舉，著述既繁，無吝遠教。張子環令義烏，初政何似？在長安時曾約相過，不識綈袍之意如何？茲以金山上人募緣入泉，檄候起居。其塔緣事俱見許少傅、馮陸二太史疏中。温陵想多善信，必得門下一言，爲之倡首，俾不流落。不惟布此福田，亦見吾鄉之有善男子也。非吾兄負千秋之識，不敢以此相托。留神，留神。高衷荃年兄已有小札相聞，更得吾兄一語爲妙。蔡虛臺年兄，弟自鹿鳴之後，久闕晤候，不敢奉瀆。若得此兄爲同安檀越，亦門下無量功德也。對客草草，不盡所懷。

與林吾宗太學

別來遂及三載，不肖驅馳四方，碌碌無似，以故與足下音問杳然也。足下往來吴會之間，著述定富，何不斬壺山之竹藏名山而廣同好乎？叔度久客淮南，叢桂已老而尚不歸也，何故？每清風明月，未嘗不憶秣陵舊事耳。茲因持心入莆，敬脩尺一起居。其塔緣事俱見許少傅、馮陸二太史疏中。其舍利放光，閔壽卿曾兩見之。今走萬里入吾鄉，不可不塞其望。莆中檀越，非吾党二三兄弟不能爲也。敬介謁於門下，唯賜延納，且吹嘘于四方善信，共完勝果，亦門下無量法力也。尊公名德聞於海内，能借鼎言，尤爲順風之呼。不敢請耳，固所願也。邦衡兄不及另楮，同此致聲。造次勒狀，不一。

與丁明虞司理

闊楚風煙，倏經數載。鱗鴻稀絶，藴結如何？既而仁兄讀禮還山，弟方奔走四方，遂闕弔唁。死罪，惶恐。去歲舟次潞河，逢梅生子馬，備述仁兄憐才之意，不以僚屬常格見拘，感恩知己，肺腑銘之矣。且聞時時齒及于弟，至懸榻以待，自非仁兄篤于貧賤之交，安能至此也？弟久困公車，俯仰爲累，非間關糊口，不能自存。曾與子馬訂瀟湘之盟，兼以沅陵守屠君田叔，弟故人也。但不識仁兄舊屬，尚有可以徐生爲託者乎？惟仁兄爲我細籌之。茲以金山上人募緣入泉，其塔緣事俱見許少傅、馮陸二太史疏中。知仁兄清白吏，不敢望布施，但得片語吹噓，即無量功德也。造次勒狀，極不周謹。臨楮曷勝馳神。

寄屠田叔太守

春初以一札附林書記遠候，既而此生行至姑蔑而返，此書遂復帶歸。使者入閩，得領手教。每一披誦之餘，恍同晤對。至于追敍舊歡，則此心怛然耳。聞君侯以正月之杪始駕五馬而西，計此時當在洞庭瀟湘之浦矣。新納小姬，定是佳麗，又寵屬專房，秋娘無妒，簿書之暇，移遠山於眉黛，樂何可云。漫賦《催妝詩》一章，附二三子之後，寄呈博笑。若深情豔語，爲君侯于顧所建者道盡，所謂探驪得珠之餘，無復明月也。使者行急，不能裝成卷軸，録之薄蹏，尚冀斤削。辰陽距閩遠甚，鱗羽稀絶。今常德司理陳君，寔僕桑梓，辰、常接壤，倘有相聞，轉托此君，可不致浮沉也。高賢祠又構廊房數楹，擇於此月中送主，碑侯鐫榻寄上。餘情前書頗備，此不多贅。風煙萬里，握手何期？冗次裁緘，神情共去。

寄閔壽卿〔四〕

遽廬一宿之後，動逾數月。所以不通聞問者，以長君約去秋來迎鶴駕，當還廣陵，不意尚留三十六峰九曲間也。持心上人入晉安，始悉山中動定。既而聞尊體時時尫羸，兄頤養多年，何以有此？或是進道太鋭所致，勿忘勿助，講之有素，諒不以此心爲槁木也。萬萬珍嗇，爲道自愛。承來教云暮春東下，或仍還浮玉乎？抑卜築栖霞乎？或如舊歲所議，携二郎君來閩，爲經老武夷之計乎？僕意武夷山川秀甲海内，非兄與渾然子，不足以當之。若二郎君便於定省，則投老之鄉，無勝于武夷者。願兄詳察之。重來之期，不可失也。《詩序》謾成一篇，不識可用否？敬録評教。丁母壽文，去歲寄謝在杭使者入廣陵，此時計已入覽矣。近金山寺持心上人來，乃最大因緣，但吾鄉事體，兄之所知，恐不能盡塞其望。然不敢自惜綿力，爲之措處也。茲林熙工、陳惟秦便道入武夷，僕以家累，不獲追隨。敬脩一札問起居，後晤何期，臨楮藴結。

寄渾然道人

去歲過武夷，不及一晤，殊用爲恨。持心上人來，得領詩翰。雲水之客，能遠念故人，尤抱感愴。且聞暮春欲別遽蘆而入武當，從此蹤跡尚更渺，然不識何日重入九曲也。《同亭詩》借綺語而發玄談，已超出四序常品，乃以凡夫俚語廁於其前，將安用之？聊以塞命云爾。茲以林熙工、陳惟秦入山之便，敬問起居，後晤未期，萬萬爲道自愛。

寄徐茂吴司理

道經武林，得奉顏色，清言玄旨，開我愚蒙。孺子高標，孝穆宏博，可謂兼之。始信海岱之清不乏，而吾宗之寶匪盡也。名下無虚，歎賞彌篤。歸思既盈，榜人促發，兼以零雨其濛，竟爽觀濤之約，念之耿耿。不肖以重陽日還故山，雖行橐蕭然，而瑶篇在篋，每一披誦，覺南海之裝猶薄矣。茲者四方譚〔五〕藝之士，霞蔚雲興，乃明公寔標赤幟。不肖蹇劣，願受鞭策以從。拙集災木已久，未得就斧記曹，今敬往一帙，正所謂悔其少作者，惟無靳彈射。幸甚。仲弟《紅雨樓集》一部、《閩畫記》一部、《荔枝譜》一部、《田園雅興》一帙，季弟制義一部，統塵巨觀。向許《歐陽行周》、《林子羽》二集，王崑崙

《荔枝詩》，若有便鴻，想不孤此諾也。外《無題八絶》，漫爾效顰，並録博笑。兹以屠田叔之行，勒狀問起居，冗遽之中，不盡縷縷。時當嚴寒，願加絮以慰遠念。

與王懋宣先生〔六〕

向歲承命撰《帚言序》文，抽毫者屢矣。然以走墨于公輸之門，輒忸怩而止，非敢久方長者之命也。兹且遠别，宿諾繫心，妄撰一篇，欲濫附不朽。語無倫次，識不反隅，惟長者痛削之。幸甚。

又與王懋宣先生〔七〕

《紀勝録》成，遂爲吾鄉佳話。兩高三竺，不得獨擅東南矣。老叔捃摭之功，真可掩古人，後無作者也。載讀總序，文藻蔚然。八十老翁，神王如此，尤非後生能及耳。羨之，羨之。屠使君今日想有朝參之勞，明晨先投一刺。若欲傾倒，想在課最之後也。吾鄉奇事不乏，愚意欲於《紀勝》之外，别撰數卷，倣《志餘》之例，尤膾炙人口耳。何如？何如？

與謝在杭

相逢狹路間，時雪花如掌，不能久駐征輪，怏然南北，淚滿麻衣，豈所謂雲山從此別者耶？及得泥金，殊爲解顔。然足下三策，當不減董生，乃慳一上第，漢文有道，恩猶薄矣。東山屐齒，可保無恙哉？僕自奔歸，杜門待盡。痛悼之餘，即有撰述，皆昏憒語，無可聞於足下者。近得足下損書並新詩一紙，迴環讀之，大有奇致。豈得江山之助乎？仲弟與王玉生以此月十三日買舟入吴，求吴中諸君子爲先君作誌銘、傳、表，計初冬方得返棹。山齋闃寂，無可與語者，爲之奈何？兹爲置書郵者鄭君爲僕表姊丈，以文無害遊京師，欲望見足下顔色，且徼足下之惠，得見于大阮光禄公之前。倘得吹嘘送上天，即僕屋上之烏矣。

又與謝在杭

曩得武夷所寄新什，飄然欲仙。大王、玉女得東山屐跡，山靈不增重耶？别逾半載，言念殊深。不識涖事以來，所平反獄幾何？所得士如荀慈明幾人？苕溪、天目間所著屐幾量？公餘所哦詩幾首？李官懷抱，比諸生孝廉時又何似也？與卿别後，交遊落莫。去冬裹糧方廣，今春支笻石竺，躡屩鼓山，三遊俱有記。今未能寄覽，僕貧如長卿，倦亦如長卿。五嶺之轍，已發復枳矣。中書君老而秃，望惠不淺。一枝兩枝，可當南金箭也。

與陳平夫

足下信善病，徐生亦矐然骨立矣。仲氏與伯孺裹糧入名山方廣，真大快事。昨與振凱盟，將支笻九鯉，則爲兩生牛後，足下能陪吾杖屨否？胡外史明日復渡江，又費足下幾赤仄矣。

又與陳平夫〔八〕

讀《靈異篇》，令人舌咋不能下。燬一部《蓮華經》，乃至受如此報，況此生沉淪苦海，業障深重，不能自解脱，大堪恐怖。僕正發願力，懺悔平生所作罪業，忽見此篇，益堅向道之志矣。

與林熙吉

錦溪之遊才一歲耳，而汝高龍奮長安，足下豹隱林麓，玉生、興公躡屐虎丘，不佞則支床雞骨，匪惟顯晦異軌，欣戚殊衷，而蹤跡晨星，有同隔世，往事淒其，憂思如擣。久欲買一葦過峴江，而俗務羈維，竟虚宿諾耳。足下新詩故饒，能寄數篇爲我消夏乎？兹平頭度江，敬問足下眠食。臨風軫結，不盡所言。

與陳惟秦

病魔無賴，困吾母也，又復困僕，一室之中，呻吟不絶，惟花神可令此魔退舍耳。阿堵物半歸韓康橐中，不足買東籬秋色。足下壁籬間物有長物，請以一枝兩枝，當枚生《七發》。

又與陳惟秦

卿之不入城也，何故？每風聲鶴唳，皆以爲陳生履聲，竟闃其無人，殊用耿耿。齋頭新篁長幾尺，蒼苔厚幾分，文幾篇，詩幾首，皆劉郎去後者。别時鶯聲睍睆，如二八嬌娃，今歌喉漸老矣。足下有情人，能無動念乎？

三與陳惟秦

别時天氣如坐甑中，今則挾纊者數時矣。每家書至，足下想得共讀。弟之行藏已知大概，且途中冗奪，遂不得頻頻另啓相問也。弟此行雖苦太早，然遊道頗廣，恨不携吾党二三兄弟共振旗鼓耳。回思與足下竹中風景，不覺腸斷。二弟家居寂寥，吟屐不妨時來晤對。近來工夫不識更精熟否？此大事因緣，不可十寒一暴也。新詩近來何如？有便多録見寄。立德、立言，足下勉之矣。弟所作近稿已前後寄回，試評騭之。凍筆草草，不盡所懷。

四與陳惟秦

别來不覺半載，每登山臨水，對月臨風，未嘗不思及二弟與我惟秦也。仲氏書來云，足下久不到竹中，豈恐費主人脱粟乎？令人愈增懸念耳。弟客金陵者三月，所交海内同調者頗衆，然多離正音而墮時響。此時雅道，斷當在吾閩中也。但雖當步驟唐人，亦不可過于平淡，方爲作手。若專一模擬古人，而掇其糟粕，有如嚼蠟耳。此僕近來議論，與仲氏向日所談者頗合，第不可偏愛穠纖，落時人窠臼而已。近讀佳作，乃先得我心，必傳無疑，大爲喜慰。過吴門晤沈從先，敝廬不蔽風雨，且枵腹對二三黄口作伊吾之聲。貧士失職，無如此君。意明年欲携家入閩，藉履吉爲地主。履吉意氣，自是不群，且與此君爲石交，當不令其落莫耳。又聞足下與熙工共受思江先生玄旨，此公所授，自是正傳。幸拳拳服膺，共成至道，即吾黨無窮受用也。勉之，勉之。幼孺得雋，大爲吾道之光，僕所深喜。元直南還，客懷更加寂寞，歸來想時時聚首。飛鴻有便，莫靳相聞。

五與陳惟秦〔九〕

前日偶過轉華菴，乘興至西禪寺。寺門樹木蓊蘙，僧舍花竹幽深。城中蘭若，雖極僻遠者，未免市聲俗軌，獨此地闃寂，絶無喧雜，真結夏勝庭也。約念七日具桑門之饌，與二三清客爲竟日之遊。先夜可宿吾齋，淩晨步往，免奔走烈日中耳。近詩二紙，呈請教。其偶成一章，欲索和也。《弘明集》並《豔異編》，乞附小力携歸。

六與陳惟秦

來索諸集，如數馳上。元瀚《刻稿》並石湖《雜興》統納記曹。頃天色稍霽，欲往仁王寺爲竟日之坐。兄可即過此同行，免我久待。

又與陳惟秦

細讀《送行》十詩，情景俱到，足令遊子解顔矣。昨亦分十題與微公，須其成，當以就正也。少暇，幸過小齋痛談，何如？

與王相如

客冬辱足下過臨蓬蓽，一談千古，足慰賞心。本欲淹留，從者爲平原十日期，因送屠田叔使君之囦溪，地主先出，客何從留？迨囦溪歸而雲帆西上矣。屋樑之思，何日忘之？使來，復接手教，念我良深。足下才氣日上，不朽是圖。不佞蹉跎歲月，波涉風塵，閉户蠹魚，此事久廢。以足下之才之美，能下帷穿榻，咀古人之菁華，然後發爲文詞，吾未見其止也。子真少年俊爽，才如千里駒，又與足下相切劘，吾黨有人矣。秋風薦涼，珍重自愛。

與陳幼孺

伯孺來，知足下良苦狀。何物病魔，困我陳生至此？近與女大、女翔、伯孺談禪語，語玄著，真不二法門。若令足下揮麈其間，破顔微笑，將津津乎有起色矣。蓋足下之病起於塵勞，當以如來定力勝之。所謂煩惱雖堅，智慧性能破者也。須擇一靜室，焚香燕坐，取《愣伽》、《圓覺》、《金剛》諸經，逐一參悟，則塵勞自息，心火自降，腎水自生，病根自拔矣。吾師有言，醫者意也，而方固在汝心矣。此雖非如來本旨，借此卻病，亦方便法門也。俟體稍矯健，至林熙工面壁洞，然後與足下談非色非空即色即空，破此一重公案，豈不太快哉？

與陳平夫

游宗謙，莆之快士也，雖白髯如戟，而雄心未降。昨得讀其《辟支岩》詩，遂大驚嘆。延入竹中，共醉松醪數十斛。今日策馬還木蘭，道經六溪，而慕君家昆季甚篤，且聞平夫善酒，欲與共決雌雄。平夫春來家釀不少，可以餉客，當令此君耳熱而去也。欲悉宗謙俠態，請出其橐中王元美所爲傳而讀之，則翩翩在目矣。

與陳伯孺〔一〇〕

子衿已青，而督學使者又如程不識用兵，足下安得遂麋鹿故性耶？下帷狀良苦，然徐卿不先爲之乎？幸勉旃，意毋解。僕自伏苦以來，了無所事，借白雲半畝寄此餘生，暇則稍弄鉛槧。昨計近所爲近古體詩歌共八十餘首，意欲録寄二足下，而苦腕弱，不得遍書，非把臂時不得面彈射也。近日携二弟挨門稽顙，尚未畢。稍畢，即當渡江至兩君處，一崩厥角，謝區區耳。仲氏吴之役已逼，二足下驪歌不當倚馬就乎？

又與陳伯孺

異鄉聞訃，幾欲無生，但念二母在，故復苟活耳。承二卿惓惓慰藉，知愛我良深。然苦塊之中，欲得知己者一談，不啻饑渴，幸毋惜此一葦矣。吕梁之變，僅以身免，不然，得無煩足下賦《公無渡河》兩篇哉？

三與陳伯孺

與足下别者幾何時矣，竟不得一晤。則督學使者令二卿膽寒，下帷若江都相哉？惟起、玉生於六月十三日解維，昨得其來書，已在樵川矣。計自吴返棹，當在秋杪冬初。山齋寥落，無可與語。近患目青甚劇，心緒尤作惡耳。足下肯來，僕之雙眸庶幾耿耿也。惟起以不得别君家三珠樹爲恨，以不得送行詩又大恨。兹寄有奉懷諸作，容録請教耳。入城之期，想在伊邇，不盡所言。

四與陳伯孺

相距不百里，乃至數月弗一面，吾兄弟蹤跡亦太踈矣，悵何可言。伯兄尊體近日何似？想當平復。聞不日入城，時時引領。入夏以來，賤體羸倦，雖勉强櫛沐，應酬不輟，然覺精神日耗，深以爲憂。茲欲杜門靜攝，未識得遂所懷否。雨中無事，作《絳囊生傳》。今往一帖，博二君解頤。昨柳陳父過齋頭，商確風雅，談殊嶽嶽。非吾家兄弟不能折其角，然必得二君，始不讓稷下之風耳。會晤在即，語不多及。

五與陳伯孺

僕與惟秦、惟起、振狂，同爲武夷之遊。至困溪，振狂興盡，先返。至建溪，逢莆友吴元翰，遂與偕往。住武夷者十日，峰則天遊、接筍、鼓子、大王；洞則陷石、桃源、水簾、吴公、丘公，此皆足跡所至者。若目之所見，則難以枚舉矣。較足下與君大所遊，似爲差勝，猶恨未愜也。得詩五十餘首，頗不類食人間烟火者。俟二卿來，纔得賞鑒耳。惟起以九日度關，計此時當抵常山矣。舟抵洪江，知二卿在家，不知何日得入城相見也。僕之此行，於山得武夷，於人得元翰，可謂雙快。元翰之詩，翩翩唐響，二卿試索而讀之，自有定價矣。茲渡義溪，敬與足下會盟，當堅城壘以待也。

六與陳伯孺

《禊飲》二章，遂淩逼三謝，永和而後便屬茲遊矣。但俯仰陳跡，千古同歎。吾兄弟安得時時聚首，如流觴曲水時也。女翔、惟秦相繼入粵，輿公此時又將束裝。口腹驅人，可爲短氣。天時已熱，欲向仁王寺結夏。足下蒲節後幸入城，且輿公取道上杭，亦當面別耳。

與林熙工

武夷道士寄惠鶴雛二隻，蓄之山房者逾月矣。主人懶慢，飼之頗難，敬獻爲小淥池清玩。蓋足下村居，鄰近浦漵，可以恣其飲啄耳。俟羽翮既成，爲孤山處士報客，則勿忘區區之惠。

與林熙吉

齋頭一醉，杏酪春光尚未半也。倏經麥秋，竟不得一握手。日月不居，人事多奪，良懷耿耿。聞足下尊體違和，殊深懸念。然山中靜攝，當即平復，無久費參苓也。熥數時亦見坎軻，俟稍强健，即與玉生渡江，至芥子菴一稽顙耳。

又與林熙吉

鄧汝高入南嶼，時僕以倦遊故，不能附其青雀，然神未嘗不在錦溪、勾漏間也。不識曾至方廣巖中否？大書已榻幾十紙乎？幸乞分惠。僕舊歲與諸君入巖，近方捃摭爲記，末附以詩，名《靈鷲篇》，並近游石竹者，名《蕉鹿篇》。恨龐公不入城，不得面請正耳。友人林天茂，欲求四大書扁之廳事，不敢徑請，轉托於僕。令其蒼頭渡江，代布尺一於門下，請即泚筆，授之以歸，不勝延佇。

校勘記

〔一〕《答吴叔嘉》以下至《與丁明虞司理》四十四篇，鈔本缺。
〔二〕與池秀才，底本目録作「答池簪甫秀才」，據正文改。
〔三〕壁，當作「璧」。
〔四〕《寄閔壽卿》及下篇《寄渾然道人》，鈔本缺。
〔五〕譚，底本作「潭」，據文義改。

〔六〕《與王懋宣先生》以下至《又與謝在杭》四篇，鈔本缺。

〔七〕又與王懋宣先生，底本僅有一「又」字，據上文補足題目，以下同類情況作相同處理，不再出校。

〔八〕《又與陳平夫》以下至《三與陳惟秦》五篇，鈔本缺。

〔九〕《五與陳惟秦》以下至《與陳幼孺》五篇，鈔本缺。

〔一〇〕《與陳伯孺》以下至《又與林熙吉》九篇，鈔本缺。

附録一　輯佚

佚詩

復過月仙（詩題爲整理者所擬）

匆匆相見未分明，别後逢人便寄聲。萬里歸期看乳燕，一春心事付流鶯。柳枝猶記當年曲，荳蔻難消此夜情。擣盡玄霜三萬杵，夢中還見舊雲英。

謝肇淛《小草齋詩話》卷五：「翊歲下第，復過［月仙］，竟諧繾綣，徐作詩云云。」

又周亮工《閩小記》卷四引

鼓山詩（詩題爲整理者所擬）

間尋老衲叩禪堂，墨蹟淋漓滿上方。一自題詩人去後，白雲滄海兩茫茫。

《小草齋詩話》卷五：「嘉靖間，閩龔大司成用卿招諸賓及其婿林世璧同遊鼓山，風日恬朗，分韻賦詩。坐客皆逡巡遜讓，林時已醉，奮筆題詩，略不停思，文藻横逸。公及諸客讀之，至『眼中滄海小，衣上白雲多』之句，擊節歎曰：『吾不及也。』遂不復題。林詩至今尚在壁間，寺僧寶惜，墨色如新。最後徐孝廉惟和讀之，有詩云云。蓋引林語也。」

哭林方壺先生（詩題爲整理者所擬）

文章自昔擅名流，二十分符楚國游。正羡云逵方發軔，誰知夜壑即藏舟。魂隨岳麓家何在，淚灑湘江恨豈休。華表鶴歸歸未得，雲陽山下不勝悲。

《重編紅雨樓題跋》卷二。按：此詩作于萬曆十一年（一五八三），參見附録四徐𤊹《伯兄詩卷》。

贈林子真（殘句）

眼中之人惟有汝。

曹學佺《林子真詩序》：「亡友徐惟和贈之詩云云。」《石倉文稿》卷一。

子夜歌（殘句）

紅豆落深坑，到底相思子。

徐𤊹《筆精》卷二「相思子」條：「相思子即今紅豆也。愚按嶺南、閩中有相思木，歲久結子。色紅如大豆，故名『相思子』。每一樹結子數斛，非即紅豆也。惟和兄《子夜歌》云云。」

尋宿猿洞

怪石高於雉堞齊，昔人曾此卜幽棲。白楊滿地髑髏出，蒼蘚上崖名姓迷。夜雨徒聞山鬼哭，秋風不見野猿啼。荔枝樹死洞門塞，生到此中生慘悽。

王應山《閩都記》卷十「郡城西南隅」，清道光十一年刻本。

玉華洞二首

酒酣璚液唱游仙，萬樹桃花引去船。路繞潺湲千澗水，岩開混沌五更天。
雲根白積峰頭雪，松火青飛洞裏煙。采藥倘逢秦代客，莫言人世是何年。

《玉華洞志》卷五，康熙間刻雍正間增補本。

佚文

晉安風雅序

徐熥

閩中僻在海濱，周秦始入職方。風雅之道，唐代始聞，然詩人不少概見。趙宋尊崇儒術，理學風隆，吾鄉多譚性命，稍溺比興之旨。元季毋論已。明興二百餘年，八體四聲，物色昭代，郁郁彬彬，猗矣盛矣。

高廟之時，林膳部鴻崛起草昧，一洗元習，陶鈞六義，復還正始，懸標樹幟，騷雅所宗。門有二玄，實惟入室，屬詞比事，具體而微。高待昭棅、王典籍恭、王檢討偁、唐觀察泰，追述古則，私淑閫奥，各成一家，十子之名，播於宇内。同時賢才輩出，羅布衣泰、林學士誌，切磋彌篤，藝苑聿興。又有鄭迪、趙迪、林敏、鄧定，賁于丘園，鋭志詞賦，取裁爾雅，斐然成章矣。

成、弘以降，林文安父子、陳方伯群從，秩位惟崇，對揚廊廟，而風人之致溢於言外。林司空、許黄門，讚揚詞旨，海内騰聲，賡歌太平，於期爲盛。

正、嘉之際，作者雲集，鄭吏部善夫實執牛耳，虎視中原，而高、傅二山人左提右挈，閩中雅道，遂曰中興。時有郭户部波、林太守春澤、林通政炫、張尚書經、龔祭酒用卿、劉給舍世揚爲輔，斯蓋世之才，粲然可觀者也。世宗中歲，先達君子，沿習遺風，斯道孔振。袁舍人表、馬參軍熒，區别體裁，精研格律，金相玉振，質有其文。

迨於今日，家懷黑槧，户操紅鉛，朝諷夕吟，先風後雅，非藻繪菁華不譚，非驚人絶代不語，抱玉者聯肩，握珠者踵武，開壇結社，馳騁藝林，可謂超軼前朝，縱横當代者矣。

伊余不慧，忝際盛時，目想心遊，實竊有志，屏居之暇，采輯遺編，搜羅逸刻，得梨棗朽壞之餘，起桑梓敬恭之念，摛爲一十二卷，總二百六十人有奇。上而格合漢魏六朝，下而體宗貞元、大曆，調有偏長，詞必兼善者，不論窮達顯晦，皆因時采拾，以彰吾郡文物之美。燃脂暝寫，弄墨晨書，蓋慮作者之苦心而没世不稱，良可痛悼也。至於野狐外道，格律稍畔者，雖有梁、竇之權，不敢濫廁片語，爲雅道蟊賊。然挂一漏萬，耳目未周，尚賴同志補續。若曰有南威之容乃可論淑媛，有龍淵之利乃可議斷割，則不慧安所避咎乎？凡我同盟，宜協心揚搉，肆力旁求，以俟觀風者采擇焉。是爲序。

萬曆丁酉暮春六日，書于風雅堂。

《晉安風雅》卷首，萬曆刻本。按：此文又見《重編紅雨樓題跋》卷一，題作《閩中詩選序》，文中「摛爲一十二卷」作「摛爲八卷」，「總二百六十人有奇」作「總二百人有奇」，「萬曆丁酉」作「萬曆戊戌」。又按：據《晉安風雅》，此文當非徐𤊹撰，題亦爲非《閩中詩選序》；經核《晉安風雅》原刻，卷次與人數也應以該書爲是。𤊹既編選《晉安風雅》，「風雅堂」之堂名也必爲其堂之名，而當非𤊹之堂名。

爲家不治垣屋論

嘗讀漢史，至「蕭何不治垣屋」，且曰：「使後世賢，師吾儉；不賢，亡爲勢家所奪。」始爲喟然增歎賞曰：「賢哉何也，可謂遺子孫以安矣。」及觀其從沛公入關中，治未央宫甚壯麗，乃爲何深不滿曰：「何胡爲工於謀家，而拙於謀國哉？何胡爲善爲子孫謀，而不善爲漢王謀哉？」

粵自秦氏失鹿，天下共逐。沛公以一亭長崛起泗上，及奉義帝約入關中，當斯時也，嬴秦之祚雖斬，而項籍之暴未除。他如田横輩據地稱戈者，紛紛然未盡帖，未可遽謂安寧之時也。爲何計者，正宜述先王茅茨土階之風，陳秦武窮奢靡麗之失，以爲漢王規則。何視天下如一家矣，視國事如家事矣，誰得蒙之以詬聲？夫何未央之治，極其壯麗，棟宇連雲，榱題蔽日，即秦之阿房莫能過焉。夫治家之與治國，其勢之輕重何如也？何之子孫與帝之子孫，其位之貴賤何如也？垣屋之與宮宇，其費之大小何如也？

今何之治家，即小而垣屋且不肯爲；而未央之治，凡可以殫民財、竭民力以逞一時美觀者，皆畢力以爲之，此其視國不如家一也。其曰「使後世賢，師吾儉」。夫儉者，人君之美德也。高帝者，漢之創業主，後世所視以爲法程者也，自未央一造，則後世之君必曰：「賢君如高祖，良相如蕭何，且搆彼未央，何獨今日而不爲哉？」則土木之興，是何爲之作俑也。何徒欲子孫師己之儉，獨不欲漢後王師高祖之儉乎？此其視國不如家二也。其曰：「不賢，毋爲勢家所奪」。夫何之家，不過漢廷一功臣之子孫也，猶欲傳之世世；乃高祖披霜露、斬荆棘以得天下，獨不思窮奢極慾，有以啓禍機乎？況高祖起自亭長，汗馬四方，素無廣廈細旃之安，一旦娱之以未央之樂，必將安意肆志，以爲天下不足平。蓋樂則縱，縱則驕，驕則亡，古記之矣，何獨不聞之乎？此白登之圍，以未央爲之祟也。此其視國不如家三也。

先儒謂「何以家國爲二」，此足以論何矣，謂之曰「忠」可乎？或者曰：「關中據殽函之險，金城千里，天府之國也。何欲帝建都關中，故治未央，以堅帝志耳。子惡得執不治垣屋而議之耶？」噫，是不然。人臣之進諫於君，自有上策，固不在於宫室之間也。何與帝處幾年矣，獨不知帝之寬明而仁恕乎？故劉敬獻建都之策，而帝即日西都長安，此何之所目擊者，何必以土木之娱，以投君心之欲，而冀其策之一售耶？此不治垣屋之事，君子惡得而是之哉。

雖然，不治垣屋，何之心固不足取矣，而其崇尚節儉，亦可以端人臣之軌者。故二疏買瘠田以自養，即何不治垣屋之心也。李沆廳事僅容旋馬，即何不治垣屋之心也。不然，即郭子儀之賢，且不免亦窮奢極欲之失矣，況其他乎？奈何世之名登仕版者，往往漁獵百姓，以厚自封殖。峻宇層樓，甲於郡邑。至其子孫，曾不得邪徑而托足焉。天之福善禍淫，昭昭然其不替哉。

嗚呼，此甲第連雲者，卒召漁陽之變，而多寶閣中之歡，終不能救木綿菴前之哭也。其視蕭何爲何如人？然則何雖不得爲有道之士也，是亦人傑也哉。

徐𤊹《紅雨樓集・鼇峰文集》册九，《上海圖書館未刊古籍稿本》第四十四册。

吴競直筆論

域中有三權，曰賞，曰罰，曰史。胡爲賞？示勸也；胡爲罰？示懲也；賞之罰之，法如是足矣。而復設之史者何？以濟賞罰之不及也。

然賞罰之權，其榮辱在一時；而史之權，是非垂於不朽。是史之權，猶重於賞罰也。但賞罰之權司之自君，少有能假借之者；而史氏之筆，或可以私意轉移而雌黄其事。故古今之史雖多，而求其核實者蓋寡，甚矣直筆之難也。

若唐之吴競，可謂良史矣。慨自李唐中葉，牝雞司晨。梨稍開九月之花，蓮莚狀六郎之美。囚帝子於房州，嬖佞臣於禁闥。羅鉗吉網，暴踰豺狼，此乾坤何等時也。而張説位處僚寀之上，扶忠良，抑奸佞，其責也。及其約證魏元忠一事，君子有大不滿者。

夫魏元忠，唐之所謂賢人君子也，而張昌宗乃柔媚小人，其制行之奸詭，雖三尺豎子知之，説獨不知之乎？方其證約之時，爲説者宜正色以拒之，曰：「魏元忠忠厚正直，社稷臣也。今無罪而陷之死地，人心何在？天理何在？殺人以媚人，吾不爲也，而況於美官乎？」如是，則昌宗雖奸險，必將聞吾之言汗面愧心，庶幾可以折姦邪之氣而回正直之風，説之名且將垂於汗青、昭於簡策，而萬世之下亦抑之於不替矣。奈何智不出此，因其美官之賂，遂許證之。向非宋璟質之以名義，要之以鬼神，則元忠之罪，雖百喙莫辯，而昌宗之術，終得以售矣。故其爲昌宗迫對之時，但曰：「在陛下前尚逼臣如此，況在外乎？」曾無一言明元忠之忠，指昌宗之奸。然則無乃爲其威勢所劫，而不敢質其詐耶？方何當時之臣，司賞罰之柄者，皆曲之爲回互？獨吴競者，一史官，抗然嚴於一字之間。燕公之祈改數字也，在他人處此，鮮不曲狥其請者，而競乃峻拒之，曰：「若狥公之請，則此史不爲直筆，何以示後？」

嗚呼，味競此言，其果確不回之風，雖古之良史，奚以加之哉？昔者趙穿弑其君，盾不與也，而董狐修《魯史》，竟以「弑」書之。故孔子聞之曰：「董狐，古之良史也，書法不隱；趙宣子，古之良大夫也，爲法受惡。」然則競之筆，其董狐之流亞乎？崔子弑君，《南史》書之曰「弑」，崔子惡而殺之，其子復書之，崔子又殺之，而其書竟不改焉。然競之筆，其與《南史》相爲伯仲者乎？孫盛之著《晉春秋》也，於桓温枋頭失利之事，書之不諱，雖温以滅族之禍恐之，而盛曾無懼心，然則競之筆，又何媿於盛哉。是黨邪害正，燕公之罪，雖不可掩，而吴競之直，殆深有足嘉者矣。或者曰：「《春秋》立法貴嚴，而用法貴恕。」張燕公在唐，其行之可嘉者，難以枚數。雖有證元忠之事，亦有他美足以贖之，而競竟直書其□，是競之立法，殆異於《春秋》矣。

嗚呼，直哉。噫，是不然，《春秋》責備賢者。燕公在唐，亦一相臣也。而其制行若此，寧不爲盛德之一累乎？競之所以直書而不諱者，毋亦爲公惜與？

嗚呼，使競而生於秦耶，則競之筆其博浪之椎乎；使競而生於漢耶，則競之筆其尚方之劍乎；使競而生於唐之季耶，則競之筆其顔杲卿之笏乎？惜乎唐不能以大用之也，竟以一史官終焉，可慨哉。

噫，競之筆今其萎矣，而其鋒芒峭厲，猶凜乎其不可犯者。今之司史局者，得是筆而存之，猶可以寒奸諛之膽，是爲論。

徐𤊹《紅雨樓集·鼇峰文集》册九，《上海圖書館未刊古籍稿本》第四十四册。

孔子思狂狷之意論

以唐虞三代之治望天下者，聖人之心也。不得已而古治不可復見，即僅僅有愛民之心者，史人亦亟與之。此其志甚切，而其爲天下之心甚殷也。何則？天之生民，使君治之，豈徒使之恣睢于上而淫刑以逞哉？謂其能保育而安全之也。

自胥庭風遠，而慘刻煩興，而庸君世主日以刀鋸斬刈待天下，使天下之民嗷然喪其樂生之心。聖人之心有不勝其恫者，故一見能愛民而恤刑者，既詠歌之，又從而嗟歎之，而聖人不得已之心見乎辭矣。孔子思狂狷之意，請申論之。蓋周以仁厚開國，文武成康之際，何其愛民之深，憂民之切也。及穆王之世，日馳八駿以游八極，車轍馬跡遍于天下。民之困于下者莫可控訴，而王復作淫威，以殘民之生。天下之勢，奔潰四出而不可解救，而吕侯乃作「祥刑」，以寓矜恤之意，此其事誠足嘉者。孔子删書，惓惓而與之，豈無意哉？聖人之心，曰：「我生不辰，不獲見唐虞三代之盛，而祥刑若吕侯亦輓近代之希覯也。吾不與之，則天下虐用其民者，漫不知警；而有愛民之心者，亦無以表見于天下。」是故與吕侯者，所以勸天下後世也。聖人之心，有大不得已者矣。

嗟夫，刑者，盛世之所不免，亦盛世之所樂用者也。堯舜之世，臯繇作士，法律豈不甚備哉？然鯀之方命圮族，治水無功，九年而後加刑，而共工、驩兜輩亦再世而後擯，聖人慎用刑而重民命如此也。後世治不唐虞，法律日慘。鷹鸇爲志者，則笑鳳凰之怯；藥石養生者，則病粱肉之迂；擊斷爲務者，則陋蒲鞭之拙；蹩躠爲高者，則鄙鳴琴之誕。桁楊相推，桎梏相脱，天下之民，肝腦塗郊，墟膏澤，淪草野。朝廷之上，既無恤民之恩，而有司之奉行于下者，又肆爲督責之術，民奈之何不輕生以就死已，孰有祥刑之作若吕侯者哉？此孔子之所爲取也，此孔子思狂狷之意也。

嗣是而降，嬴秦用商君之術，以屠戮其民。臨渭論刑，渭水盡赤，而秦隨以滅。周家有道之長，與秦無道之暴，其效大略可覩矣。我國家之刑，著在律令者既有定例，而五刑之具亦有定式，故必供証詳明，論定而後刑者，法也。今不問是非曲直，捶以五尺之竹，夾以三尺之木，論未定而死者過半矣。甚至片言觸忤，箠以數十，立斃庭下，此殺人不操刃，鷹而爪，虎而剜者也。民重足一跡矣，此今日之刑宜慎也。故因論吕侯祥刑之意，而輒貢其蒲鞭之説如此。

徐𤒹《紅雨樓集·鼇峰文集》册九，《上海圖書館未刊古籍稿本》第四十四册。

天子建中和之極論

漢孝武皇帝臨位幾年，于茲作制明法，臣下修飭，四海九州，罔不賓服。郊獲神鼎，侈心廼大，欲親巡遠方，登茲太山，周覽東極。乃命諸儒草封禪儀，厥曠遠者千有餘載，近者百載，闕然湮滅，數年不就。皇帝曰：「余一人經理宇内，振救黔首，周定四極，刻此樂石，以著經紀。惟茲諸儒，異同參伍，莫稱朕意。惟汝左内史寬，儒雅該博，其爲朕草禪儀，汝尚欽哉，毋方朕命。」維時臣寬，拜乎稽首，昧死奏聞：「天子建中和之極，兼摠條貫，金聲玉振，順成天慶，爲萬世基」。帝曰：「左内史言是，朕將親製焉。」其以明年爲元封元年，登太山，禪梁父，刻于金石，以爲表經。

維元封元年，時在孟春，陽和方起，皇帝幸緱氏，東巡海上，祠禱入神。又北至碣石，巡自遼西。歷北邊，至于九原，封禪之事成焉。鑾輿幸無有寧歲，百姓怨咨，海内虛耗，輪臺不悔，幾續亡秦。

君子曰：「武帝東封，首于相如，成于内史，非徒順之，又爲之辭。」當寬承命草儀，稽顙闕庭，曰：「古之帝王，鄗上之黍，北里之禾，所以爲盛；江淮之間，一茅三脊，所以爲藉。東海致比目之魚，西海致比翼之鳥，不聞封禪。秦皇帝六王既畢，用生雄心，刻石太山、瑯琊、嶧山、罘山，欲施于後嗣，化及無窮。未幾道病，身死沙丘，爲天下笑。傳甫二世，國亦尋滅。封禪非古，廼秦侈心。自古帝王可法者多，何取亡秦，蹈其覆轍？惟陛下更慮之，則封禪之行，庶幾可止。」乃以中和之説，濟其諂諛。遂使東幸之轍，卒不可輓。是帝之封禪，寬有以成之也。

嗟夫，寬，漢廷翩翩稱儒雅矣，對武帝數語，何其戾也。語將順其美，匡救其惡，豈倪寬之謂乎？余登太山，觀始皇所封石，有碑無文，其故不可曉，而武帝者，湮滅不稱，則人主何貴封禪哉？

徐𤊹《紅雨樓集·鼇峰文集》册九，《上海圖書館未刊古籍稿本》第四十四册。

子見南子

聖人屈於禮而見小君，因疑而援天以自信也。夫見小君者，禮也，則南子之請聖人，惡得而却之哉？宜因數路之不悦，而信之以天也。且禮者，聖人所制，以教天下，故天下亦得以禮而制聖人。聖人爲禮所制，於是不得不委曲以行之，而或者又不吾諒，至于援天以自解焉，則聖人之心始病矣。夫子仕衛而南子請見，夫古有見小君之禮，而南子竊之以繩聖人，聖人思之，曰：「見小君者，禮也。彼以禮請，吾以禮見，庸何傷？」故夫子之見南子也，非夫子意也，爲禮屈耳。

夫以孔子之聖，而見此淫亂之人，此其事之大可駭者也，宜子路之不悦矣。以可駭之事，而重之以子路之疑，夫子於此有難以顯言者，始援天以矢之曰：「予所否者，天厭之，天厭之。」夫孔子，大聖也，子路又門弟子中所最親信者也，夫子何爲汲汲然援天以自誓也哉？蓋是非未易以破疑，而吉凶尤足以悟俗。彼方憤吾之所爲，而吾以理自解，則其事近於迂遠，而彼之疑益堅。吾以天自誓，則彼駭於其詞之危，徐而自思之，或者其有所悟也。此夫子自矢之意也，亦夫子不得已之心也。

夫師弟之間，至于假盟誓而收信，吁，亦既薄矣。吾故謂夫子處南子一事，最其所逃之窮也。

徐𤊹《紅雨樓集·鼇峰文集》册九，《上海圖書館未刊古籍稿本》第四十四册。

先伯父友軒公傳

友軒公者，小子熥之先伯父也。大父易叟公舉丈夫子六人，長即伯父。伯父性慷慨，知大體。年十六七，佐大父治産業。余家故貧，伯父營之不遺餘力。其後稍饒，益事大父母，以孝聞。尤愛諸弟。重然諾，與人貿易，得伯父一言，不啻左券，以故人皆多其爲長者。

余家世治生，未有籍名博士者。余父髫齡時不欲卒業，伯父顧謂曰：「大丈夫當以經術鳴世，光我宗祊，安能世事刀錐之末，與賈豎伍也？即我徐氏世無顯者，然能鋭志淬礪，王侯將相甯有種乎哉？弟勉之矣。」余父聞之，遂終儒業。伯父沾沾自喜。鹽米升斗之事，以身肩之，不欲以艱難瑣屑妨余父業。余父喜交遊，至履滿門户。伯父代爲延欵，有投轄之風焉。及與髦士校藝，供饌楮墨之費，皆伯父所給，毫無吝色。及余父得遊黌序，伯父喜甚。再越年，得受餼廩，爲藝士嚆矢，伯父喜又甚。人皆以伯父春秋甚盛，將來食余父報有日，而伯父遽以無嗣終。疾革時，呼余父謂曰：「我不幸中道而歿，老父年逾六衮，弟能昕夕奉菽水歡，我死且不朽。況弟異日飛采揚芳，光我徐氏，我在九京與有榮也。弟勉之矣。」言乞而瞑。聞者皆爲之悲悼。而余父素所交遊者，皆爲詩章以輓之。迨余父登仕籍，伯父墓木已拱，時時爲熥道伯父事，因欷歔泣下，故余爲之傳其大概如此。

熥曰：「吾宗自國初以來未聞有博士起家者，迨余父方得與薦紳之列，雖宦不過爲郎，然亦異於上世以處士終矣。向非伯父翼令就學，寧有是耶？則徐氏以經術鳴者雖自余父始，伯父之功也。熥生晚，不及識伯父，每觀遺像則愴然悲生焉，故爲之傳，俾後嗣有業經術者知伯父之功而處兄弟者法云。」

佚名《荆山徐氏譜》，鈔本。

童孝希聞

林逸夫，字元適，古田人，處士林春秀之仲子也。四歲喪母，祖母甘氏鞠育之。處士家貧，逸夫負薪於市，以供菽水。萬曆己亥五月，甘氏疾危。逸夫年十五，籲天涕泣，焚香割股，和藥以進，家人不知也。藥進而甘氏稍蘇，三日，病復篤，逸夫復於舊剜之所重割之。時當皇急，刃不由手，入深可寸許，筋露血迸，暈痛幾絶，以掌復肉，悲泣號呼，父母家人始知之，急作羹以進。甘氏復蘇，遺囑後事乃瞑。令延至公庭，大加奬異，上其事于潘臬，諸司復其終身，扁其居曰「童孝希聞」云。

徐𤊹《榕陰新檢》卷一引「孝行」引《幔亭集》。按：《幔亭集》卷十七有《林孝孫傳》，文字、題目與《榕陰新檢》所引有較大差異，故予重輯。

晏子春秋八卷

萬曆戊戌中秋，購於閶門肆中。徐𤊹惟和識。

《皕宋樓藏書記》卷二十六。

解學士先生集三十卷

萬曆戊戌初秋三日，自京師南還，舟次淮陰，登岸謁漂母祠，因入城閒步，偶見此種，雖梨棗漫漶，然篋中不可少者，謹藏之。幔亭居士徐𤊹識。

馬泰來《新輯紅雨樓題記》，第五十九頁。

升庵詩集九卷

萬曆戊戌清和月八日，市于長安肆中。徐𤊹識。

馬泰來《新輯紅雨樓題記》，第六十一頁。

附録二　傳記

徐惟和行狀

陳价夫

始予之與惟和，友也，未甚知其奇，月餘乃覺。身所行事，悉凡陋猥俗，則自厭而遷去者半。久之，臭味始同，匪同也，實忘之也。夫既忘矣，又焉知其奇？故惟和卒，余憒憒然如有所失，每記憶其行事，念其生平，言不可得。嗟夫，向日相歡，真與醉夢中何異哉。抑悲極而昏，理固宜然耶？既改歲，神情稍復，而惟和所爲不朽事，亦稍稍關予心，故拉淚爲之述狀。

按《譜》，徐氏自宣教公五傳至永寧公始顯。宣教生孔明，孔明生鏗，鏗生演，演生永寧，永寧生熥，熥即惟和也。永寧公諱棉，字子瞻，兄弟六人，而公居其五。獨永寧公以經學起家，官至永寧令，從祀名宦，具顧道行《墓誌》及王伯谷、張幼于《傳》、《表》中，故不次。永寧公年五十時，苦無丈夫子，陳孺人爲置側室林，始生熥及㷆、熛，而惟和最長。

永寧公既晚得子，教之不甚操切，而惟和深自刻勵，學既成，不爲若翁所知。年十三，從永寧公宦嶺南。永寧公每課諸生，有所當意，則入以語陳孺人，謂吾子不及某家兒慧，以爲憾。惟和聞之，潛擬所課題，爲文匿笥中，陳孺人取以示永寧，永寧見之，始大駭，如瓌之得頽也。

永寧公既免令，家居，時惟和年十九，始就試，冠諸生，補博士弟子員，凡兩就鄉試，弗利。歲乙酉，王敬美先生督學閩中，惟和試居高等，食諸生廩餼，於是名籍籍起。是歲，試省闈，主司已擬入格，將魁，闈士會有阻之者，竟不果録。惟和乃益厭習公車業，刻意攻古文詞，與陳秀才汝大、汝翔、陳山人惟秦、振狂、鄧學憲汝高、謝司理在杭，及不佞价夫、弟薦夫輩數人，結社賦詩，剌來筒往，殆無虚日。無何，顧學憲道行先生至閩，顧先生風流儒雅，其所識拔士，率類其爲人，而惟和于諸生中受知獨最。爾時，金大中丞方在巘臬，江大中丞方領郡篆，龔大參知公方按八閩，皆倒屣延接，莫不以國士遇之。戊子，始以《易經》領鄉薦。上春官不第，往來燕趙、吴越間，獲交四方諸名士百餘人，各恨把臂太晚，而惟和益慷慨自喜，囂囂然懼遊道之不廣也。辛卯上春官，既發，永寧公逝。至京始聞訃，號慟幾絶，未及試，遂奔喪歸。是冬，陳孺人繼殁，惟和哀慕踰於所生。乙未試南宫，復不第，念禄養不逮考妣，而所生母老且病，將求一氈爲養。會予弟薦夫亦被放，謂惟和之才何難一第，奈何便圖升斗之養乎？强之南歸。戊戌春試，復不利，念母髮且種種，留滯長安者半載，乞一氈又弗得。然自是愈益倦遊矣。所居九仙山之麓，密竹高齋，俯瞰萬井，中藏圖書數千卷，日與其弟㷄及不佞兄弟、諸同社輩嘯詠其中，商略烟霞，評騭往古，圖爲不朽之業。

歲己亥七月，以事之玉田，遘疾而歸。當惟和疾時，价夫兄弟居山中，遠不及聞。疾亟，以書招予弟兄，將有所托。而予適有他事，未及赴。然不謂精神骨相如惟和，才藻行誼如惟和，而竟得夭數也。越月五日，始入城，視其疾，則已益篤，猶然執予手，如相訣狀。蓋身後之事，旬日前自知不起，已預諄諄屬之介弟矣。林從事志尹者，莫逆友也。惟和自玉田病歸，即移外寢，呼志尹與居。悉屏去婦人，不令近，獨志尹侍湯藥床笫者月餘。至仲秋八日，疾竟不起。嗚呼，傷哉。惟和所生母林已騷然黄髮矣。男子才丱角，女子才八歲，其餘尚呱呱而啼。卒之日，親朋百人哀號震慟，滿城行哭，可謂死而哀者。文時泰予洙男文榜。是歲九月，同社諸子爲作木主，祀于烏石山之高賢祠。祠即屠田叔司農丞所建，以祀晉唐以來風雅諸名公者。凡惟和所行事可稱者甚夥，不能殫述。不佞价夫尚擬作《幔亭外紀》以志之，然而每一搦管，輒爲凄然，不知何可冀成帙也。

（陳价夫《招隱樓稿》，徐㷄選，上海圖書館藏鈔本）

徐熥傳

陳鳴鶴

徐惟和者，閩縣人，名熥。晚以其名犯吴王諱，欲自言春官以字行，別字調侯，未果也，而調侯之聲已著。

熥弱冠補學官弟子，而豪於歌詩，雅不睹經生業。及試，皆異等。諸爲經生業者，咸不敢仰視，而心下之。萬曆十六年，以鄉薦上春官，三試皆不遇。即不遇，而春官所徵士及京師縉紳先生皆走熥，讀其所爲詩歌，皆歎息，自以爲能不及也。長洲張獻翼稱之曰：「閩中一時諸子，追述大雅，取裁風人，真足馳騁海内，而惟和則獨步當時矣。」甬東屠本畯亦曰：「惟和詩，力贍肌豐，情神注傅，俯仰古今，錯綜名理。」熥有至性，事親而孺子慕者終其身。每伏臘及讀書有感，淚未嘗不簌簌下，幾不自勝。處二弟，通其有無。族人之婚者、喪者，無不仰給於熥。熥好客自喜，所居户外履常滿。客以急者，亡問知與不知，皆絶甘振之。用是家困如罄，終以灃葪，即假貸所得，隨手輒盡如故。先是，三教先生謂人曰：「熥有大智慧，終當悟入。」熥由此讀二氏書，服道士衣冠，日從緇黄者游，惟恐其不我欲也。

著詩十卷、文十卷，稱曰《幔亭集》。萬曆己亥熥病侵。有程倉曹者禱於城隍廟，願以餘年代熥。晝夜禱，叩頭，頭盡流血。及熥卒，閩士大夫、四民過客，亡問知與不知，皆爲垂涕。自遠方來吊者趾相錯，故嘗與熥爲詩者相與祀熥與陳椿於高賢祠。

（陳鳴鶴《東越文苑傳》卷六，同治間郭柏蔚增訂本）

徐熥傳

萬曆《福州府志》

徐熥，字惟和，閩縣人。熥少即以詩自命，萬曆戊子舉於鄉。爲文千言立就，獨於詩刻意極思。婉而不靡，麗而不浮，餘音逸響，鏗如也。初，熥父棉苦學力行，免永寧令歸，家故貧。至熥益嗜書好客，客有急來歸，即傾貲賑之，用是家益落。卒年三十九。同時有陳薦夫，能爲六朝文，其詩工麗情至，近體多出中晚格。舉甲午鄉薦，未第卒。

（萬曆癸丑《福州府志》卷六十二《人文志》）

徐熥傳

何喬遠

徐熥，字惟和，父棉，以《易》學名家，仕永寧令。熥數上公車不第，與其弟𤊹力詩歌，諸體并擅，所著《幔亭集》二十卷。又歷選閩中諸先詩十二卷，名《晉安風雅》。

（何喬遠《閩書》卷一二六《英舊志》，福建省圖書館藏明崇禎間刻本）

徐熥傳

王兆雲

徐熥，字惟和，福州閩縣人，中戊子鄉試。多大度，不拘小節，家甚貧，好賓客，凡遊閩者無論尊官賤士，無不得見徐君。户外四方之屨，相錯如市。或遊困不能歸者，傾索以贈。人咸誚爲「窮孟嘗」云。著有《幔亭集》、《絳囊生傳》行於世。年四十，賫志以歿。

（王兆雲《詞林人物考》，佚名《荆山徐氏譜·世系考》引）

徐舉人熥傳　布衣𤊹傳

錢謙益

熥字惟和，𤊹，字惟起，又字興公，閩縣人，永寧令棉之子也。兄弟皆擅才名，惟和舉萬曆戊子鄉薦，十餘年不第，風流吐納，居然名士。其詩爲張幼于、王百谷所推許，有《幔亭集》，屠長卿序之。興公博學工文，善草隸書，萬曆間與曹能始狎，主閩中詞盟，後進皆稱興公詩派。嗜古學，家多藏書，著有《筆精》、《榕陰新檢》等書，以博洽稱于時。崇禎己卯，偕其子訪余山中，約以暇日，互搜所藏書，討求放失，復尤遂初、葉與中兩家書目之舊。能始聞之，欣然願與同事。遭時喪亂，興公、能始皆謝世，而余頹然一老，無志於斯文矣。興公子延壽，能讀父書。林茂之云：劫灰之後，興公鼇峰藏書尚無恙也。

（錢謙益《列朝詩集小傳》丁集下，上海古籍出版社排印本）

徐熥傳　徐𤊹傳

《明史》

閩中詩文，自林鴻、高棅後，閱百餘年，善夫繼之。迨萬曆中年，曹學佺、徐𤊹輩繼起，謝肇淛、鄧原岳和之，風雅復振焉。學佺詳見後《傳》。𤊹，字興公，閩縣人。兄熥，萬曆間舉人。𤊹以布衣終。博聞多識，善草、隸書。積書鼇峰書舍至數萬卷。

（《明史·文苑傳·鄭善夫傳附》，中華書局點校本）

徐熥傳

乾隆《福建通志》

徐熥，字惟和，閩縣人。永寧令棉子，與弟布衣𤊹俱擅才名。熥舉萬曆戊子鄉薦，有《幔亭集》二十卷，又選《晉安風雅》十二卷。𤊹，字惟起，博學工文，善草、隸書。詩歌婉麗，萬曆間與曹學佺狎，主閩中詩壇。性嗜古，家多藏書。有《徐氏筆精》、《榕陰新檢》、《紅雨樓集》。𤊹子延壽，字存永，詞賦激昂，有《尺木堂稿》；孫鍾震，字器之，有《雪樵集》。

（乾隆《福建通志》卷五十一《文苑傳》）

徐熥傳

乾隆《福建通志》

徐熥，字惟和，閩縣人。永寧令棉之子也。舉萬曆戊子鄉薦，三上不第，風流吐納，居然名士。家貧好客，凡遊閩者，無論尊官賤士，無不得見，户外四方之履，相錯如市。或遊困不能歸者，傾囊以贈，人咸誚爲「窮孟嘗」云。其詩爲張幼于、王百谷所推許，有《幔亭集》，屠長卿序之。又選《晉安風雅》。年四十，齎志以殁。

（乾隆《福州府志》卷六十《文苑傳》）

徐熥傳

《荆山徐氏譜》

諱徐熥，字惟和，號幔亭，行一百六十二，子瞻公長子。穎悟絶倫，諸子百家無所不讀，詩詞歌賦鮮有不通。所作詩文甚多，皆梓行世，而藏板於家。至大清甲寅歲，山賊蜂起，焚毁村墟，公之翰墨版集鮮有存者，故至今僅留什一於千百，總名之爲《幔亭集》。甫弱冠，選入郡庠生，至萬曆戊子科，登潘洙榜，列名第二十二，與彭岐楊茹春同榜。嗣後三上春官，南宫未捷。但所過雲間、姑蘇、燕關等處，縉紳大夫無不敬禮，至於山水人物，皆有詩詞以誌之。從此名馳海内，藉藉人間。世居省城鼇峰，父子俱登名坊表，郡志、賢書既載其實，才子彙亦録其行焉。生嘉靖四十年辛酉三月初三日寅時。卒萬曆二十七年己亥十月初十日己時，年三十九。葬西關外丸店張半洲墳左崙。

贊曰：倚天拔地負大才，嵩生嶽降羨奇瑰。七步詩成金玉墜，八乂賦就錦繡堆。名馳天下推高手，湧泉瀉水出心裁。鏖戰棘闈膺鶚薦，先聲翰苑賓興杯。舊時潘陸稱並駕，青史留芳一代新。由來才子不世出，試問閩中有幾人？

（佚名《荆山徐氏譜·世系考》，鈔本）

徐熥傳

郭柏蒼

徐熥，字惟和，棉子，𤊹兄，莊父，閩縣人。萬曆十六年舉人。有《幔亭集》。入祀烏石山高賢祠。

《柳湄詩傳》：熥家貧好客，人呼爲「窮孟嘗」。累上春官不第。年三十九卒。按：生於萬曆癸酉。素羨武夷幔亭君，《遊萬年宫》詩曰「我亦曾孫今在世，夢中親御紫鸞車」，故以「幔亭」名其集。其詩爲長洲張獻翼、東海屠隆所推許。選福州明詩十二卷爲《晉安風雅》。又按：萬曆二十六年，鹽運同知屠本畯與熥倡建高賢祠于福州郡治烏石山西，祀自唐至萬曆間閩中鄉先生善聲詩者六十餘人。其題名録被無賴擊碎階除間，有「林泉生」三字，元時永福人。明國子監鄭定木主尚在。蒼續修《烏石山志》時，據康熙魏獻鈔本録出，日久乃知鈔本之僞。閱《惠安縣志》，黄克晦與周朴同祀高賢，可知當時亦附流寓，則韓偓、陳陶諸人必與焉。陳薦夫集有《祭陳汝大閩縣陳椿徐惟和陳子卿莆田陳翰臣林初文福清林章初名春元王懋宣侯官王應山入高賢祠》文，是徐熥死後，又復增祀多人。按：懷安袁表入祀高賢，在六十餘人之内。魏憲所載多顯宦，非屠使君、徐惟和意也。《烏石山志》已續刻，不及更正。附記於此。

（郭柏蒼《全閩明詩傳》卷三十二，清光緒間沁泉山館本）

徐熥傳

民國《福建通志》

徐熥，字惟和，閩縣人。父棉，字子瞻，自號相坡居士，嘉靖乙丑歲貢生，授南安訓導，擢茂名教諭，陞永寧縣，卒。入祀茂名名宦，有《徐令集》。熥嘗以其名犯吴王諱，欲自言春官以字行，别字調侯，未果也，而調侯之聲已著。萬曆戊子舉於鄉。豪於歌詩，甬東屠本畯云：「惟和詩力贍肌豐，情注神傳，俯仰古今，錯綜名理。」熥好客，所居户外履常滿。客以急歸者，亡問知與不知，皆絶甘振之，用是家困，人目爲「窮孟嘗」。即假貸所得，隨手輒盡。讀二氏書，服道士衣冠，日從緇黄者游。著詩十卷、文十卷，稱曰《幔亭集》。萬曆己亥，熥病，有程倉曹者禱於城隍，願以餘年代熥。及卒，無問知與不知，皆爲垂涕，自遠方來吊者，趾相錯。故嘗與熥爲詩者，相與祀熥于高賢祠。弟㶿。

（民國《福建通志·文苑傳》卷六）

附録三　諸家贈答酬唱

送惟和上春官

謝汝韶

晉安推獨步，才子屬修仁。舊業三冬足，嚴裝八月辰。驪駒歌駕路，鵰鶚出風塵。肅肅商飈起，紛紛落葉新。秋雲停羽蓋，寒雨動征輪。萬里青萍劍，高堂白髮人。行行各努力，不必淚沾巾。

（《天池存稿》卷四）

陳履吉振狂平夫徐惟和集侶雲堂

趙世顯

緑蘿深處絶風塵，乘興經過意轉真。千古論文追左馬，一時下榻並徐陳。林開雨色花饒笑，徑掃煙客竹更新。畏路十年勞夢寐，邀歡豈厭往來頻。

（《芝園稿》卷二十）

游建州水南寺懷惟和惟起家侄惟秦

陳鳴鶴

石橋度江路，數里喬樹齊。樛枝蔽白日，緑苔□迴蹊。前登九折嶺，蹋險窮攀躋。鷲宮既已□，□馭亦云棲。浮圖竪峰首，七級淩丹梯。參差矚□廓，飛甍高峻低。木末巢鸛鵠，煙際鳴鶤雞。茲游恣極覽，邈若升虹霓。緬念二三子，曾此遵幽蹊。山川有同好，轍迹相睽携。臨觴慘無語，流盻□悽悽。

（《泡庵詩選》卷二）

送惟和上春官

陳鳴鶴

車轔轔，夜將旦，騰空出匣電光爛。遊子氣勃勃，駕車薄霄漢。男兒自有經世論，分手寧能囑飱飦。途路阻且修，贈君雙吴鈎。願言去去莫稽留，路人爭識韓荆州。控青驪，馳騄駬，騰驤一日幾一里。雕蟲小技勿復爲，區區徒費長安紙。袖中新語萬餘言，直入承明謁天子。看花走馬亦等閑，管樂功名尋常耳。君不見上有稷契下有臯夔，致身不朽及□時。

（《泡庵詩選》卷三）

夜雨中惟和惟揚惟秦登平遠台玉皇閣

陳鳴鶴

晚風初動悲風起，磊老岩前雨不止。寒雁遥空歷翠微，漁燈遠火明秋水。三精霧寒天欲頹，朗味連鑣天際來。青牛道士不厭客，洞裏開尊酌金液。常言海上服丹砂，暫向此中煉形魄。看君自是避秦人，余亦乘槎來問津。與君此夜一杯酒，明日人間知幾塵。

（《泡庵詩選》卷二）

同鄭君大林熙工王玉生宿喝水巖聞惟和與惟秦先一日來遊

陳鳴鶴

歷盡懸崖度石橋，疎林積翠晚蕭蕭。河山百粤通滄海，巖岫千層出紫霄。酒伴已乘黄鶴去，玉笙空憶鳳凰調。定知今夜茅齋下，望斷雲霞共寂寥。

（《泡庵詩選》卷五）

寄惟和

陳鳴鶴

七載謁明主，憐君多苦辛。馬蹄穿白雪，人面障黄塵。尺素報山客，刀圭養谷神。始知金殿裏，曼倩可容身。

其二

江上别游子，長居太乙壇。河車通土釜，雷火霹泥丸。兩鬢都無改，三花盡可飡。相思同入定，相見總非難。

（《泡庵詩選》卷四）

送惟和惟起惟秦遊武夷惟秦雅好譚禪輒嘲及之

陳鳴鶴

乘潮江上去，千里訪神仙。彷佛已無相，遊仙便不聞。地逢奇處宿，溪到盡時還。寄語金蟾子，從今莫閉關。

其二

溪口孤舟渡，奇峰簇兩涯。空壇留斷簡，絶壑架枯槎。暫别人間世，言飡洞裏霞。黄金無用處，且莫化丹砂。

其三

爲厭塵寰往，扁舟問武夷。山形移步改，水勢逐風馳。過嶺多騎竹，逢人盡采芝。河車終日轉，不比在家時。

其四

誰道虹橋絶，□雲待有緣。山藏燒汞客，猿導進香船。福地數聲磬，人家幾點煙。往來須密識，歸與世間傳。

陳鳴鶴

（《泡庵詩選》卷四）

同黄伯寵徐惟和兄弟過王玉生郊居分得川字

躬耕無薄田，一室隱東禪。魚鳥新濠濮，園林小〔二〕

陳鳴鶴

（《泡庵詩選》卷四）

催妝詩爲惟和賦

浴罷蘭房荳蔻湯，女奴勸著嫁衣裳。纏頭轉覺紅羅重，繫臂猶聞絳縷香。銀燭影斜如意枕，寶釵聲落合歡床。舊人别看黄金貯，遥聽笙歌夜漏長。

（《泡庵詩選》卷五）

〔二〕以下原文漫漶。

同林熙吉熙工王玉生徐惟和興公游錦溪竹林

鄧原岳

苦愛西溪竹千挺，修篁瑟瑟逗晴暉。石林空翠如煙潤，澗道流泉作雨飛。載酒偶隨芳草去，迴車猶惜白雲違。山中桂樹堪招隱，矯首風塵幾是非。

（《西樓全集》卷五）

雨中過緑玉齋看惟和兄弟

鄧原岳

齋頭小雨釀新寒，短策悠然問考槃。別後青山成隔歲，到來白社念同歡。雲迷曲徑層陰合，風過疎林落葉乾。堦下籜龍看漸老，憑君裁作竹皮冠。

（《西樓全集》卷五）

冬日過徐惟和孝廉緑玉齋

鄧原岳

風流且莫嘆漂零，獨向青山結草亭。花下開尊空翠落，竹間岸幘凍雲停。人家殘日堪蕭瑟，仙觀疎鐘乍杳冥。怪爾公車方待詔，行人錯指少微星。

（《西樓詩選》卷下）

贈徐惟和

鄧原岳

我愛南州徐孺子，年來安穩臥柴關。逢人且莫歌長鋏，招隱惟應賦小山。半榻白雲心共遠，數聲清磬夢俱閑。可憐門外仙臺近，暇日登臨一破顔。

（《西樓全集》卷五）

送陳幼孺徐惟和下第南還

鄧原岳

天涯相見忽分襟，世態悠悠歎陸沉。但説荆山收白璧，竟從燕市失黄金。闗門風雨窮交淚，驛路鶯花故國心。却愧馮君淹漢署，蕭條短髮不勝簪。

（《西樓全集》卷五）

陳幼孺徐惟和曹能始孝廉許靈長太學張去華山人共集署中賦得長安新柳送張成叔還四明

鄧原岳

二月晴光動上林，玉河柳色晝將陰。柔條映水那堪折，短葉臨風轉不禁。隋苑微寒春尚淺，灞橋疎影月初沉。可憐張緒風流遠，天畔依依繫此心。

（《西樓全集》卷五）

宿徐惟和緑玉齋同陳伯孺作

鄧原岳

入林欣把臂，招隱得同心。白社吾將老，青山爾共尋。窗虚蘿月動，榻冷竹風侵。夢淺斷殘磬，情多愁遠砧。寒蛩依砌静，宿鳥擇枝深。晦跡甘雲卧，浮生愧陸沉。從來丘壑相，不負紫芝吟。

（《西樓詩選》卷上）

秋日陳汝人振狂幼孺子卿袁無競集惟和興公緑玉齋時子卿歸自長安幼孺歸自吴興興公將遊秣陵余將以使事之潮

鄧原岳

高齋雨過散秋雲，三逕蕭條易夕曛。雙劍相逢憐去住，尺書何處寄殷勤。薊門鴈向閩山落，白下江從浙水分。唱罷陽關各南北，城頭哀柝豈堪聞。

（《西樓全集》卷六）

玉生惟和興公無競宿山莊

鄧原岳

荒郊落日澹平蕪，白社還同舊酒徒。極目煙霞晴窈窱，隔林雲樹晚模糊。石床草榻人初靜，流水柴門鳥亂呼。永夜月光清映廓，分明一片輞川圖。

（《西樓全集》卷五）

送徐七下第還山

鄧原岳

南宮上書不見收，長安旅食生煩憂。牀頭短劍失光彩，浪言詞賦垂千秋。一片寒氈消不得，出門轉覺乾坤窄。英雄致身會有時，莫向青山嗟落魄。

（《西樓全集》卷二）

燕京篇送惟和北上

陳薦夫

西都賓從且勿爭，東都主人無厲聲。酒酣樂闋□筵寂，聽我新詞歌帝京。帝京縹渺青雲裡，北□□城南易水。黄道祥光直北開，紫薇瑞色中宫起。十年王氣聚螭頭，百萬提封富生齒。峩峩閶闔映朝曦，藹藹樓臺澄夕紫。鬥雞金距出侯門，走馬銀鞍歸戚里。皇家治道軼黄唐，端冕垂衣御八荒。龍媒已見來西上，白雉還聞貢越裳。石渠天禄稱文苑，嚴樂鄒枚俱妙選。文奏能令封禪慚，賦成更覺甘泉淺。徐生慷慨文章客，八九胸中吞夢澤。神遊汗漫九垓青，豪氣憑陵五湖白。昨夜嚴霜忽戒途，京華萬里好長驅。謝公莫抗東山志，主父終投北闕書。君不見漢室功名重董賈，虛文抵用賦三都。

（《水明樓集》卷二）

六子詩・徐惟和

陳薦夫

大徐吾同調，蚤歲稟英特。居常好遨遊，一一窮阡陌。探討了不聞，乃反富經籍。既解匡生詩，亦善梁丘易。起家應孝廉，徒步射奇策。魚目混隨珠，高雲綴長翮。齊瑟不爲竽，荆山豈終石。物固有推移，君情無怵迫。

（《水明樓集》卷一）

村居寄徐大惟和

陳薦夫

幽居水石中，漸與野人同。竹密齋長掩，溪迴望不窮。愁成躭酒癖，病減讀書功。爲問山陰侶，何時向剡東。

（《水明樓集》卷三）

聞惟和奔喪歸家寄唁

陳薦夫

豈不憚行役，微官欲逮親。水中風不定，薤上露何新。孰是□□□，猶然萬里身。出來三釜養，今古總傷貧。

（《水明樓集》卷三）

同惟和吉甫能始長安街步月

陳薦夫

十里天街並轡迴，夜深明月照金臺。人生聚散渾無定，得似今霄所幾回。

（《水明樓集》卷八）

同許靈長太學張去華山人徐惟和曹能始二孝廉集鄧汝高民部署中賦得長安新柳送張成叔太學還四明得樓字

陳薦夫

千枝萬樹影悠悠，綘閣西偏紫陌頭。淺緑乍迷游冶路，新黄先映狹邪樓。腰肢未軟那堪舞，眉黛方舒已帶愁。張緒風流年尚少，故園歸去莫淹留。

（《水明樓集》卷五）

東平馬上戲答惟和　陳薦夫

帝城春色正氤氳，那得鶯聲遠送君。縱使陌頭千萬囀，也應不似上林聞。（《水明樓集》卷八）

丹陽舟中對月答惟和　陳薦夫

暫繫輕舟宿浦雲，孤帆明發又將分。與君記取今宵月，後夜重圓似對君。（《水明樓集》卷八）

舟中呈惟和　陳薦夫

我向苕溪去，君當建溪返。征帆一樣飛，一近一以遠。（《水明樓集》卷七）

口占別惟和　陳薦夫

別君無一語，無語是傷心。若解臨岐語，此情殊未深。（《水明樓集》卷七）

仙霞嶺見惟和題名

陳薦夫

閩越山川嶺上分，哀猿送客下層雲。斷腸正值相思處，得見題名似見君。

（《水明樓集》卷八）

秋日同汝大振狂子卿汝高惟惀惟起無競集緑玉齋時惟和子卿下第歸自燕都予歸自吴興汝高將以使事入浙惟起將遊吴越

陳薦夫

聚散匆匆共夕陽，交歡情短别情長。那堪遠道還家日，更對臨岐送客觴。到處雲山分旅夢，舊遊風土斷人腸。相逢又作生離恨，不信尊前是故鄉。

（《水明樓集》卷五）

春暮同汝大玉生惟秦惟和惟起能始集無競城南水亭

陳薦夫

荒郊緑樹野煙和，檻外池光十里波。鬥草暗教牽弱荇，流觴偏畏觸新荷。麥秋蚕晚花期盡，穀雨陰晴柳浪多。待得城頭纖月上，題詩相答采菱歌。

（《水明樓集》卷五）

春日雨中居田叔轉運使招飲鄰霄臺同錢叔通徐惟和惟起王粹夫分得齊字

陳薦夫

仄徑蹋香泥，蘼蕪一望齊。臺登踈雨背，塔拄亂雲西。却蓋依松色，停驂讓鳥啼。山公新理詠，不唱白銅鞮。

（《水明樓集》卷三）

七夕鄧女高民部招集玉皇閣同錢行道佘宗漢謝修之鄧道鳴陳汝大康元龍王玉生徐惟倫惟起袁無競分韻時汝高以督餉使浙便道過家

陳薦夫

畫閣朱欄爽氣多，勝情良會夜如何。新詩暫借雲中錦，小扇輕翻月下羅。只畏貪歡慚玉帝，誰同乞巧效青娥。使君莫更憑高望，恐有星槎犯絳河。

（《水明樓集》卷五）

和徐大無題二首

陳薦夫

連理凋殘璚樹枝，玉環從此杳難期。平分韓椽香猶在，心許徐君劍獨知。有夢豈能通枕席，無緣空使負床帷。鍾陵千載重相見，翻羡雲英未嫁時。
青鳥無情信誓空，靈犀難禁往來通。春遊罷去桃應笑，秋恨傳來葉自紅。蠟燭生拚雙淚盡，流蘇死結兩心同。憑君莫怨芳菲節，不道楊花暫信風。

（《水明樓集》卷五）

送惟和北上十絶

陳薦夫

乙未之歲，余與惟和並轡南還，謔柳嘲花，傷時感事。或殷憂而更泣，或相樂而行歌。日月幾何，居然陳迹。今惟和羸馬單車，復遵斯路，雖今曩異情，欣□改轍，而觸事興懷，凄然心目。向者宴笑之鄉，皆爲魂斷心絶之境，況青髩易凋，白雲在望，愁緣隙而屢還，悲乘端而横集。孑然晨夕，何以爲情？余故追懷舊遊，次爲十詠，於其行也，歌以祖之，俾先憂而知遣，庶無累於卒然。

霞嶺題名

向歲惟和先還，度仙霞嶺，題經過日月示余。余歸，度嶺見之，因有詩云：「斷腸正值相思處，得見題名似見君。」

仙霞高嶺與雲齊，休更題名佛殿西。我尚未來君莫望，於今留向曲江題。

松陵感別

行抵松陵，余將入苕，解纜先發，相望黯然，因賦詩別。惟和云：「別君無一語，無語是傷心。若解臨岐語，此情殊未深。」

吴江楓葉冷孤舟，也到松陵訪舊遊。知憶昔年分手處，傷心長對岸西頭。

丹陽泊舟

丹陽泊舟時，余將有苕舟之遊，惟和欲先歸，方舟玩月，惟和詩云：「應知此月重圓夜，君在他鄉我故鄉。」

夜夜維舟對月光，不知何處斷人腸。丹陽城下君應念，此夜清光我故鄉。

連城訪劍

惟和向歲北上時，行次連城鎮，失其蒯緱。比余歸，從主人訪得之，因賦得劍詩，有「神物合雌雄」之句。

魚腸覓得幾經春，須訪連城舊主人。昔日共來今獨往，與君離合愧延津。

東阿並馬

自出都門，車行沃野中，及至東阿，買小蹇聯騎，出山谷間，惟和有詩云：「雖然不及江南好，猶勝平原曠野行。」

舊愛東阿一日程，看山聯轡稱幽情。而今懶過東阿路，一日山爲兩日行。

陽穀嘲鶯

陽穀道中惟和嘲鶯詩云：「上林此日方千囀，不向歸人喚一聲。」余答之云：「縱使陌頭千萬囀，也應不似上林聞。」

三年前是怨尤情，陌上無聲恨曉鶯。今日縱啼君莫聽，春風須有上林聲。

阜城看桃

阜城桃花甚盛，連村接塢。惟和詩云：「閑行不覺旗亭遠，看盡桃花又一村。」余時有所懷，因賦詩云：「念君亦有如花面，每見花時使憶君。」

此地同君寄所思，夭桃曾折兩三枝。君行怕念從前事，須趁桃花未發時。

平原詠柳

惟和《平原詠柳》詩云：「莫言此物無情甚，送盡天涯落魄人。」余答之云：「柔條不似人情變，失路歸時眼倍青。」

平原驛路柳參差，記得詩成共看時。手拆柔條應憶我，縱無人和也題詩。

新城阻雨

與惟和行次新城阻雨，車不能發，余有詩云：「淹留未必關風雨，此路從來不可行。」

新城春夜雨蕭蕭，猶憶當年擁敝貂。君去更休尋舊館，恨他窗外有芭蕉。

長安步月

余向與惟和、吉甫、能始玩月長安街，因賦詩云：「人生聚散渾無定，得似今宵看幾回？」

九重高處月光寒，曾向天街並馬看。腸斷青光從此去，照人孤影在長安。

（《水明樓集》卷八）

聞惟和下第卻寄

陳薦夫

人間梯絶九重天，落魄還同十載前。别路草芳歸未得，上林花好看無緣。經心又作三年許，閉日長妨幾夜眠。風雪都門騎馬出，黑貂終是勝青氈。

（《水明樓集》卷五）

送屠使君至囦溪余與二徐玉生伯孺同舟玉生作野航恰受兩三人圖因折杜句爲韻得兩字

陳薦夫

晨發芋江濱，水木澹清賞。逡巡釋筍輿，沿迴溯蘭槳。山光鬱蒼茫，霽色澄漭瀁。溪疑漁者源，川勝摩詰輞。孰是聚首歡，無乃歸岐愴。磟礴筆愈神，呻吟技爭癢。抽緒成閬寂，矜工恣雄長。念至頤忽垂，研深而多仰。或爲春蚓吟，半作秋蛩響。妨同搜思僻，厭俗造語謊。神凝睹無目，句負泚有纇。憭慄計離合，鬱陶意今曩。披圖眷茲遊，前希後無兩。

（《水明樓集》卷一）

春日陪惟和惟起由瓊河泛舟至溪上同賦

陳薦夫

瓊河曲曲長春流，十里桃花引釣舟。馬瀆客帆天外港，龍江漁火竹邊洲。山凝宿雨全青眼，浪觸罡風半白頭。三十六溪看不盡，微茫煙樹水明樓。

（《水明樓集》卷五）

題溪槐聽雨圖送惟和兄弟歸冶城

陳薦夫

溪上高樓暮雨遲，問君何事促歸期。真須別後孤燈夜，始憶溪樓聽雨時。

（《水明樓集》卷八）

夜坐口占贈惟和兄弟

陳薦夫

孤燈論心此會稀，那堪君去又相違。山樓不當連宵住，半是愁霖半憶歸。

（《水明樓集》卷八）

飲徐惟和緑玉齋得喧字

謝肇淛

緑玉齋頭酒一尊，桃花疑是武陵源。飛雲片片時留榻，山色青青半在門。海國秋風聞落葉，鼇峰凉雨送黄昏。滄洲白眼愁看汝，若箇於今可避喧？

（《小草齋集》卷十八）

仝陳汝翔集緑玉齋兼懷惟和

謝肇淛

一榻群峰對白袍，千竿寒玉照葡萄。山中客到星應聚，坐上詩成月漸高。花氣晴生陰洞霧，天風夜送海門濤。遥憐雙劍何時合，潦倒尊前首重搔。

（《小草齋集》卷十八）

彭城遲徐惟和不至

謝肇淛

淮水花飛送暮春，鴈行中斷淚沾巾。天涯莫歎無知己，與爾同爲失路人。

（《小草齋集》卷二十七）

辛卯元日同汝翔惟和登九仙山過趙道人

謝肇淛

青陽初動越王州，蠟屐從君散九愁。野客山中携緑蟻，道人洞裏臥青牛。高臺殘日烽煙靜，海國春風草木柔。自笑萍蹤無住着，相逢到處是丹丘。

（《小草齋集》卷十八）

送惟和再上春官

謝肇淛

當年擊筑共翩翩，萬里風塵最可憐。今汝獨爲燕地客，豈堪重上芋原船。霜花北塞莽愁目，煙草南朝空復年。梁苑文園工獻賦，漢家東閣正須賢。

（《小草齋集》卷十八）

清明同徐惟和過陳子卿旅邸得斑字

謝肇淛

柳色滿燕關，行歌意氣閒。春當愁處暮，家在夢中還。帝闕雲常紫，邊城草自斑。天涯有知己，應得慰離顔。

（《小草齋集》卷十二）

八月十四夜同陳汝大陳伯孺集緑玉齋

謝肇淛

秋色將分夜更凉，齋頭緑玉似瀟湘。風敲松韻渾成籟，衣過花陰别有香。海上孤峰先吐月，山中萬木早含霜。劇憐老子情非淺，還向南樓縱酒狂。

（《小草齋集》卷十八）

郡守江先生招遊西湖同嶺南曾仕鑒家舅徐熥賦

謝肇淛

水晶遺殿控江湄，五馬何來問釣綸。臺榭當年成往事，湖山此日有高人。波光白送千峰雨，草色青回十里春。何似南屏最高處，水雲如練雪如銀。

（《小草齋集》卷十八）

雨中同徐惟和胡德長陳汝翔訪曾文表醉歌行

謝肇淛

寒風十月動林藪，細雨蕭蕭行人走。短屐衝泥步屢顛，遠訪城邊灌園叟。老叟蓬頭面未洗，蔽竹窺人便倒屣。齋頭書劍亂縱横，畫角瓊簫漆雕几。几上古琴五十張，朱絃玉軫錦爲囊。自云一一焦桐質，年代豈識晉與唐？旋呼瞎僮炊精飯，入池網魚魚破膽。鱸鱖跳躍困入庖，頃刻銀絲出玉椀。坐間汝翔更大嚼，徐卿杯酒顔如渥。胡生矮小謝生狂，抵几爭言醉相搏。酒闌歌罷意故長，浮生歡會安可常？日斜分手出門去，明朝世事兩茫茫。

（《小草齋集》卷八）

過徐惟和宅艱南奔

謝肇淛

八月芋江曾送爾，吐氣如虹思萬里。今日平原逢爾歸，手持衰絰雙淚垂。來往風霜可憐色，杜鵑處處啼紅血。知君雞骨不支牀，枯殺鼇山幾枝栢。

（《小草齋集》卷八）

報惟和看梅帖二首

謝肇淛

聞道藤江路，青山十里梅。定當騎馬去，或作隔年回。雪重全難辨，風寒半未開。願陪兔園客，花裏共銜杯。

春信何太早，江南花亂明。風吹瓊樹遍，人在玉山行。到處香堪飽，歸來夢亦清。只疑殘月落，別是一龍城。

（《小草齋集》卷十二）

聞惟和北遊寄之

謝肇淛

夢君兄弟芋江頭，萬事驚心一葉秋。雞骨不支多病後，馬頭又作隔年遊。白雲幾處勞回首，緑玉何人共倚樓。若問吴興近消息，五湖東畔有扁舟。

（《小草齋集》卷十九）

十一月望夜同惟和碧浪湖看月

謝肇淛

淨水吐片月，清光上人衣。乍驚漁火出，飜共浪花飛。寺遠踈鐘斷，江寒過鳥稀。峴山煙樹裏，無數暮帆歸。

（《小草齋集》卷十三）

送惟和北上二首

謝肇淛

朔雪暗天地，胡爲獨遠遊。十年三獻賦，萬里一孤舟。潮落金門曉，風寒易水秋。别離何足戀，春色在皇州。

作客年垂盡，風塵亦可憐。路隨人語改，月屢馬蹄圓。水勢過淮緩，山形入岱偏。菰城

一枝柳，聊作繞朝鞭。（《小草齋集》卷十三）

徐惟和自燕歸馬季聲自閩至集余真州草堂分得深字　謝肇淛

酒盡更殘燭影深，天涯驚喜話同心。十年蹤跡悲萍散，三地風煙總陸沉。山館暑收踈葛冷，江城月上刺桐陰。還知會後無期別，腸斷中宵鴻鴈音。（《小草齋集》卷二十）

惟和下第歸過真州夜話　謝肇淛

一騎西風出北平，相逢如夢未分明。十年心事匆匆話，月落雞啼夜五更。（《小草齋集》卷二十七）

答惟和觀伎之作　謝肇淛

白頭下第望江南，逐客無家寄楚潭。一曲琵琶雙別淚，西風吹濕雨青衫。（《小草齋集》卷二十七）

送徐惟和之京

王毓德

遼薊愁烽燧，孤身北向燕。如雲車騎去，終日檄書傳。行色干戈外，鄉心鼓角邊。憂時條上策，不但賦甘泉。

（《晉安風雅》卷六）

秋日同陳汝翔陳伯孺惟和兄集陳汝大于山草堂

徐熥

蔣生三徑荒，今日過求羊。一榻蘿陰合，滿堦梧葉凉。晚楓當户赤，殘菊映衣黄。客散柴門寂，鳥聲喧夕陽。

（《鼇峰集》卷十）

同林熙吉熙工鄧汝高王玉生惟和兄集錦溪竹林

徐熥

選勝共班荆，重林暑氣清。短橋通樹色，叢竹隱溪聲。日落鳥雙下，風高蟬亂鳴。悠然歸路晚，正值暮潮平。

（《鼇峰集》卷十）

别惟和兄壬辰

徐𤊹

昨日離慈母，今朝别阿兄。江干一分手，血淚幾行傾。春草池塘夢，秋風鴻雁情。潮平催解纜，腸斷棹歌聲。

（《鼇峰集》卷十）

寄家兄書

徐𤊹

弟兄南北隔關河，貧病侵人歲月過。莫謂異鄉愁作客，在家愁比異鄉多。

年荒八口苦饑寒，門户支持事事難。藥債未還官税迫，封題空自説平安。

（《鼇峰集》卷二十）

得惟和秣陵書

徐𤊹

見説風帆出石頭，遠書遥寄鴈來秋。不知此地開緘日，又過天涯何處州。

（《鼇峰集》卷二十）

秋夜同顔廷愉黎廷彬王元直瀚上人惟和兄集鄧道鳴行署賦得薇垣夜漏同用花韻

徐熥

秋宵良會興偏賒，薇署殘更到晚衙。銀箭頻催天色曉，玉繩低度夜光斜。聲隨月下聞人杵，響雜軍中壯士笳。酒伴詩僧歸去晚，轅門小隊散高牙。

（《鼇峰集》卷十三）

驛樓送惟和兄北游

徐熥

夜靜江空欲上潮，榜人催唤解蘭橈。離腸禁得幾迴斷，别夢不辭千里遥。沙起交河陰漠漠，風吹易水冷蕭蕭。關山迢遞何時盡，此是他鄉第一宵。

（《鼇峰集》卷十三）

得惟和落第書

徐熥

歷夏徂冬又復春，天涯消息苦難真。艱危縱得還鄉信，南北誰憐失路人。塵土暗消青鬢客，門閭愁倚白頭親。一氈本是吾家物，到處横經莫歎貧。

（《鼇峰集》卷十三）

秋日陳汝大鄧汝高陳振狂陳子卿陳幼孺袁無競惟和兄集緑玉齋時子卿幼孺惟和下第歸自燕汝高將奉使入浙余亦吴越之遊

徐𤊹

門掩空山黄葉飛，同心聚首此應稀。尊前客是銷魂別，天才人非得意歸。一曲離歌催去馬，幾行清淚濕征衣。他鄉後夜相思處，秋水蘆花夢釣磯。

（《鼇峰集》卷十三）

同吴元瀚陳惟秦惟和兄游芝山丹青閣

徐𤊹

磴道紆迴入杳冥，黄金布地護山靈。雲藏老佛龕前火，風語阿王塔上鈴。四起峰巒爭紫翠，半空樓閣剝丹青。歸林啼鳥聲初歇，月照龍池又誦經。

（《鼇峰集》卷十三）

春日雨中屠田叔轉運使招飲鄰霄臺同錢叔達山人陳幼孺孝廉王粹夫文學惟和家兄分得觴字

徐𤊹

愛山還愛客，飛蓋復飛觴。交與煙霞密，談將禮數忘。雁摽雲際塔，鶯送雨中篔。四座

高陽侶，爭看倒載狂。（《鼇峰集》卷十）

七夕鄧汝高計部同佘宗漢謝修之明府鄧道鳴閫帥錢叔達山人陳汝大王粹夫文學陳幼孺孝廉康元龍袁無競茂才惟和家兄集玉皇閣得珠字

徐𤊹

帝座溟濛近可呼，拍肩同到太清都。天孫佳會停雙杼，地主留驩送百壺。烏鵲正填橋上路，驪龍誰得掌上珠。憑欄忽聽金風起，剪斷疎林一葉梧。（《鼇峰集》卷十四）

同吴元翰惟和兄慶上人過神光菴

徐𤊹

破寺不堪遊，新菴尚可投。攀松還倚竹，尋壑更經丘。地僻門休掩，岩傾字半留。晚風花落盡，吹上老僧頭。（《鼇峰集》卷十，又《閩都記》卷十）

夏日同閔壽卿柳陳父吴元翰惟和兄避暑仁王寺 徐𤊹

祇園同結夏，枕藉白雲深。栲□當門樹，栴檀别院林。巖鐘微雨翳，山閣暝烟沉。世味坐來澹，新蟬時一吟。

（《鼇峰集》卷十）

同惟和兄林子真過西禪寺次壁間舊題韻 徐𤊹

松門雲際寺，花木轉幽深。處處欲投足，房房生住心。苔紋青繡壁，荔火赤繞林。一徑斜陽外，歸僧逐暮禽。

（《鼇峰集》卷十，《閩都記》卷二十作《遊西禪寺》）

陪屠田叔使君游仁王寺與元龍無競惟和分得衣字 徐𤊹

屏却鳴騶入翠微，别更野服問禪扉。載將竹葉尊罍滿，坐到蓮花刻漏稀。古刹寒雲侵佛火，空壇明月照僧衣。山門冷落無緣鎮，誰解腰間帶一圍。

（《鼇峰集》卷十四）

仲冬望後居田叔奉命入楚同社諸子買舟追送余與王玉生伯孺幼孺惟和共載舟中携筆硯書畫之屬相對甚適玉生作野航恰受兩三人畫意各以杜句爲韻余得野字

徐𤊹

寒霜一夜飄原野，楓葉村村色俱赭。萬壑千岩水亂流，江聲東去奔如馬。野航恰受兩三人，載得芝山舊同社。魚鳥滄洲物外交，相看總是悠悠者。達旦連霄無雜言，平章水石談風雅。列置圖書艣舵前，密藏襆被船窗下。茗碗香爐對筆床，興來滿紙雲煙寫。觸景題詩得意秋，詞源似決黄河瀉。自詑同舟有賞音，詩成肯信知音寡。起座床頭獨扣舷，脱巾露髮形瀟灑。落日長江一鏡平，臨流戲取綸竿把。清緣何處遂遊閒，雖在扁舟如在舍。金石歌聲破水雲，自笑徐生野人也。

（《鼇峰集》卷七）

同幼孺惟和由瓊河泛舟至義溪過幼孺水明樓

徐𤊹

淡煙疎雨木蘭橈，一水盈盈百里遥。五虎雲深迷疊嶂，白龍江淺待回潮。永南山色摩天盡，峽北風濤赴海嶠。茅舍竹籬雞犬見，知君家在緑榕橋。

（《鼇峰集》卷十四）

春夜同道晦惟和過志尹書齋己亥

徐㶿

幽棲只敝廬，不異子雲居。榻下同心客，錢收可意書。寒聲更漏促，孤影夜燈虚。事事堪清賞，相過不肯疎。

（《鼇峰集》卷十）

題惟和兄百花綃帳歌

徐㶿

主人斗帳新縫剪，十幅輕盈罩冰繭。丹青貌得四時花，百朵千葩紛點染。畫師筆底施春工，牡丹襯出氍毹紅。海棠睡足杏花雨，辛夷舞散荼蘼風。麗春玫瑰枝枝弱，十二重樓開芍藥。寶鼎頻薰鉛粉銷，玉鈎半控胭脂落。炎飆漸暖枕窗南，榴火燒雲色正酣。白面六郎嬌對客，緑衣百子斗宜男。芙蕖掩映含秋景，月照扶踈金粟影。水仙欲吐凡骨清，楊妃初醉幽香冷。羅衾寒擣五更鐘，又對梅花冰雪容。瓊姿縞袂宛相伴，彷彿姑射仙人逢。漏盡銀缸殘焰滅，蘧然一夢成蝴蝶。翩翩飛繞葉中花，栩栩棲將花底葉。流蘇百結剩輝光，魂去魂來徹夜香。曉起西堂新得句，芊芊春草滿池塘。

（《鼇峰集》卷七）

和伯孺爲惟和催妝韻

徐𤐣

微步歸香閣，窺奩拂鏡臺。新調紅粉至，初着緑衣來。酒灩杯方合，粧成賦自催。小星三五夕，偏照燭花開。

（《鼇峰集》卷十）

徐惟和陳子卿兩孝廉過訪時將赴春公試

陸君弼

命駕情何至，方舟興不群。人初窺合璧，賦共擬凌雲。木葉蕪城盡，鶯聲易木聞。恠來雙劍氣，常射斗牛殷。

（《正始堂詩集》卷八）

留别徐惟和

吴稼竳

寒逼壚頭酒易醒，蕭蕭匹馬爲君停。城西落日山逾紫，河畔秋風草尚青。桃葉嬾呼雙檝伎，蓮花歸奉一函經。江流滿目還相憶，塞鴈寥寥不可聽。

（《玄蓋副草》卷十五）

徐惟和客苕上賦寄

吴稼竳

離尊曉醉白門鴉，握手遲遲感鬢華。遠道懷思空桂樹，經年書信斷梅花。賣薪落日歸樵艇，繫柳寒雲擁釣槎。任是當壚不相識，爲君清酒夜能賒。

（《玄蓋副草》卷十五）

北上留别徐惟和惟起用原韻

陳勳

將行對酒復聽歌，況值征鴻雪裏過。岐路自傷爲客久，離情偏覺故人多。楓林回首山當驛，柳色驚心春渡河。離念素衣今盡染，風塵歲月恐蹉跎。

其二

劍花襟淚共斑斑，誰唱離歌慰別顔。同調一時淩白雪，相思明日隔青山。客心迢遞浮雲去，官道逶迤落照間。中歲爲儒堪自笑，獨將短策叩燕關。

其三

折柳紅亭酒未乾，車行且住惜餘懽。亦知舌在從游薄，奈有魂銷覺別難。絃管醉來西日落，驪駒嘶去北風寒。丈夫不必悲游子，歸去登樓莫依欄。

（《陳元凱集》卷四；其一，陳田《明詩紀事》庚卷二十作《將北行留别徐惟和》）

酉陽懷徐惟和惟起時屠田叔未至客周二松江樓

顔容軒

歲晏單車傍險行，幽棲益動故交情。途因地主□多緩，夜爲詞人夢不成。湖海飄零相思切，家山迢遞旅魂驚。何時明月驅雙駕，酒箋歌籌弟與兄。

（《鳴劍集》，曹學佺《石倉十二代詩選・社集》）

留别徐惟和孝廉

陳從舜

譚藝時過竹下扉，心驚芳草憶淮淝。贈言忽漫踰華衮，惜别猶能記布衣。落落江湖爲客久，淒淒風雨伴人歸。公車待到三山上，酒熟黄花蟹正肥。

（《遊草》，曹學佺《石倉十二代詩選・明詩八集》卷四十八）

送徐惟和下第二首

曹學佺

其一

薄言追有客，信宿且徘徊。默默當誰識，寂寂使人哀。眷此分手去，勉矣嗣音來。後夜懷伊阻，兼葭宛溯洄。

其二

君家已望至，客裏始移舟。未得征衣换，聊爲采葛遊。寧當長路暑，猶及故園秋。十畝閒閒外，應從二仲謀。（《潞河集》）

舟中再送惟和

曹學佺

駕言以出遊，送子潞河舟。不展追歡樂，終煩寤寐求。勞勞腹裏轉，泛泛水中浮。此際真成别，方看有淚流。（《潞河集》）

附録四　諸家書牘

與惟和

鄧原岳

日苦梅雨，兀坐一小樓，如枯蝦也。林熙吉、陳伯孺乘漲西行，別時訂約再三，不佞許以六日往峴山。山靈掃石待我，政恐足下寒盟，又添一臥游故事耳。

（《西樓全集》卷十八）

又與惟和

鄧原岳

山齋小雨，與玉生兀坐，風景淒然。門無剝啄，恨足下兄弟不共此興耳。明日稍閒，能杖短策過松林，逐麋鹿芳草間乎？

（《西樓全集》卷十八）

與徐惟和孝廉

鄧原岳

不佞抵吴，則已聞足下北矣。爲之躑躅於横塘烟雨間，意極惘惘。既入燕，便訪足下於酒人群，絶無踪跡也。居一日而何尉來，乃知素車白旐翩而南者卿耶，爲之絶地大叫，髮上指冠也。尊君素强無疾，何以遽至此？且天既不憖遺，又何巧令與足下左，使足下抱終天痛？神理荼酷，豈真有不可知者乎？不佞日買苦酒三十銅錢，潦倒燕市中，恐終成一薄劣相，幸勑從者掃齋頭一片石，待不佞歸也。惟起骨立，如少年絶粒僧，不至號慟滅性乎？

（《西樓全集》卷十八）

又與徐惟和孝廉

鄧原岳

數日乃得簡出，然亦苦酬答，每一挾册，不能盡了，已復投書起矣。蠹魚殊酷，欺先生久客，將西樓藏書飽噉無餘。昨乃搜其種，聚族而焚之，恨不能極吾兵威也，恐復竊發耳。惡詩書扇頭奉惟起，當爲吾緘之篋笥，不敢怨也。

（《西樓全集》卷十八）

與唯和兄弟

鄧原岳

不佞萬里風塵，神骨俱俗。然每憩緑玉齋，便如華胥之國。君家兄弟風流爾雅，人士所宗，以不佞參之，則臭味矣。湖上重辱祖道，相對黯然，至不能出一語而别。既登舟，則出贈言作曼聲歌之，何必曉風殘月哉。唯起當以秋暮入越，不佞幸先至，且勑道場山靈邀杖屨也。困溪舟次寄聲。

（《西樓全集》卷十八）

寄徐惟和

陳价夫

兩從惟起許見足下所寄書，家政之餘，往往及不佞兄弟，交情淺深，於此可見。讀足下客囊諸什，情緻沉鬱，殊勝竹中清言，政使人望塵循轍不暇耳。足下此行，行李蕭索，不佞甚爲憂。聞自金陵復過苕川，從謝郎假貸，謝故多情，其如貧不相副何。幼孺舉孝廉時，計足下尚在越中，卒然聞之，不知與謝郎同折幾兩屐也。不佞與惟起面目如昔日，爲足下掃除竹中磐石而已，他何可言。幼孺傲僻未除，造物者忌之，因以阽疾，淹其試期，令不獲與足下同醉燕市，豈命也？夫足下即揚麾詞壇，令幼孺握赤幟爲裨將，横行齊州，已

有其輔。足下勉之哉。殊方沍寒，眠食如意。（《招隱樓稿》）

與徐惟和惟起　陳价夫

僕之不見二足下半歲耳，僕真善病哉。讀《絳囊生傳》，如看廣陵濤，令人津津色喜。信還不及知，故不獲裁答，大都是懶耳。僕此月望後始能行，急欲馳見〔一〕（《招隱樓稿》）

〔一〕以下原缺。

附録五　諸家哀祭詩文

祭徐惟和文

陳价夫

嗟乎。惟和之死，果天道乎，抑人事乎？天不可測，則取證於人；人不可恃，則憑藉乎天。茲二者兩無當也，則惟和之死，吾滋惑也，滋慟也。凡人之死，必有死徵。相貌尫羸，動履輕佻者，徵死。君體雖瘠而骨勁，性雖弦而情柔。舉止安詳，語言啓達，此謂死法乎？文詞槁悴，神情昏沉者，徵死。君運筆如懸河錯繡，注目如飛電流珠，高談名理，竟夕不勌，此謂死法乎？立心儇薄，行已回邪者，徵死。君於彝倫周詳篤厚，待人接物，盎然春温，小善必録，徵過必匡，不愛其軀，赴士之困，此謂死法乎？凡君之奇，不能殫述。第據予所見，皆不在死法中者，而君竟死。謂天乎，謂人乎？將奇葩煥發，鬼神所妬乎，抑山川靈秘獨腴於才名而瘠於福厚乎？將才忌太露，名忌太盛，數忌太全乎，抑高僧名德修證未圓，業識猶存，輪迴借宅乎？自君之死，天下事俱不可以理解，俱不可以數測。在天者不可以憑藉，在人者不可以取證，吾滋惑矣，吾滋慟矣。如此人曾不得四十，七閩氣運滋益漓矣。中原旗鼓，終不可復振矣。嗟乎。惟和之死，豈獨關徐氏區區門祚而已耶？奪我良友，喪我喆人，如車存而亡其輔，如影在而失其形。涕非無從，慟非無因，不以薦書之名，不以兒女之親，君之莫牘，奚啻百身。悲哉，秋之爲氣也。寒泉落木，令人相對而沾巾。

嗟乎，惟和。而爾返其真，而我猶爲人。嗚呼，哀哉。

（徐𤊹選鈔《招隱樓集》）

祭徐惟和文

曹學佺

噫。予昔送子於潞河兮，河水其漣。子泛泛而歸兮，未及一年。余金陵既謫居兮，子貽我書。余答子以再兮，忽往其虛。余聞訃乃反走兮，爲位而絕。徒恨不得歸兮，今歸何益。既登子之堂兮，復省子之殯宮。欲招子其來下兮，子其不與我同。余感痛於時節兮，奄忽長至。乃告子以文兮，一字一淚。曰：人孰無死兮，獨傷哉乎子也。求四十而不得兮，何景光之甚迫也。爾才太高兮，神明嘯號。爾器太利兮，造物所忌。爾平日其好道兮，死而不以爲夭。爾生前其急人兮，宜其死後而貧。子曠然其無累兮，去世若敝屣。子雖在地下兮，實不忘乎風雅。彼昔人之立名兮，幽何殊於明。子其優以遊兮，予後死之有春秋。

（《石倉二文稿》卷二，又《曹能始小品》卷二）

祭徐孝廉惟和文

鄧原岳

嗚呼。三山秀結，作者雲蒸。十子既往，吏部代興。隆萬之間，舍人振響。建安以降，大曆以上。南風不競，瓦缶雷鳴。舉世嘈嘈，誰知正聲？東海徐生，超超玄著。蚤歲登壇，千言立吐。雅言丈夫，不朽爲期。尚論古人，如親見之。翩翩吾党，匪朝伊夕。立挽頹波，牛耳遞執。乃馳赤幟，以令四方。前茅所至，吾軍益張。子之談鋒，前無堅陣。子之風流，領袖後進。長篇短牘，古體新詞。矯若龍虎，怪如蛟螭。口爲雌黄，筆代袞鉞。淩厲詞場，勃窣理窟。人或忌才，天或忌名。蘭摧玉缺，大運隨傾。予也二人，寔惟臭味。子倡予和，予經子緯。高齋共臥，別墅同遊。無言不盡，無語不酬。予歸自燕，旋復西邁。子已臥病，晤言不載。臨發告別，問疾寢門。子猶嗄語，努力中原。造次分携，竟成永訣。雙眼欲枯，寸腸盡裂。嗚呼。曹謝少年，累困人言。余幸瓦全，播于蠻天。女大老子，忽爲異物。陳七貧病，僅存皮骨。子復長往，舍我同曹。厄在陽九，傷如之何。予嘗謂子，毋忘歲宴。蚤返初衣，山巔水畔。予且倦游，解組不遲。子先朝露，予復疇衣。想子平生，景慕先哲。烏山之麓，新祠業業。今併祀子，以繼徽音。龍樓鶴氅，遂子素心。嗚呼。爾母既喪，爾子尚稚。門户蕭條，後事誰寄？不佞惟友，謝客爲甥。兼有雋弟，内外經營。千秋者名，三尺者土。先行爾集，後襄爾墓。萬里之外，魚雁沈浮。爾肉已寒，當歸荒丘。别有哀辭，聊以當哭。殲我良人，百身莫贖。

（《西樓全集》卷十六）

祭陳汝大徐惟和入高賢祠文

陳薦夫

嗚呼。往哲既逝，大雅不揚。緬維二君，提挈紀綱。陳則將順，徐實主張。賢祠俎豆，六代有光。評公論協，日吉辰良。敬奉新主，告祔堂皇。生承藝脈，殁主詞場。雙魂永宅，千禩弗忘。尚饗。

（《水明樓集》卷十四）

哭徐惟和

王穉登

莫歎多情死，翻悲生者勞。分釵留燕子，斷袖□□桃。鏡裏紅顏盡，丘中白骨高。古來賢達士，若箇不蓬蒿。

（《南有堂詩集》卷五）

哭徐惟和孝廉

趙世顯

索居愁緒正紛紜，何處鴻聲慘暮雲。海宇只今崇大雅，明時詎意喪斯文。黄金枉築終遺駿，白玉重開忽召君。瑶島蓬瀛杳難即，墨池秋雨泣離群。

（《芝園稿》卷二十）

讀徐惟和詩感懷

趙世顯

荒墳宿草已芊芊，把讀遺編倍黯然。一片白雲千歲鶴，只應往來大羅天。

（《芝園稿》卷二十八）

哭徐惟和十二首

鄧原岳

鄉音半載不曾來，偶到開緘意屢猜。忽報徐生兇信至，碧雞昏黑夜猿哀。

其二

憶得臨行話別時，床前娓娓坐譚詩。單車纔指湘沅路，回首南天事可疑。

其三

屈指交情二十年，高山流水動相憐。眼前無復知音賞，對客那能不斷絃。

其四

長安慷慨酒人群，俠氣憑陵欲吐雲。易水只今寒色甚，悲歌千載不堪聞。

其五

月鎖孤齋萬竹寒，秋風吹斷碧欄杆。筆床茶竈俱塵土，一夜嚴霜摧紫蘭。

其六

平生結客少年場，咳唾如雲語自香。玉樹摧殘人不見，凄涼寶玦夜無光。

其七

當年三謁武夷君，夢入峰頭鸞鶴群。便學徐仙同坐化，罡風吹散幔亭雲。

其八

十年書劍走天涯，五字翩翩五色霞。一自玉樓賦成後，彩毫零落不開花。

其九

一領青衫未破除，誰令曼倩老公車？槿花易謝瓊花死，冷落南州孺子廬。

其十

寂寂幽居郭外扃，憶君命駕坐寒汀。年年煙月無窮恨，都向山陽篴裏聽。

其十一

浪説犁鋤隱是真，眼前丘壑更何人？酒壚雖在河山邈，花落花開不見春。

其十二

西南萬里乞歸遲，他日墳頭哭豈知？留取長松堪掛劍，白雲何處更相期。

（《西樓全集》卷十）

哭徐惟和四首

陳薦夫

別去家山隔數旬，重來應似夢中身。殘魂幾日相尋我，遺囑先時轉付人。抱女哀號青鬢妾，呼兒酸楚白頭親。斷腸引塵孤燈下，不得留君四十春。璧緣白向深淵休珍遺翰惜遺文，正是文章夭殺君。只有青年悲管輅，幾曾華髮哭終軍。没，蘭爲香先衆草焚。更恐詞人千載後，重尋大雅破孤墳。聞説嬴軀向玉田，長親瘴霧與嵐烟。文窮孝里千載筆，詩絶香閨七弔篇。嶽秀降來終入地，長庚謫去竟歸天。可鄰十子登壇後，一死身關二百年。玉田有林孝子，惟和爲之立傳；又作《香閨七弔詩》寄余，皆絶筆也。

十年京國歎無媒，恨結青衫死不灰。門客未衰諸弟在，家奴潛散幾人回。玄珠重隕鮫空室，紫玉難留鳳去臺。歲歲桑溪修禊路，杜鵑啼血野棠開。

（《水明樓集》卷五）

重過緑玉齋感賦二首

陳薦夫

昔我來山中，高譚徹昏旦。詩書閉廣櫥，恣意隨所玩。滔滔逝水流，靄靄停雲散。星霜風九移，重來值秋晏。落葉蟬屢哀，陳根草初蔓。曲榭爲我閉，凝塵使我暗。欲接夢魂遥，神理良已誕。懷哉鄰笛音，山陽有餘歎。

死者日已遠，生者徒凄其。人生苦鰥獨，戚戚含酸悲。君今有婦子，還爲没世嗤。一揮聊百萬，四壁空無貲。良田既已更，廣廈復已移。平生所愛物，棄置行向誰？觸目感不淺，傷心良在茲。不如泉下人，窈窈無所知。

（《水明樓集》卷一）

荆溪舟中夜悼徐惟和

陳薦夫

十載傷心不自知，河山遼邈永難期。凄凉獨對荆溪月，不似中宵倚棹時。

（《水明樓集》卷八）

輓徐惟和先生

鄭邦祥

白揚風起淚闌干，天上俄傳下玉棺。廿載江湖多結客，千秋詞賦獨登壇。書藏墓石龍文冷，苔長松門鶴夢寒。一曲招魂人已遠，幔亭霜月夜漫漫。

（鄭杰編、郭柏蒼補《全閩明詩傳》卷四十一）

哭徐惟和二首

謝肇淛

遺書揮淚强開緘，脩短無從問季咸。四海難容雙白眼，十年空老一青衫。雨中蕉葉鳴新隴，窓外松枝偃舊巖。惆悵高齋龍劍冷，春來誰爲拭塵函？俠骨昂藏亦可憐，浪遊寧問杖頭錢？黄金散盡交知己，白練書多乞少年。舊業秖餘窓竹在，新詩空與世人傳。依稀記得鑾江夜，聽盡殘雞不忍眠。

（《小草齋集》卷二十）

再哭惟和汝大諸子

謝肇淛

當年群從氣如龍，把臂應同物外蹤。載酒每邀將落月，尋僧時上最高峰。出山小草真堪笑，委露朝花不可逢。回首風流今頓盡，病魂愁絶聽鳴蛩。

（《小草齋集》卷二十）

夢徐惟和

謝肇淛

生别凋容顔，死别摧心肝。昔我同門友，高騫絶世翰。升沉一異域，逝波無回瀾。誰指夢中路，得續生平歡。陰風動羅幕，夜色闃已闌。但識面目是，寧記存亡端。不言復不辭，乘虚倏往還。四顧是耶非？枕上孤燈殘。徘徊凄欲絶，孤雁啼辛酸。

（《小草齋集》卷四）

讀惟和詩二首

謝肇淛

新詩成故物，開卷便心悲。身後名成日，人間論定時。紅顏天亦妬，俠骨世空疑。寂寞千秋意，臨流哭子期。

却憶追隨日，先探赤水珠。青雲心自薄，白雲調彌孤。事業名山在，生涯儋石無。何須借玄晏，價已重三都。

（《小草齋集》卷十四）

題徐惟和幔亭圖

謝肇淛

雲樹蒼茫濕翠微，山川滿目淚沾衣。虹橋宴後人何在，華表歸來事已非。詞客有靈遺蜕冷，曾孫無主落花飛。可哀一曲滄桑改，霜月凄涼照竹扉。

（《小草齋集》卷二十一）

題徐惟和小像

謝肇淛

風雨鑾江話別離，夢中猶見舊璚枝。如今風景非還是，政是羊曇慟哭時。

（《小草齋集》卷二十八）

五子篇・徐孝廉惟和

謝肇淛

惟和我渭陽，意不可一世。聰明固天縱，神力亦奔詣。蒐討殫九流，匠心游六藝。大雅振式微，逸響流天際。燦若華嶽峰，芙蓉映朝霽。快意萬里遊，藝苑標赤幟。行年未四十，嚴霜摧芳蕙。西華困負薪，窮交半淪替。人琴今俱亡，腸斷平生契。

（《小草齋集》卷六）

過四女樹追憶舊遊悵然有懷惟和幼孺

謝肇淛

二十年前望帝京，青衫半已誤儒生。重遊渾似三生事，往跡空傳四女名。白馬營寒霜葉盡，黄熊浪靜布帆平。江雲渭樹情何限，總付山陽篴裏聲。

（《小草齋集》卷二十四）

哭徐惟和

陳鴻

才世原無命，空爲楚些招。夢回春草寂，人隔夜臺遥。姓籍收鄉榜，詩名著國朝。風吹窗外竹，緑玉正蕭蕭。

（《秋室編》卷四）

過華嚴東禪兩寺尋梅和徐惟和壁間韻

陳鴻

尋梅滿路著花稀，不見殘年幾點飛。處處寺從田畔久，村村雲自岳前歸。霜禽啼暝爭窺席，寒蝶知春欲上衣。爲和壁間詩乍就，松西催落夕陽微。

（《秋室編》卷六）

哭徐惟和

黄尚弘

虎豹文章變，龍蛇氣數奇。簡書空有淚，相見永無期。草長新阡裏，花殘暮雨時。遼陽雙白鶴，一唳一增悲。

（黄天全《保穀堂》附，《石倉十二代詩選·社集》）

先兄亡後振狂以詩見慰次答

徐𤊹

夢絶池塘不忍言，泣將遺草對君論。千行血淚枯雙眼，一片吟魂落九原。暮雨暗蟲啼竹屋，西風寒雀繞柴門。從今骨肉凋殘後，猶幸同心舊友存。

（《鼇峰集》卷十四）

興國寺檢編幔亭集撫卷凄然感而有作　徐𤇆

客堂寒夜檢遺篇，名在人間骨在泉。半世窮愁緣著述，千秋詞翰合流傳。夢中永絕生花筆，篋裏誰分殺竹錢。挑盡孤燈揮淚眼，一番吟詠一潸然。（《鼇峰集》卷十四）

己亥除夕是年有伯兄之喪　徐𤇆

光陰如水急相催，一棹飛從劍浦回。臘火爆殘當户竹，雪花開盡小園梅。蓬門不忍更春帖，椒酒空將滴夜臺。骨肉緣枝零落後，影形相吊獨興哀。（《鼇峰集》卷十四）

普通寺讀惟和兄舊題愴然有作　徐𤇆

桐花開落後，此地昔曾吟。墨蹟宛如昨，詩魂安可尋。碧紗無日障，蒼蘚有時侵。因在空門裏，暫忘生滅心。（《鼇峰集》卷十）

懷友詩・惟和兄孝廉

徐𤊹

余少喜吟詠，先後結社談詩，約十數子，文酒過從匪間也。十年之間，窮達殊途，存亡異路，春雨齋居，孑然無侶，生離繫念，死别攖懷，各賦一首。

半途俄死别，骨肉痛連枝。多少家中事，難令地下知。竹房孤試茗，花徑罷敲詩。不及黄泉路，相隨未有期。

（《鼇峰集》卷十）

曹能始臨哭先兄殯宫感而賦答

徐𤊹

連枝中道痛先徂，路隔天閽不可呼。一掬淚痕霑宿草，九泉魂氣鑒生芻。殯宫霜露哀猿狖，荒隧春秋感蟪蛄。應識山公高友誼，敢將身後托遺孤。

（《鼇峰集》卷十四）

庚子除夕

徐𤊹

浮生如夢太支離，愁病相侵歲月移。篋裏父書貧廢讀，堂前先像遠難追。欲占豐歉求新

曆，爲補精神祭舊詩。一自雁行中斷後，不聞佳句詠春池。（《鼇峰集》卷十四）

送沈從先還吴爲吊先兄至閩

徐熥

旅食閩南度一年，薄遊寧問杖頭錢。淚痕似雨枯雙眼，行色如雲負半肩。白馬已奔泉下客，金鷄曾訪洞中仙。吴儂自有逢年術，歸種要離墓畔田。（《鼇峰集》卷十五）

梅林對酒因懷陳汝大鄭君大惟和兄

徐熥

對酒吟梅塢，林邊逾短垣。但求花密處，不問某家園。冷月侵香夢，輕烟污粉痕。舊時同賞客，能有幾人存。（《鼇峰集》卷十）

普陀寺訪志若上人因出哀輓先兄詩感而賦答

徐熥

昔於靈隱一尋師，行腳他山識面遲。客到每傳懷素帖，僧來多誦惠休詩。煙霞新侣還堪結，石火浮生信可悲。試問舊房松偃處，十年曾長幾禪枝。

（《鼇峰集》卷十六）

宿臨漳驛舍與季聲夜坐同憶元龍惟和次韻（節録）

徐熥

修文天上人何在，夢草池中事已空。坐對寒燈更漏盡，征衫揮淚眼朦朧。

（《鼇峰集》卷十六）

題幔亭圖

徐熥

一夕仙風掃幔亭，碧峰依舊插天青。語殘白鶴魂何在，叫罷金雞夢不醒。故友共嗟桑户死，行人共吊草堂靈。生平玩物如雲散，留此遺圖益涕零。

（《鼇峰集》卷十八）

初夏宋永延陳伯孺倪柯古過集各賦齋中八物·幔亭圖

徐熥

巍魏幔亭峰，參差亂雲樹。無人跨鶴歸，對之長涕泗。

（《鼇峰集》卷二十二）

和鄧道協參軍同曹能始陳軒伯林異卿集緑玉齋因憶惟和伯兄

徐𤊹

叢竹青青映小山，故人相念扣柴關。僑居遠卜三吴外，惆悵俄驚八載間。漫道藩羊羸易觸，且看林鳥倦知還。爲官拓落應休問，聊借芳尊一破顔。

（鄧慶寀《同曹能始陳軒伯林異卿集徐興公緑玉齋因憶惟和先生》附，崇禎間刻本《還山草》，原無題，詩題輯者所擬）

吴門沈朗倩見贈詩畫並詢及伯兄身後感而賦答次來韻

徐𤊹

匹馬南來海上城，休文聲韻夙知名。杯浮竹葉深埋照，紙製桃花澹寫生。頂禮雲門稱法嗣，追思風調問亡兄。詞壇意氣神交久，莫道今朝蓋始傾。

（鈔本《鼇峰集》）

先伯兄安葬鹿坪山承諸友會送答謝二首

徐𤊹

其一

故交投贈買山貲，歸骨狐丘豈恨遲。瞻望若堂仍若斧，往還如慕復如疑。許心誰掛延陵劍，拭目爭看有道碑。應待他年遼鶴返，下窺塵世塚纍纍。

其二

窀穸新營魄可存，冥冥泉路永無光。一抔得傍要離塚，千載如臨劇孟喪。後輩吹簫來墓所，故人聞笛愴山陽。薤頭曉露晞何易，腸斷歌聲出北邙。

（《荆山徐氏族譜·詩文集》）

十月十五日同元直伯衍登烏石山尋高賢祠拜徐唯和主歷平遠臺夜宿元直家明日出閩

葛一龍

十里烟嵐截半城，苔鐫斑剝古雲傾。殘秋氣色悲朝暮，窮路交情感死生。橘叟荔仙臺榭出，雨師風伯海天晴。燈前落盡明朝淚，乙夜聽猿到五更。

（《矯褐吟》，崇禎刻本《葛震甫詩集》）

哭徐惟和二首

曹學佺

其一

聞君不可諱，轉側自肖顰。只謂言當誤，誰知事竟真。但將爲位哭，猶是未歸人。生死無窮意，含悽難重陳。

其二

賸有煙霞癖，純無世俗情。詩名能自起，儒術竟無成。和樂耽兄弟，艱危赴友生。相關非一事，寧免涕縱横。

其三

夕陽悲已没，寂寂但空山。勝事聊當勉，伊人不可還。魂招滄海外，跡吊白雲間。覽鏡何蕭索，方驚損客顔。

（《金陵初稿》）

與從先夜坐遂傷惟和

曹學佺

此夕亦何夕，與子坐共席。忽憶南州生，三人爲莫逆。我子會不易，伊人喪何迫。關河尚可踰，幽宜㝠永隔。懷抱千古恨，未消復纏積。哽咽無一言，舉懷不覺擲。

（《金陵初稿》）

夢徐惟和

曹學佺

徐生素有烟霞癖，歲歲尋梅穿兩屐。人亡奈與花相辭，千樹梅開爲誰白。梅林昨夜夢君過，問我今年花若何。醒來語君君不見，明日看花淚獨多。

（《藤山看梅詩》）

初八日過唐堀送徐惟和葬

曹學佺

故交新歲葬丘樊，會葬江鄉始出門。白璧人非誰不歎，青山道在久彌尊。友生痛訣皆臨穴，兄弟悲歌切在原。底事可關千古思，萋萋芳草怨王孫。

（曹學佺此詩又見其《賜環篇》下）

同曹能始陳軒伯林異卿集徐興公緑玉齋因憶惟和先生

鄧慶宷

八年別去九仙山，此日重來一扣關。但有蒼苔生石上，依然緑竹擁窗間。先人交道知仍在，伯氏吟魂吊不還。自逐微名奔走後，青尊猶愧洗塵顔。

（崇禎刻本《還山草》）

喜曹能始爲徐惟和下葬

陳仲溱

買得青山葬豈遲，鹿坪春草蕹葳蕤。一抔此日澆高士，六尺當年寄阿兒。文字不忘酬較洽，交情寧爲死生移。千秋華表魂應返，壠上銜恩化鶴知。

（《嚮山集》，《石倉十二代詩選·社集》）

徐惟和歸葬鹿坪山

陳仲溱

深松如蓋草如茵，杯酒空澆勺土新。碑上雕龍題幼婦，陵前下馬集詞人。幔亭仙子藏幽壑，丁戊先生結比鄰。從此黃壚永成隔，千秋高誼見情真。

（《嚮山集》，《石倉十二代詩選·社集》）

徐惟和會葬詩

安國賢

予當生掛桑弧日，君正高登仕籍時。璧重連城何早折，玉埋芳塚自今悲。低徊下馬摹新碣，仰止雕龍讀舊詩。十里鹿坪山色暮，春風空見草離離。

（佚名《荆山徐氏族譜·詩文集》，原無題，詩題輯者所擬）

題徐惟和先生遺像

陳鴻

空梁落月思依依，五｜年餘見面違。顏色忽然逢紙上，對君如夢是耶非？

（《秋室編》卷八）

徐惟和會葬詩

林嘉

羽化俄驚三十年，交深生死誼堪憐。豐碑千載酬知己，短劍今朝掛古阡。白社談詩空喆匠，青山結伴有高賢。匏尊未薦腸先斷，忍聽枝頭泣杜鵑。

（佚名《荆山徐氏族譜・詩文集》，原無題，詩題輯者所擬）

徐惟和會葬詩

林雲翔

通家高誼説南州，未接豐標思轉愁。馬鬣故交營尺土，騷壇大業歷千秋。偏逢詞客鄰黄壤，獨恨文人不白頭。回首鹿坪山色裏，夕陽斜映古松楸。

（佚名《荆山徐氏族譜・詩文集》，原無題，詩題輯者所擬）

先伯父會葬詩

徐延壽

三十年來藁殯宫，新春會葬鹿坪中。曼卿喪事貧難舉，范式交情死更通。挽柩歌聲悲薤露，沾夜淚血灑松風。山南山北累累塚，千古賢愚自不同。

（佚名《荆山徐氏族譜·詩文集》，原無題，詩題輯者所擬）

徐惟和墓

陳衎

地名鹿坪，與傅丁戊墳比鄰，曹能始捐金所築。

鹿坪山色偃長松，三尺新城肅鬣封。華表昔曾飛一鶴，延津今已卧雙龍。承家有子如崔捐，崔捐，六朝人，不自葬父。受業何人是顧雍。他日墳頭應掛劍，莫令霜露繡芙蓉。

（《大江草堂集》卷六）

客玉田初秋遊極樂寺村落中能有琴酒之僧即事次壁間徐惟和韻二首

曾異撰

其一

秋爽山中塵話長，佛龕旁倚小匡床。輿需松路一肩雨，桐引梅花十指霜。病客不辭茶事苦，老僧親汲酒泉香。醉鄉淨土隨游戲，未省何如南面王。

其二

荷柄沿堦尺許長，也能分緑上胡床。百年棋酒無多日，四十鬚眉一半霜。醉眼不知佛國大，晤言時聽木犀香。淸池顧影從吾老，未肯遮羞借釀王。

（崇禎間刻本《紡授堂集》詩集卷五）

附録六　諸家序跋提要

幔亭集序

張獻翼

詩豈易言哉？求其成一家言良不易易，況備諸體、稱大家乎？蓋工近體者，或弱於古風；長於七言者，或短於五字。即王、孟二氏，盛唐名家，一以清婉稱近體，一以風骨雄古風，且各擅所長，況其他乎？

予友徐惟和氏，永寧令名父之子也，授玄肖諸童烏，屬草方之文考。少即抵掌而談秦漢，奮力以挽風騷。非晉魏之音，絶口不談；非六籍之書，屏目不視。蓋病乎世之決裂以爲體，餖飣以爲詞，故音非朱弦、詞非黄絹，寧棄不屑就也。弱冠嘗循例計偕登臺，展驥都人，欽遲朝列虚左。詩歌本之古《選》，興寄備乎開元，彬彬然名家矣。每停橈見過，輒下榻信宿，凡三眎予詩。初見之，已無杜德機矣；再見之，其善者機也。别去三易寒暑，乃出《幔亭集》二帙，予執簡歎曰：「其衡氣機矣。」夫當其興寄山川，發憤于歲月，周爰於驅馳，宣情於羈旅。由樂府而逮五七言古，由近體而達五七言絶，調匪偏長，體必兼善，力追古則，盡滌時趨，可謂頭頭是道，重重發光矣。又一字之工，聞奇而傾耳；片言之巧，睹縟而躍心。紙價騰湧於都門，蕭譜浸淫於禁掖。雕章綺合，藻思羅開，行且上書鳳鳴解褐，鴻漸探其襟抱，將扶摇宇内，豈區區搶榆所可控而笑哉。

閩中一時諸子昆弟，咸追述大雅，取裁風人，作者響臻，同好景附，真足馳騁海内，而惟和則獨步當時矣。予歲方遲暮，筆硯都燒，徒有輟翰毁草，烏能述匠心之源，究作者之大概乎？因不愛其敝帚，而答其請之意。

長洲張獻翼幼于撰。

（萬曆間刻本《幔亭集》卷首，又文淵閣《四庫全書》本卷首）

幔亭集敘

顧大典

閩中有徐惟和者，工於舉子業，復賈其餘力以工詩，與余言詩，輒有起予之益。甲午之冬，三上春官，道經江上，謁余諧賞園中，出其所爲詩一編，題曰《幔亭集》。余讀之，見其儀範古哲，而舒寫襟抱。其創格則峨然其騰踔也，其構思則淵然其紆徐也，其摛詞則鬱然其婉麗也，其遺調則鏗然其中金石而協宫商也。翩翩欲仙乎，豈從人間來哉？

嘗聞武夷有幔亭峰，秦皇帝時，玉帝與太姥爲武夷君、王子騫輩設綵屋，雲裀霞褥，鸞笙鳳吹，宴鄉人於其中，而呼爲曾孫，咸登上壽。觀鈐記之所摽而洞經之所詑者，不曰峰峻而流紆，則曰林深而籟發，蓋仙境云。迺惟和則煙霞其思而丹青其言，峨然者，非峰巒之巇嵲乎？淵然者，非溪流之沿洄乎？欝然者，非林樾之榮蔚乎？鑿然者，非清籟之振響于空谷乎？昔人謂詞賦有得于山川之助，非虛語矣。

客曰："惟和雖閩産，而居會城，其目之所寓而身之所歷者，武夷蓋無幾焉；且集中所詠兹山者，十不得其一二，何以《幔亭》名集也？"噫，詩言志也。志者，意之所通也。故曰：觸境而生者情，托境而生者意。遊以跡者，履局塵中；遊以意者，神超象外。惟和之詩，蓋意生於所托者，興超於象矣，又奚必身在六六三三之間，而後可摽勝於斯集乎哉？惟和待奏公車，得時而駕，行將侍從承明，翱翔四海，遊日廣，著述日富，《幔亭》一集，何足以盡惟和哉？雖然，語有之"立朝而意在東山"，又曰"勒成一家言，以藏之名山"，則他日所以休明一世，而不朽千秋者，即槩而名之曰《幔亭》，誰曰不可？不然，則兹山名勝甲于寰宇，即在遐陬，猶然欲褰裳濡足，以託名名壤，而況近在閩境乎？固知人傑地靈，交重而益彰也。惟和勉矣。毗黎居士顧大典撰。

（萬曆間刻本《幔亭集》卷首）

幔亭集題詞

屠本畯

《幔亭集》者，蓋徐惟和之詩，而自命其篇者也。幔亭，當武夷北首，相傳玉帝與太姥爲武夷君、王子騫輩設幔亭綵幄，紫褥雲裀，宴鄉人二千於上，呼爲「曾孫」。雖滄桑互换，靈氣恒披。乃惟和儀度開美，風襟穆如。朗映玉山，等高情于裴叔；飛霏木屑，托遠韻于王郎。猶冀奏賓雲左右之曲，而曾孫旦暮遇之也。爾其發爲聲詩，力贍肌豐，情注神傳，俯仰古今，錯綜名理，故能疆幟早樹，籬唾不拾。上振尊君大令之菁英，下協令弟興公之蘭茝。人美機、雲，家標謝、陸，後來之彦，鬱然名流矣。昔人稱武夷諸勝，有縝潤如玉立者，莊嚴如正人者，婉麗如美姝者，俯仰如禮容者，突兀如樓臺者，翔踞如龍虎者。即以之狀惟和之詩，其誰曰不然？是以挹其高情者，霞標六六之峰；誦其雅什者，風動三三之曲也。伊予不慧，謬廁交遊，遂弁數語于簡端，用傳同好。

萬曆丙申歲清明日。

（萬曆間刻本《幔亭集》卷首）

幔亭集序

謝吉卿

嗟夫。天之生才難，才而究于用又難，用而亨克有終尤難。化工之雜揉也，多忌也，緊昔所嘆而闕之世運，又復敻別。大都綦隆之世，氣化醇龐，趨尚淳樸，儲才富而鍾澤綿；世衰氣漓，則才之阨于下寮，遁于磐澗，與夫不獲終天年以死也。運固使然，而志士所爲重慨悼也。當觀夫春龢景熙，百昌遂鬯，動植洪纖、肖翹蝡蠢之屬，欣欣各得其適者何限；及夫風飆霜摧之候，群象蕭索，即松筠後凋，不受變于時者，亦黯然無復陽和之象。噫，今何時也？自余賦歸，習居田野間，則見十數年來夭喬窮於山，濡沫窮於澤，羽毛窮于藪，轂茹窮于土田，用物窮於巧，人情窮於變，夫非元會一大嚴冬歟？而才之獲遂其時，能與有幾？

徐君惟和負不世才，業已推舉于鄉，淹蹇十餘年，所儲日富，遇日窮，益肆其力於詩章，欲挽頹波，復還正始。君倡閩中，余倡温陵，時時不遠聯社，論心披素。君每扼腕余窮，余亦悵君不偶，詎意其溘然賫志而歿，才不及竟也？悲夫。觀君所纂述，搜奇愽怪，噴霧變霞。樂府古風，浸淫漢魏六朝之遺；律絶諸詠，非唐人不掛牙頰。文追古則，咀華嚼膏，翩翩有致，非苟作者。蓋閩山靈秀，蔚爲人文，時時出没，隱見不可窺測。以今茲氣運，安能久存人間？然達觀疇曩以來，都崇膴，享耄期，究竟與草木澌腐，何可一二計？而卓犖不朽，遺身後名者，遄遄脱然於窮通修短之遭，君蓋審諦之久矣。烏石山之陽有高賢祠，祀我七閩先輩善聲詩者六十餘人，惟和卒，輿論以惟和之主合祀其中。庚子之秋，余往展謁，吊古驚時，潸然不禁。惟和之弟興公手其所鐫《幔亭全集》若干卷示余，遂書數語首簡，微獨爲惟和慨也，爲世運慨也。

萬曆庚子重陽後五日，前進士温陵友弟謝吉卿書。

（萬曆間刻本《幔亭集》卷首）

徐幔亭集先生集序

鄧原岳

徐惟和之起諸生也，余方困公車，慕之甚，猶獨未定交云。又三年，余與惟和偕計報罷，始以博士業相切劘，然余二人不耑持其家言，時時稱詩，恨相知晚也。惟和善談論，好結客，風流爾雅，人羶附之。四方遊士，稍號能操觚至者輒主惟和，惟和亦傾心應之，不爲忤。惟和既不第，度於本業不能無少廢，而其自喜爲聲詩益甚，竟以此没，年才三十九耳。其弟𤊹葺其詩若文章合刻之，而以書抵不佞，曰：「惟和已矣，所不朽者則遺言在。維亡兄平生稱契厚者，莫若子；其所期許以風雅代興者，亦莫如子。吾子將何以肉惟和之骨而千秋之。」不佞受其集，且讀且泣，未嘗不浪浪沾襟也。顧不佞何敢當惟和，藉令不忘平生之言誠在我。余閩自林鴻、王恭輩有名於洪武間，即海内所稱閩中十子者也。歷百餘年而鄭吏部善夫繼之，又四十年而袁舍人表繼之。乃它方之左余閩而持苛論者，猶以吏部之寡於情而舍人之窮於變以爲恨。今其集具在，試取而隱其名以附于古之作者，吏部之古風，不以爲曹、劉之參駕乎哉？舍人之近體，不以爲高、岑之雁行乎哉？乃惟和稍異是，其學無所不窺，其于古也無所不濊濯。才有所必至則務旁引以盡其才，趣有所必合則務根極以窮其趣。大抵傅於境、麗於情、諧於調而騖於采，出入六代之季而始終唐三百年之間。句不累篇，篇不累格，假之以年，吾未知所税駕矣。惟和居恒喜説善夫先生，而其化也亦與之同年，蒲柳先零，豪華都盡，悲夫。惟和又戲謂不佞，吾黨苦心，百歲後當有鑒賞者，顧安得神遊而聽之？蓋没未幾，而王生若輒爲梓其集而行世，即耳目所及，固知異代之後有尸惟和者矣。

萬曆辛丑秋，友人鄧原岳書于昆明署中。

（萬曆間刻本《幔亭集》卷首；又見崇禎間刻本《西樓集》卷十二，文稍異）

徐幔亭先生集序

屠隆

閩中徐君惟和者，驂鸞度世，稟靈氣於七臺；控鯉朝真，挺仙姿于九漈。幼號奇童，埒蒼舒之稱象；蚤標才了，陋諸葛之題驢。書遇目而誦心，學綜武庫；藝得心而應手，思捷神鋒。故其爲詩，踵漢魏則古質渾龐，儼商箕之皓叟；步齊梁則神光滅没，掩湘洛之靈媛。爲律詩則采唐人之初盛，和雅而鮮怒張；爲絶句則極中晚之才情，穠華而去纖豔。總之，腴而匪腐，肉與骨匀；清而不枯，才以格運。至于爲文，則入西京之堂奥，咀南朝之膏華，渢渢大雅，蔚然名家。蓋不獨雄視南荒，白眉於梓里，抑亦爭盟上國，赤幟于藝壇者也。且其人氣韻蕭疏，映冰壺于霞表；神情朗徹，皎玉樹于風前。尚義好賢，户外之履恒滿；頃貲結客，尊中之酒不空。同堂握手，譽望等于識荆；異代執鞭，意氣深于慕藺。奈何擊水乘天，鵬方奮乎雲翼；短轅長轡，驥早蹶乎霜蹄。感知嘆逝，西州之涕淚無窮；慕義憐才，南國之英靈頓盡。有弟興公，凄涼客越，登堂膜拜，哽咽徵言。余伏而讀君詩也，心賞絶調，恨未論交于生前；手定遺文，願結相知于地下。嗚嘑，悲哉。君有身後千古，何論眼于中百年矣。

萬曆辛丑歲臘月上澣日。

（萬曆間刻本《幔亭集》卷首）

重刻幔亭集跋

徐鍾震

先伯祖幔亭孝廉詩文共廿餘卷，清流王相如先生心懷掛劍，念切典型，損資授梓，廣傳海內已廿有餘秋矣。詠五字之長城，雞林增價；竭半生之辛苦，騷名垂光矣。上繼前賢，下開作者，睹今日風雅之盛，寔當年倡始之功。其板舊置蔣氏家塾。丙子火災，灰燼之餘，半爲群不逞搶掠，被時出贖帖，重價收回，蓋以林用始所收者見贈，尚不及十之三四。悵先業之失傳，恨綿力之寡助，棗梨雙費，不敢以月計，而以歲計。癸未仲冬，始克竣工，而先祖又復先爾捐棄，何不朽大業摧喪一至是哉。憶杜子美云：「詩是吾家事。」某纍世躭詩，未敢失墜，敬重刻是篇，與先祖《鼇峰集》並行於世。世有知音，九原可作，其以視華亭之競爽、陳郡之金昆，果何如也哉。謹識歲月以垂後云。

崇禎癸未冬十一月望前二日。

（《雪樵文集》）

幔亭詩集提要

明徐熥撰。熥字惟和，閩縣人，萬曆戊子[一]舉人。負才淹蹇，肆力詩歌，大抵圭臬唐人，而不爲割裂餖飣之學。卷首有張獻翼序，稱其調非偏長，體必兼擅，力追古則，盡滌時趨。又謝肇淛《五雜俎》謂其才情聲調，足以伯仲高季迪，微憾古體不及。朱彝尊《靜志居詩話》亦謂其七言絶原本王江寧，多情至語。審閲是集，固非盡出標榜，當明季詩道冗雜，如熥者亦可謂蟬蜕穢濁矣。王世懋《藝圃擷餘》論閩中詩人，推鄭善夫爲冠。熥生平喜稱善夫，而卒年僅三十九，與善夫正同，亦頗可異。《明史·文苑傳》稱，閩中詩文自林鴻、高棅後，閲百餘年，鄭善夫繼之，迨萬曆中年，曹學佺、徐𤊹輩繼起，謝肇淛、鄧原岳和之，風雅復振，不及於熥，惟𤊹傳中附見其名。然𤊹以博學稱，亦復工文；熥以詞采著，亦未嘗無學，二人固未易優劣也。

（《四庫全書總目》卷一七《集部·別集類》二五）

[一] 子，原作「午」，徐熥爲萬曆十六年戊子科舉人，據改。

晉安風雅敘

陳薦夫

夫閩自漢稱外藩，唐興學校，騷雅之士，代不乏人。薛令之、歐陽詹鵲躍於前，嚴羽卿、謝皋羽蟬聯於後，間雖有聞於都會，然猶借人材於旁郡也。國家掃除胡運，文治聿新，時則林膳部、王典籍十子與張、林二學士輩並建旗鼓，指麾中原，自爾以後，飈合景從，雲蒸霞絢，二百餘年，號稱極盛，故陳參知仲聲有《三山詩選》，今鄧司農女高有《閩中正聲》，皆掇拾菁華，振揚風雅，翼先正之遺音，寄大業於不朽。然陳則蒐羅未弘，率潛輝于鑛璞，鄧則生存弗録，慮致寃于雌黄。美則美矣，而未盡也。於是予友徐惟和，弱冠稱詩，窮居卒業，天質爽朗，丰神令上，非性靈不譚，脱餖飣如屣。於是録國家以來，凡吾郡作者，身無顯晦，人無存歿，但取其情采適中，聲調爾雅，詞足千古，體成一家者，得二百餘人，詩若干首，名曰《晉安風雅》。間有子姓昌華，世其家學者，罔不投進先集，期見采摭。此爲易易耳。若乃成季宣孟，終焉無後；欒郤胥原，忽爾代降。文獻寖滅，斯焉取斯，故或搜芳於蟲魚之口，或訪玉於敗書之肆；或展轉關借，重越裳之譯；或仿佛睹記，授伏生之臆。然猶聽斷圭蓽，折衷方寸，故有籍甚當年而片言無取，埋聲曩代而連篇可傳。體擅偏長，則網收一目；文僅偶合，亦鼎嘗片臠。可謂衡鑒貯懷，錙銖應手，功掩先達，光啓來祀者矣。然望非劉呂，篏拱寔難，《春秋》之成，知不塞罪。不佞識慚作者，敢竽斯文？顧風雅宣勞，匪異人任，眷言同調，輒預校讎。網羅纂修，屬草屢易，更端繕寫，寒暑七徂，逮夫成書，足稱快覩。若夫忮者忿其見擯，貪者恣其多求，刻核者目攝其無當，異己者腹誹其僭妄，則徐君敢逃季緒瑣瑣之彈，而不佞亦甘心于韓獻分惡之誼焉。

萬曆戊戌五日郡後學陳薦夫題。

（《晉安風雅》卷首）

晉安風雅提要

明徐𤊹編。𤊹有《幔亭詩集》，已著録。是編輯福州一府之詩，其曰晉安者，福州在晉時爲晉安郡也。所録起洪武，迄萬曆，得二百六十四人詩，以體分，姓氏下各載其里居、出處及所著作，並以右某朝若干人列數於左。其例多仿高棅《品彙》。惟閨秀一類另立妓女，以別薫蕕，爲小異云。

（《四庫全書總目》卷一九三《集部·總集類存目》三）

跋徐惟和所書卷後

陳价夫

他日，不佞臨鄭吏部書，徐生笑謂伯孺：「卿何寧馨見拙也？吾且以淳化壓汝耳。」無何，閱繼之真跡，始愀然絶倒，曰：「咄咄。」徐卿乃於墨本中求古人意耶？竟夕揣摩不能下，蒐篋中，得吴生素書卷，横心所撝，一穎千劄，畸軌相半，便與繼之傳神，不佞見則大駴，謂徐卿何速肖也。虎兒逼人，遂欲得吾赤幟。不佞自此謹堅壁以待。

（鈔本《招隱樓稿》，徐𤊹選）

跋吴汝學所藏徐惟和書卷

陳价夫

惟和書法前後數變，始學趙承旨，尋變而文待詔，又變而鄭吏部。到丁酉以後，始匠意《淳化》、《蘭亭》，而筆法乃定，然又時作章體，或顔、蘇，或間出黄、米，隨意命筆，雖不甚亂真，悉皆斐然可觀。筆勢遒宛，無摹臨之迹。吴汝學與之鄰居，伺其濡毫稍愜意，輒出紙經益其興，倦則引去。故汝學得書獨夥，而書皆佳。此紙似是癸巳、甲午以後所書，未及終卷，偶以他事置去，遂不及署年月款識，然猶有鄭吏部筆意，視戊戌以後則迥異也。嗚呼，惟和學鄭吏部書，而卒亦僅得鄭吏部之筭，文人不壽，豈偶然哉。予每見惟和書，輒爲愴然，因作數日惡。汝學其善藏諸，僕不敢復請觀矣。

（鈔本《招隱樓稿》，徐𤊹選）

墨梅卷跋

謝肇淛

萬曆壬寅七月十一日重裝於東郡草堂。憶昔甲午冬與惟和擁爐共閱，歎吾郡先輩餘風宛然在斷簡殘墨間。曾幾何時，且併惟和作古人矣。不能終卷，爲之一慟。

（天啓間刻本《小草齋文集》卷二十四）

徐興公家藏扇面手卷跋

謝肇淛

萬曆丁未春，余宅艱家居，興公出此卷共賞。未讀其跋語，爲之歎惋良久。唯和謝世，未及十年，饘粥糊口之業，半落他人手，非獨篋笥中玩好已也。王摩詰曰：「來者復爲誰，空悲昔人有。」古今一貫，唯和固不必鬱鬱地下耳。

（天啓間刻本《小草齋文集》卷二十四）

顧道行山水卷

謝肇淛

道行先生畫，從北苑仲圭來，而出以大雅，盡脱丹青家蹊徑。余與唯和爲先生最得意士，而得先生畫各不數紙。今閲此幅，神氣鬱勃飛動，與余所得殳質甫許者仿佛相肖，非復可以形容筋骨相也。憶丁亥歲與唯和初執經事先生，迄今僅二十年，而先生中道萎謝，卽唯和墓木亦且拱矣。與興公展閲未竟，爲之一慟。

（天啓間刻本《小草齋文集》卷二十四）

徐惟和詩卷跋

謝肇淛

吾友中工七言律者，推惟和爲白眉。今觀此卷，所書雖僅僅十餘首，而才情婉至，風骨遒整，絶世之技已見一斑矣。憶自壬辰迄今有二十有五載，生前風流文采邈若山河，而遺墨殘編宛然如昨，則故人死友寶持愛護之力也。惟和於是爲不亡矣。

（天啓間刻本《小草齋文集》卷二十四）

題徐惟和幔亭圖

謝肇淛

雲樹蒼茫濕翠微，山川滿目淚沾衣。虹橋宴後人何在，華表歸來事已非。詞客有靈遺蛻冷，曾孫無主落花飛。可哀一曲滄桑改，霜月凄涼照竹扉。

（天啓間刻本《小草齋文集》卷二十一）

陸士龍文集

徐𤊹

張幼于曾以小陸抄本貽先兄，繕寫明朗，此乃都玄敬與吴士陸元大校刻者。卷末乃留宋人名字，依宋板也。讎對無差，勝今坊間所梓者多矣。萬曆丙午冬杪，徐興公識。

（馬泰來《新輯紅雨樓題記》，第一一八頁）

文選纂注

徐𤊹

六臣注頗繁，張伯起纂之，信修詞家之捷徑也。伯兄批點斯本，日置案頭，會試北上，携之巾箱。先兄物化十五年，覽此不勝傷悼。陸士衡云「尋平生於響像，覽前物而懷之」，正謂此也。萬曆癸丑臘月，興公書。

（繆荃孫輯《重編紅雨樓題跋》卷一）

箋注唐賢絶句三體詩法

徐𤊹

《唐三體詩》一册。先君云：「丙寅年在京師得之林天迪先生。中朱筆評駁者，天迪也。」迨萬曆癸未、甲申間，先兄初學時又加批點。既又爲謝在杭借去，亦品騭數則送歸。最後蒲友鄭性之復借覽，乃用墨筆塗抹，以己意射彈。十年前舍弟取觀，遂於題下小注地名。四十年來，已經五人之手，故開卷亂如塗鴉矣。然五人者皆少時事，未免謬悠，不爲中的。偶爾檢及，漫記其後，庶幾後之人見善本書，勿輕點汙也。萬曆戊申冬十二月十二夜燈下，徐惟起興公書。

（馬泰來《新輯紅雨樓題記》，第一六六頁）

聖教序

徐𤊹

先兄惟和，生平喜藏古帖，每計偕北上，行李中書畫半之。戊戌下第南歸，舟過臨清，值郭君猷於旅次，遂捐此帖相贈。未幾先兄不禄，君猷珍若拱璧，凡遊湖海，必挾以隨。今歲余客鄱陽，與君猷同寓乾元寺，因出共觀，且爲余道其始末，不勝物在人亡之感。《聖教》多善本，君猷獨寶此者，亦足徵友誼之重也。萬曆己酉陽月望後三日，東海徐惟起題。

（繆荃孫輯《重編紅雨樓題跋》卷二）

空江秋笛卷

徐𤊹

吾鄉鄭浮邱先生，字孟宣，善擊劍，工古篆草書。陳友定辟爲記室，友定敗，亡命交廣間，久之，還居長樂。高皇帝末年，徵授延平訓導、國子助教。著詩數卷曰《澹齋集》，多軼弗傳。《空江秋笛卷》則官助教時乞諸名公所詠題者也……向余兄惟和得之，以陳伯煒《賓月樓》合爲一卷，作歌題其殿。又踰三十餘秋，裝潢未善，余今分而爲二，正所謂離則雙美者也。天啓六年丙寅初夏，三山徐𤊹興公識於汗竹巢。

（繆荃孫輯《重編紅雨樓題跋》卷二）

鄭繼之手書

徐𤊹

鄭少谷先生以詩名於正、嘉之際，海内知鄭先生者詩耳，不知先生之精于理數之學也。此編自《易》數、河洛、《洪範》、田制、算法、禽遁、車服無不究心，又手自鈔定，先生之學，豈尋常口耳章句乎哉？惟和兄向收得之，寶若拱璧。俯仰又踰十年，春日和暢，偶與謝在杭翻檢，遂求在杭跋其後，而余亦記數語，永寶藏之。萬曆丁未三月，東海徐惟起。

（繆荃孫輯《重編紅雨樓題跋》卷二）

先君子手書詩卷

徐𤊹

先君子喜爲詩而不苟作。萬曆辛卯之秋，先君年七十有九，耄矣。忽一日召熥、𤊹論曰：「汝輩俱以四聲驟譽，吾心甚喜，家學不墜，是在汝輩。然吾平生有得意詩百數篇，可出長箋，吾爲汝書之。」熥對曰：「正兒之所深願而不敢請者也。」先君遂檢舊稿，日書數首，而𤊹常侍筆硯……乙巳夏日，不肖男𤊹拜手恭跋。

（繆荃孫輯《重編紅雨樓題跋》卷二）

伯兄書卷

徐𤊹

昔陸雲贊平原文，謂君苗焚其筆硯；王縉掇拾右丞詩，表而進之於朝；家庭之間，自相敬慕。先伯氏年不稱德，時論歸美。卷中諸詩，大類劉文房、許丁卯；而書則效法《聖教》、《興福》，稍雜以行草。林異卿喜摹古帖，得書家三昧，極賞伯氏書有古意，從王元直求爲珍玩。偶出相示，載一披咏，不勝人琴之痛，因爲之掩卷。天啓改元花朝題。

（繆荃孫輯《重編紅雨樓題跋》卷二）

又伯兄詩卷

徐𤊹

林方壺先生爲諸生日，與伯兄有投分之誼。先生登第，出守茶陵，遂爾仙逝。先兄聞訃，有詩哭之：「文章自昔擅名流，二十分符楚國游。正羨雲逵方發軔，誰知夜壑即藏舟。魂隨岳麓家何在，淚灑湘江恨豈休。華表鶴歸歸未得，雲陽山下不勝悲。」賦此詩時，先兄年才二十三也。先兄既殁，余爲選梓《幔亭全集》，盡棄其少作。偶檢存稿，書呈異卿，異卿又當愴然耳。閏二月十日又題。

（繆荃孫輯《重編紅雨樓題跋》卷二）

附録七　諸家評論

鄧原岳《西樓集》二則

當年三謁武夷君，夢入峰頭鸞鶴群。便學徐仙同坐化，罡風吹散幔亭雲。十年書劍走天涯，五字翩翩五色霞。一自玉樓賦成後，彩毫零落不開花。

（《哭徐惟和十二首》其七、其八，崇禎間刻本《西樓集》卷十）

謝肇淛《小草齋集》三則

惟和吾渭陽，意不可一世。聰明固天縱，神力亦奔詣。蒐討殫九流，匠心游六藝。大雅振式微，逸響流雲際。燦若華嶽峰，芙蓉映朝霽。快意萬里遊，藝苑標赤幟。行年未四十，嚴霜摧芳蕙。西華困負薪，窮交半淪替。人琴今俱亡，腸斷平生契。

（《五子篇・徐孝廉惟和》，崇禎間刻本《小草齋集》卷六）

徐陳里閈久相親，鍾李湖湘非我鄰。丸泥久已封函谷，怕見江東一片雲。

（《漫興二十首》其十六，崇禎間刻本《小草齋集》卷二十九）

新詩成故物，開卷便心悲。身後名成日，人間論定時。紅顔天亦妒，俠骨世空疑。寂寞千秋意，臨流哭子期。

却憶追隨日，先探赤水珠。青雲心自薄，白雪調彌孤。事業名山在，生涯儋石無。何須借玄晏，價已重三都。

（《讀惟和詩二首》，崇禎間刻本《小草齋集》卷十四）

謝肇淛《小草齋詩話》五則

嘉、隆以來，則有郭丞文涓、林明府鳳儀、袁太守表，皆余先輩。陳茂才椿、趙别駕世顯、林孝廉春元、鄧觀察原岳、陳山人仲溱、徐孝廉熥、熥弟㶿、陳茂才价夫、孝廉薦夫、曹參知學佺、袁茂才敬烈、林茂才光宇、陳茂才鳴鶴、王山人毓德、馬茂才欻、陳山人宏己、鄭山人琰，皆先後爲余友，皆有集行世。其中豪宕不羈，揮斥八極，則鳳儀爲之冠；秀潤細密，步趨不失，則袁、趙名其家；才情宏博，多多益善，則徐氏兄弟擅其場。其他諸子，各成一家，瑕瑜不掩，然皆祢漢宗唐，間出中晚，彬彬皆正始之音也。南方精華，盡於是矣。

（天啓間刻本《小草齋詩話》卷三）

世傳林天瑞《鼓山詩》：「眼中滄海小，衣上白雲多。」然亦尋常語耳，故不及惟和「松際窺人孤嶂月，山中留客半床雲」也。天瑞詩尚有佳者，如《詠月》云：「玉露清初墜，天河迥亦流。誰憐今夜月，還似去年秋。影逐寒雲起，光緣暮杵留。關山千萬里，偏照漢家樓。」……惜其游於酒人，故不能篇篇盡美。吾郡中似當以徐惟和爲冠。其才情聲調，足伯仲高季迪，所微憾者，古體稍不及耳。鄧女高喜爲雄聲，其源蓋出歷下；陳幼孺工麗宛至，却自中、晚得來。三者皆巨擘也，皆相次夭折，悲夫。

（天啓間刻本《小草齋詩話》卷三）

嘉靖間，閩龔大司成用卿招諸賓及其婿林世璧同遊鼓山，風日恬朗，分韻賦詩。坐客皆逡巡遜讓，林時已醉，奮筆題詩，略不停思，文藻橫逸。公及諸客讀之，至「眼中滄海小，衣上白雲多」之句，擊節歎曰「吾不及也」，遂不復題。林詩至今尚在壁間，寺僧寶惜，墨色如新。最後徐孝廉惟和讀之，有詩云：「間尋老衲叩禪堂，墨蹟淋漓滿上方。一自題詩人去後，白雲滄海兩茫茫。」蓋引林語也。

（天啓間刻本《小草齋詩話》卷五）

徐惟和有友鄭君大，豪爽滑稽，喜遊山水。嘗至武夷折筍峰，峰有三梯，鄭登其一，懼而下，恐爲衆笑，乃令從者細記景物，歸而詫曰：「吾登折筍矣。」詰之，一一不謬。又數年，惟和復至武夷，宿折筍峰，有詩《懷君大》云：「幾人白首困晨氛，垂老看山獨有君。莫道年高筋力少，芒鞋曾踏一梯雲。」君大見詩，大恚曰：「道人誤我，道人誤我。」蓋當時深囑道人勿泄其事，至是見「一梯」之語，疑徐得其情也。其言所以，聞者皆爲絶倒。

（天啓間刻本《小草齋詩話》卷五）

月仙者，武林名妓也。戊子冬徐惟和北上，過而眷之。越數夕，余至，妓詢徐孝廉不去口。翊歲，下第復過，竟諧繾綣，徐作詩云：「匆匆相見未分明，别後逢人便寄聲。萬里歸期看乳燕，一春心事付流鶯。柳枝猶記當年曲，豆蔻難消此夜情。搗盡玄霜三萬杵，夢中還見舊雲英。」越三年上計，復過其地，詢之，則月仙死矣。

（天啓間刻本《小草齋詩話》卷五）

陳薦夫《水明樓集》一則

大徐吾同調，蚤歲稟英特。居常好遨遊，一一窮阡陌。探討了不聞，乃反富經籍。既解匡生詩，亦善梁丘易。起家應孝廉，徒步射奇策。魚目混隨珠，高雲綴長翮。齊瑟不爲竽，荆山豈終石。物固有推移，君情無怵迫。

（《六子詩・徐惟和》，萬曆間刻本《水明樓集》卷一）

徐𤊹《筆精》四則

相思子即今紅豆也。愚按：嶺南、閩中有相思木，歲久結子。色紅如大豆，故名「相思子」。每一樹結子數斛，非即紅豆也。惟和兄《子夜歌》：「紅豆落深坑，到底相思子。」

（《筆精》卷二「相思子」條，沈文倬點校本，福建人民出版社，一九九七年版）

國初唐肅《題陶穀郵亭圖》云：「紫鳳檀槽緑髮娼，玉堂見慣可尋常。作歌未必腸能斷，明日聽歌更斷腸。」先兄惟和曾題《秦弱蘭》一首，足爲陶學士解嘲：「莫笑郵亭一夜春，此身元已落風塵。韓家亦有花如女，枕畔衣裳着向人。」

（《筆精》卷四「郵亭圖」條，沈文倬點校本，福建人民出版社，一九九七年版）

黄旂山諱澤，字敷仲，閩之侯官人也。永樂辛卯以詩魁省闈，壬辰成進士……公以直道被讒，一去不復，廢居三十年，不忘憂國，其清風勁節，所謂薑桂老猶辣者。鄧汝高《閩中正聲》、徐惟和《晉安風雅》概未之及，豈遺集久湮，不獲寓目耶？余特表出，以志高山之仰云。

（《筆精》卷四「黄旂山」條，沈文倬點校本，福建人民出版社，一九九七年版。按：此條爲黄居中所補）

朱竹，古無所本，起于國初。宋仲温有一卷，不知何人筆，高季迪題《水龍吟》云：「淇園丹鳳飛來，幾時留得參差翼。簫聲吹斷，彩雲忽墮，碧雲猶隔。想是湘靈，淚彈多處，血痕都積。看蕭疏瘦影，隔簾欲動，應似落花狼藉。莫道清高也俗。再相逢、子猷還惜。此君未老，歲寒猶有，少年顔色。誰把珊瑚，和烟换去，琅玕千尺。細看來，不是天工，却是那春風筆。」此卷舊爲王太史家物。伯兄惟和收得之，珍若重寶，自題其後云：「根如頳虯髯，葉如丹鳳尾。有時截作釣魚竿，珊瑚亂拂桃花水；有時擲杖化爲龍，白日青天赤鱗起。能將紅霧變蒼烟，産在朱明幾洞天。須臾絳節生彤管，只向松間滴露研。」伯兄卒，卷售他人。

（《筆精》卷六「朱竹」條，沈文倬點校本，福建人民出版社，一九九九年版）

徐𤊹《與鄧道協簡》一則

足下謂僕藏生荔枝於巨竹中，神其説，啓後世之惑。此非僕之臆説也。三山元宵最盛，而神廟中各出奇珍。生荔枝留至春時，往往目擊之。家兄《元夕詞》有云：「閩山廟裏賽靈神，水陸珍羞滿案陳。最愛鮮紅盤上果，荔枝如錦色猶新。」此一證也。豈愚兄弟創爲説啓後世之惑者耶？足下居與閩山最近，試詢之鄉長老，則知吾言之不誣矣。到金陵便以語黄明立先生，僕亦非好奇之過耳。

（蔡襄《荔枝譜》卷三，鄧慶寀崇禎間刻本《閩中荔支通譜》卷十一）

徐𤊹《鼇峰集》一則

客堂寒夜檢遺篇，名在人間骨在泉。半世窮愁緣著述，千秋詞翰合流傳。夢中永絶生花筆，篋裏誰分殺竹錢。挑盡孤燈揮淚眼，一番吟詠一潸然。

（《興國寺檢編幔亭集撫卷凄然感而有作》，天啓間刻本《鼇峰集》卷十四）

徐𤊹《竹窗雜録》二則

陳良鼎，字廷器，閩清人。乙太學生需選公車，值世廟南巡，抗疏諫止，詔獄除名，黜爲民。隆慶改元，録言事諸臣，鼎已老矣。福建按察使徐中行贈之詩云：「千官扈從漢江行，扆禮山陵自聖情。總爲扣閽危萬乘，却教止輦讓諸生。精神不爲雷霆拆，肝膽仍逢日月明。世廟諫臣徵欲盡，客星猶復卧孤城。」未幾卒。伯兄唯和挽之詩云：「龍駕南巡日，何人批逆鱗。誰知伏闕者，却是布衣臣。抗疏青雲薄，憂時白髮新。至今遺廟在，蘋藻自千春。」「欲迴江漢輦，痛哭叩重閽。死諫孤臣節，生還聖主恩。青山藏疏草，白日照忠魂。寂寞荒墳上，西風啼暮猿。」夫以太學生抒忠忱而訐朝政，漢惟劉唐、何蕃，宋惟陳東，及鼎四人而已。殁後立廟崇祀。

（萬曆間刻本《榕陰新檢》卷二《忠義》「太學直諫」條引）

閩王審知墓在蓮花峰下，宣德四年爲盜所發，獲金寶無算。有司仍復修治。今題其墓者甚多，余伯兄惟和一首爲最：「玉輦何年去不回，霸圖千古總成灰。秋深兔穴依寒壟，歲久魚燈暗夜臺。故國關河甌越在，遺民蘋藻鼎湖哀。蓮花峰下黄昏月，猶見三郎白馬來。」審知在軍中好騎白馬，人呼「白馬三郎」。

（萬曆間刻本《榕陰新檢》卷十六《詩話》「詩題王墓」條引）

黄居中《徐氏筆精序》一則

興公篋伯氏惟和，狎主三山社。筆耕心織，盡抽二酉之藏；竹夕花時，足當四面之敵。

（《筆精》卷首，沈文倬點校本，福建人民出版社，一九九七年版）

曹學佺《石倉文稿》一則

我隆、萬間，三山稱博雅而攻詩文者，無過徐、謝二家。徐大令相坡先生于謝右相天池先生爲翁婿行。曰熥、曰𤊹，相坡公子也；方伯君肇淛，天池公子也。三君子者，皆能讀其父書，相爲友善。

（《明廣西方伯在杭謝公墓誌銘》，《石倉文稿》卷七）

曹學佺《金陵初稿》一則

予郡趨風雅，騷壇有弟兄。文章追古則，軒冕薄時榮。念豈山川隔，憂惟日月征。何時遂初志，聚首復班荆。

（《寄同社徐興公諸子》，《金陵初稿》）

姚旅《露書》二則

姑蘇沈野作《寒食》一詩：「厨下由來烟火斷，不知寒食是今朝。」徐𤊹賞其語，往訪之。及進閶門，重門已閉，進退不得，因於簷下坐一夜。沈因是得名。

徐惟和才情藻麗，爲晉安巨擘。其弟惟起《古意新聲》十首，以宋錦裁新衣，彩色奪目，當與並驅。

（《露書》卷三《韻篇》上，福建人民出版社，二〇〇八年版。第二則又見周亮工康熙間刻本《閩小記》卷三「徐惟和」條，文字稍異）

李時成《白湖集》一則

《後十子詩選》者，以志前也。「前十子」誰？「前十子」則林子羽、王孟敭諸君子，翩起洪、永間，有若親試於臨軒，若運應於辟命，若賁于丘園，若私淑入室者，其集之行也。爰自成、弘以迄隆、萬，又百有餘年，則又有《後十子集》。後者如鄭吏部繼之、傅山人木虛、林方伯道近、林明府姬臣、袁表太守公景從、林文學天瑞、林孝廉叔寅、徐孝廉惟和、陳太守元凱、林文學子真。其爲詩也，則予之所選而集者也。……徐熥，字惟和，閩縣人。萬曆十六年鄉薦。熥夙以風雅自命，刻意稱詩，有《幔亭集》二十卷。性好客，客自外至，則傾貲賙之，以故家日落。多結交海内名士，終歲郵筒勿絶也。閩自隆、萬以來，學士大夫尚經學，而詩道寖衰，熥起而勇爲之倡，至今家絃户歌，雅道復興，寔與其力焉。

（《後十子詩選序》，崇禎間刻本《白湖集》卷十二）

吴梅村《魏憲百名家詩選序》一則

閩中山水奇秀甲天下，咸萃于文人之身。自林鴻子羽崛起，談詩一時，相唱和者有「十子」之稱。嗣是鄭繼之俎豆少陵，陳幼孺、伯孺、徐幔亭、鼇峰頡頏一代，爲中原所景仰。

（吉林大學圖書館藏康熙間魏氏枕江堂刻本魏憲《百名家詩選》卷首）

朱彝尊《曝書亭集》一則

明自萬曆後作者散而無紀，後之選者不加審擇，甄綜寥寥。嘉靖七子後，朝野附和，萬古同聲。隆慶鉅公，稍變而歸於和雅。定陵初禩，北有于無垢、馮用韞、于念東、公孝與暨季木先生，南有歐楨伯、黎惟敬、李伯遠、歐用孺、徐惟和、鄭允升、歸季思、謝在杭、曹能始，是皆大雅不群。

（《答刑部王尚書論明詩書》，文淵閣《四庫全書》本《曝書亭集》卷三十三）

朱彝尊《靜志居詩話》四則

徐熥，字惟和，閩縣人。萬曆戊子舉人。有《幔亭集》。

惟和力以唐人爲圭臬，七絶原本王江寧，聲諧調暢，情至之語，誦之盪氣迴腸。《送人游吴楚》云：「津亭煙柳緑垂絲，萬里關山匹馬遲。去國正當春盡後，登樓多在日斜時。楚江草長悲鸚鵡，吴苑花深走鹿麋。話别何須共惆悵，秋風揺落是歸期。」

（《靜志居詩話》卷十六「徐熥」條，人民文學出版社，一九九〇年版）

天瑞爲龔祭酒用卿女婿，嘗從婦翁遊鼓山，分韻賦詩，時天瑞已醉，詩成題壁，有「眼中滄海小，衣上白雲多」之句，坐客皆歎以爲不及。徐惟和詩云：「閑尋老衲叩禪堂，墨蹟淋漓滿上方。一自題詩人去後，白雲滄海兩茫茫。」蓋爲天瑞作也。

（《靜志居詩話》卷十八「林世壁」條，人民文學出版社，一九九〇年版）

興公藏書甚富，近已散佚。予嘗見其遺籍，大半點墨施鉛，或題其端，或跋其尾，好學若是。故其詩典雅清穩，屏去犄浮淺俚之習，與惟和稱二難。

（《靜志居詩話》卷十八「徐𤊹」條，人民文學出版社，一九九〇年版）

閩自十才子後，惟少谷小變，而高、傅之外，寥寥寡和。若曹能始、謝在杭、徐惟和輩，猶然十子才調也。

（《靜志居詩話》卷二十一「曹學佺」條，人民文學出版社，一九九〇年版）

杭世駿《榕城詩話》二則

有明選輯閩詩者，閩縣鄧汝高原岳撰《閩詩正聲》、懷安陳仲聲元珂撰《三山詩選》、閩縣徐惟和熥撰《晉安風雅》。徐興公𤊹《榕陰新檢》恒引《晉安逸雅》，其書不可見。

（乾隆間刻本《榕城詩話》卷中）

《晉安風雅》凡十二卷，自洪永迄萬曆，總二百六十餘人。凡例云：「閩得什六，侯官、長樂各得什一，懷、福共得什一，古田、永福、連江僅得什一。若羅源、閩清，則風氣未開，或有待也。」《序》謂：「不論窮達顯晦，皆因詩采拾。至於野狐外道、格律稍畔者，雖有梁、竇之權，不敢濫廁片語，爲雅道蟊賊。」

（乾隆間刻本《榕城詩話》卷中）。又見《晉安風雅提要》，《四庫全書總目》卷一九三，中華書局，一九六五年版）

鄭方坤《全閩詩話》一則

先生（元按：指鄭邦祥）遂與在杭謝公，能始曹公，惟和、興公二徐公主持斯文，爲騷壇弁冕，口誅筆擊，與世之號爲眉目者不能無齟齬。

（文淵閣《四庫全書》本《全閩詩話》卷八「先曾祖鄭孟麐公」條）

沈德潛《明詩别裁集》三則

熥，字惟和，閩縣人。萬曆戊子舉人。惟和近體宗法唐人，在詩道冗雜時遇之，如沙礫中得簡珠也。七言絶尤能作情至語，在李庶子、鄭都官之間。

（《明詩别裁集》卷九，上海古籍出版社，一九九七年版）

（《金陵故宫》）閲五、六知當時初無遜國之事，蓋帝與后同在灰燼中也。史氏《致身録》之誣，神廟時人俱能言之，得錢牧齋諸人之辨益明。

（《明詩别裁集》卷九，上海古籍出版社，一九七九年版）

絶句七章（元按：指《丹陽遇陳十八》、《長門怨》、《郵亭殘花》、《酒店逢李大》、《芋江驛樓送張四之白下》、《禦兒舟中别朗公》、《寄弟》），詞不必麗，意不必深，而婉轉關生，覺一種至情餘於意言之外。

（《明詩别裁集》卷九，上海古籍出版社，一九七九年版）

黄任詩一則

擬築伊人宛在堂，蒹葭秋水但蒼蒼。傅高合配曹徐謝，待我來分上下床。傅汝舟與高瀔約偕隱西湖，有《擬築宛在堂》詩。

（《毗陵潘中丞重浚西湖余暇日出遊感今追昔成詩二十首殊愧鄙俚聊當棹歌漁唱云爾》其十，乾隆間刻本《秋江集》卷五）

徐永祚《閩遊詩話》一則

《小草齋詩話》云：「世傳林天瑞《鼓山詩》：『眼中滄海小，衣上白雲多。』然亦尋常語耳。不及惟和『松際窺人孤嶂月，山中留客半牀雲』也。」余謂林詩誠未爲佳，然徐惟和二語亦太小，與鼓山不稱。不若傅汝舟一聯，云：「白爲滄海浪，青入島夷山。」

（乾隆間刻本《閩遊詩話》卷中）

黄日紀《全閩詩儁》一條

徐熥（底本均誤作燧），字惟和，閩縣人。萬曆戊子舉人。著有《幔亭集》。其《旅次石頭岸》云：「石頭城下水微茫，回首鄉關驛路長。瓜步煙波連斷靄，秦淮雲樹隔斜陽。秋高落木迷村舍，夜靜寒潮到女牆。客裏愁心已如此，一聞南鴈更淒涼。」又《客中寒食》云：「去歲燕山道，今朝劍水濱。如何兩寒食，俱作異鄉人。」又《丹陽遇陳十八》云：「丹陽渡口遇同鄉，欲語匆匆怨夕陽。君返江南我江北，雲山千疊斷人腸。」又《酒店逢李大》云：「偶向新豐市裡過，故人尊酒共悲歌。十年別淚知多少，不道相逢淚更多。」又《元夕懷李伯實（元按：底本誤作賢）》云：「往事傷心倍可憐，故人今夜渺雲天。燈光月色鞦韆影，已隔春風二十年。」惟和風格神韻全似中唐高手。其爲張幼于、王伯穀所推許，益信名下果無虛也。

（乾隆間刻本《全閩詩傳》卷五）

莫友棠《屏麓草堂詩話》二則

宛在堂在榕垣迎仙門外之小西湖……今湖心有堂，乃國朝康熙初建也。乾隆初，黄莘田先生立明林子羽、王孟敭、鄭少谷、高宗呂、傅木虛、葉文忠、曹忠愍、徐幔亭、興公、謝在杭十子於堂而祀之。風雅間歇，久被開化寺僧占爲賃棧之所也。道光四年，孝廉王成旗爲捐貲，出停棧，掃除而重新之。增謝雙湖、陳叔度及黄莘田栗主，春秋兩祀，邀同人作竟日之遊。

（道光間刻本《屏麓草堂詩話》卷二）

東越之詩……在明有張翠屏、林登州、二藍、十子及楊文敏、柯竹巖、鄭山齋、林見素、張襄惠、林方齋、朱損岩、鄭少谷、王遵岩、邱止山、徐惟和、惟起、謝在杭、曹石倉諸人，莫不管領風騷，自開户牖。而錢東澗乃詆晉安一派，則以高廷禮之《品彙》、《正聲》終明一世館閣宗之。牧齋釁起爭名，語多吹索，登枝捐本，飲水譏原，固哉。蒙叟之爲詩也。

（道光間刻本《屏麓草堂詩話》卷十四）

汪端《明三十家詩選》六則

七言律，文成激昂悲感，青邱超妙清華……此外，邊華泉、徐惟和兄弟、曹志節、程孟陽諸家，圓秀娟妍，得衷合度，要皆不失名家也。

（同治間刻本《明三十家詩選・凡例》）

五言絶，青邱、昌穀、華泉、茂秦，並得王、韋之髓，王子衡、徐惟和、范東生、林初文，亦有佳制，此外殊寥寥矣。

（同治間刻本《明三十家詩選・凡例》）

七言絶……徐惟和兄弟、曹忠節、程孟陽、王介人、范東生、謝在杭、林初文諸人，措詞婉雅，綽有餘妍，斯可與劉賓客、鄭都官把臂入林耳。

（同治間刻本《明三十家詩選・凡例》）

𤊹，初字惟起……萬曆中，與兄熥及曹能始狎，主閩中詞盟，後進皆稱「興公詩派」。

（同治間刻本《明三十家詩選》二集卷七上）

幔亭、鼇峰昆季詩，並以青邱爲矩矱。其古詩固不能逮，近體風度清新，神骨雋異，頗造其域，而一氣渾成處，亦復相去尚遠，不免有桓宣武似劉司空之恨。此蓋才力所限，非二子之過也。然當霧霾充塞時，獨能不師僞體，遠溯正宗，可謂卓識絶人，超然塵外者矣。

（同治間刻本《明三十家詩選》二集卷七上）

明初閩中十才子專學盛唐，萬曆間徐幔亭昆季、曹石倉及在杭諸人，則兼法錢、劉、元、白並洪武諸家，雖前後宗尚微有不同，要皆精研格律，無忝正聲。

（同治間刻本《明三十家詩選》二集卷七上）

梁章鉅《東南嶠外詩話》三則

《明史·文苑傳》稱：閩中詩文自林鴻、高棅後，閲百餘年鄭善夫繼之。迨萬曆中年曹學佺、徐𤊹繼起，謝肇淛、鄧原岳和之，風雅復振。不及於熥，惟𤊹傳中附見其名。然𤊹以博學稱，亦復工文；熥以詞采著，亦未嘗無學，二人因未易優劣也。

（道光間刻本《東南嶠外詩話》卷九「徐熥」條）

沈歸愚稱徐惟和近體宗法唐人，當詩道冗雜時遇之，如砂礫中箇珠也。七絶尤勝，在李庶子、鄭都官之間。按《幔亭集》近體好句美不勝收，五言如：「僧歸殘雨寺，樵度隔雲村。」「花落鳥聲寂，草多熒火繁。」「溪曲斜流月，峰多亂占雲。」「憶弟吟春草，思親望白雲。」「八口蠻煙路，千家野哭聲。」「夢回瓜步月，人隔秣陵關。」「樹影緣山轉，溪流向縣分。」「颶風吹海暗，蠻雨洗天涼。」「雲邊芳草路，花外夕陽山。」「兒女他鄉淚，鶯花故園心。」七言如：「一秋桃葉居淮水，十月梅花夢敬亭。」「彭蠡驚濤雲外聽，匡廬飛瀑月中看。」「二水空舟歸棹遠，三吴秋色一分江。」「緑波春草長途別，白社蓮花半日開。」「去國正當春盡後，登樓多在日斜時。」「暮靄晴飛巖瀑翠，秋煙寒隱石燈青。」「戍樓畫角吹霜落，別浦漁舟棹月還。」洵可謂力追古則，盡滌時趨。若《同陳惟秦夜坐》云：「世味隨年減，浮生到夜間。」《送惟起弟》云：「兩地雁鴻難顧影，一時鸞鶴總離群。」則真至之語，尤爲集中上乘。

（道光間刻本《東南嶠外詩話》卷九「徐熥」條）

沈歸愚極賞幔亭《郵花》一絶，云：「征途微雨動春寒，片片飛花馬上殘。試問亭前來往客，幾人花在故園看。」以爲維（元按：當作「惟」）和絶句詞不必麗，意不必深，而宛轉關生，一種至情餘於意言之外。按：《幔亭集》中如《芋江樓送友人還白下》云：「春風吹柳萬條斜，極目金陵隔暮霞。不必相思當後夜，片帆開處即天涯。」又《逢李大》云：「偶向新豐市里過，故人尊酒共悲歌。十年别淚知多少，不道相逢淚更多。」《寄弟》云：「春風送客翻愁客，客路逢春不當春。寄語鶯聲休便老，天涯猶有未歸人。」皆能情文兼至，沁人心脾。

（道光間刻本《東南嶠外詩話》卷九「徐熥」條）

興公集中警句，清真婉至，足與幔亭抗衡。

（《東南嶠外詩話》卷九「徐㶿」條，道光刻本）

林昌彝《射鷹樓詩話》二則

「諸將漢家騫日月，故人天上動星辰」，此吾閩徐幔亭徐熥《過釣臺詩》也。下語渾成，不可多得，以視「一著羊裘便有心」及「雲臺怎比釣臺高」、「羞見先生面，黄昏過釣臺」等句，相去遠矣。

（《射鷹樓詩話》卷九，上海古籍出版社，一九八八年版；按：此本作「熥」爲「熥」之訛。「諸將」二句見熥《雪中登富春山》，《幔亭集》卷七）

西湖宛在堂祀明林子羽、王孟敭、鄭少谷、高宗吕、傅木虚、葉文忠、曹節愍、徐幔亭、徐興公、謝在杭十人，乾隆初黄莘田所立也。

（《射鷹樓詩話》卷十，上海古籍出版社，一九八八年版）

吾閩前明詩家，自林子羽以下十子總持詩教，及鄭少谷出，乃大振騷壇，雄視一代。繼之者曹石倉、黄石齋、徐幔亭、徐興公、謝在杭諸君，可稱一時風雅。錢虞山論詩每鄙薄閩中詩派，豈非坐井觀天，蜉蝣撼樹乎？虞山目閩人詩爲林派，謂林子羽也。

（《射鷹樓詩話》卷十七，上海古籍出版社，一九八八年版）

謝章鋌《論詩絶句三十首》一則

當年鼎足曹徐謝，巨擘還應讓石倉。森閣飄零陳叔度，招魂箕尾髮如霜。

（《賭棋山莊詩集》卷五，陳慶元編《賭棋山莊稿本》，江蘇古籍出版社，二〇〇〇年版）

謝章鋌《論詩絶句》一則

曹謝鍾譚總兩歧，當年閩派盛藩籬。可憐换劫紅羊後，苦調高彈林茂之。

（《書林古度詩卷後》，光緒間刻本《賭棋山莊詩集》卷一）

謝章鋌論詩一則

海内談詩《小草齋》，曹徐里社自分題。

（《一自》，光緒間刻本《賭棋山莊詩集》卷二）

謝章鋌詩一則

勞生爲邱壑，此意解何人。詩卷自能古，名山合卜鄰。倘知薦秋水，應與指迷津。香火接空翠，松泉遠有神。

（《五賢祠瞻禮先方伯在杭先生並曹徐諸先輩主》，《賭棋山莊詩集》六，福建省圖書館藏稿本）

謝章鋌《賭棋山莊詞話》一則

明季閩縣徐熥、徐𤊹兄弟競爽。熥以詩顯，所著有《幔亭集》。𤊹以博洽聞，插架甚富，丹鉛歷落，至今流傳，尚爲世寶。

（《賭棋山莊詞話》卷五「徐𤊹」條，《詞話叢編》本，中華書局，一九八六年版）

謝章鋌《圍爐瑣憶》一則

在杭侍兒名桃葉，幔亭侍兒名紫玉，俱能詩。

（《圍爐瑣憶》，光緒辛丑《賭棋山莊筆記合刻》本）

謝章鋌《課餘續録》一則

明人重聲氣，喜結文社，季世幾、復二社與國運相終始。若閩之鼇峰詩社，則始于鄭少谷、高石門、傅丁戊，繼之者徐幔亭、興公兄弟、曹能始、謝在杭也。

（光緒庚子刻本《課餘續録》卷二）

楊浚《論次閩詩》一則

晉安風雅師前輩，緑玉齋中什襲多。能奉唐人作圭臬，興公詩派幔亭歌。徐熥、徐𤊹。

（《論次閩詩》九十首其八十六，《萬首論詩絶句》引《冠悔堂集》，人民文學出版社，一九九一年版）

陳田《明詩紀事》五則

惟和才思婉麗，五言近體取法唐人。工于發端，婉轉關生，有一氣不斷之妙。惟和《自題小像》詩云：「五字吟成心獨苦，不知身後得傳無。」可謂甘苦自得之言。《詩綜》未録五言律一篇，豈未見《幔亭》全集耶？

（《明詩紀事》庚籤卷三「徐熥」條，上海古籍出版社，一九九三年版）

興公七言，可隨肩惟和，五言近體微少變化，應當推乃兄獨步。

（《明詩紀事》庚籤卷三「徐𤊹」條，上海古籍出版社，一九九三年）

伯孺、幼孺兄弟，稱詩品略相似。徐惟和《晉安風雅》有幼孺序云：「非性靈不談，脱飣餖如屣。」知其風旨所在矣。

（《明詩紀事》庚籤卷八「陳薦夫」條，上海古籍出版社，一九九三年版）

汝高詩音節俊爽，長於七律。與謝在杭、徐惟和輩結社。在杭推爲嘉、隆後閩人之冠，假借云爾。余衡其才品，當在二人之次。

（《明詩紀事》庚籤卷十七「鄧原岳」條，上海古籍出版社，一九九三年版）

田按：非熊以《秦淮鬭草篇》得名，萬曆末詩家長篇如徐興公《玉主行》、鄭翰卿《半生行》、林初文《蛾眉篇》、徐惟和《帝京篇》，俱有盛名，要不如非熊此篇爲最。

（《明詩紀事》庚籤卷二十五「吴兆」條，上海古籍出版社，一九九三年版）

郭柏蒼《柳湄詩傳》二則

（鄧原岳）詩與曹、謝、安、陳、二徐並著，時稱「七子」。七子詩以陳薦夫、徐熥、曹學佺爲最，鄧原岳、安國賢次之，謝肇淛、徐𤊹又次之。

（光緒沁泉山館本《全閩明詩傳》卷三十三）

明代福州世有著作者，推王、陳、徐、許。王者，侯官王褒之後，及懷安王佐後人；陳即衎家，六代皆有集；徐則棉及二子熥、𤊹，𤊹子延壽、孫存永；許則豸及王必、友、遇、均、鼎也。

（光緒沁泉山館本《全閩明詩傳》卷四十二引《柳湄詩傳》。按：存永即延壽，孫震，字器之。郭氏誤記。）

郭柏蒼《竹間十日話》一則

謝在杭性吝嗇。陳介夫往姑蘇，告行於徐惟和。和作詩箋贈之，兼简在杭。囑云：「若告歸日行囊蕭瑟，取吾箋令見之。」詩云：「離筵酒盡即他鄉，豈爲分携始斷腸。失路客身輕似葉，倚門親鬢白於霜。歸装不望中人産，内顧先營百日糧。未必綈袍能解贈，秋風先（《幔亭集》作「臨行還」）。囑寄衣裳。」及往，果如言。在杭挐而觀之，曰：「惟和廋我，我適有不及矣。」留伯孺數時，厚禮而歸之。

（光緒間刻本《竹間十日話》卷五）

陳衍《石遺室書録》一則

《石遺室書録》云：熥與弟𤊹齊名，稱「二徐」。此集與公先生所葺。又云熥友陳薦夫所選。詩十四卷，一千六百餘首。大略樂府、五言效漢魏六朝，七言古皆轉韻，另有五言聲詩十餘首。聲詩者，平韻有對，而上下聯失粘者也。五律宗唐賢，七律似前後七子，五言絶句八十首，迴環讀者四十首。七絶似劉後村。外詩餘一卷。《千頃堂書目》作二十卷。前有謝吉卿序，言烏石山有高賢，祀七閩先輩善詩者六十餘人，惟和卒，輿論以惟和主合祀其中云。

（民國《福建通志·藝文志》卷六十三）

附録八　徐熥年表

凡　例

本表大致分爲三部分：一、總述；二、生前；三、身後。總述，編排譜主籍貫、世系、性格、好尚、藝文成績等。生前，分年編排，逐年編排譜主的各種活動。身後，分年編排譜主殁後親友的追懷。

本表大目爲年，生前以「是歲」標示，身後以「本年」標示。

本表只列綱目，不作引證考徵。

譜主爲一介文人，本表在時事方面無多記述。

徐𤊹（一五六一—一五九九），字惟和，别字調和，號幔亭。晚欲以字行，不果。閩縣（今福建福州）人。

始祖曰徐晦，居福建連江。至天一處士由連江遷至懷安荆山，世居焉。太祖貞，又名景宗，字三保，謚宣義，孟房信支祖。始自荆山遷至臺江。高祖旭，字孔明。曾祖鏗，字振聲。遷居鼇峰，遂世居焉。祖演，字汝長。

父棉，字子瞻。永寧令。能詩及書，又喜藏異書。有《徐令集》，又有《周易通解》、《養生纂要》、《世説紀稱》；又有未完稿《晉宋人物考》。

世居九仙山鼇峰下，舊有樓曰「紅雨」；又構齋號「緑玉」。

嘉靖四十年辛酉（一五六一）生。弱冠，選入郡庠生。萬曆十六年戊子（一五八八），成舉人；上春官，十年三下第。豪于詩，踵漢魏，追三唐，諸體兼善，盡滌時趨。與鄧原岳、謝肇淛復振閩中風雅，結社三山、芝山；尤工七律，時論歸美。與弟𤊹、熛齊名，世謂「三蘇繼作」。名入「晉安七子」、「竹林後七賢」、隆萬「後十子」。歷七寒暑，輯選《晉安風雅》；有堂號「風雅」。疑又選有《婺賢文軌》四卷。偶畫山水花鳥。多藏奇書、字畫、古硯。書效法《聖教》、《興福》，有古意。性疏狂。讀二氏書，從緇黄者遊。好客，戶外履長滿，人稱「窮孟嘗」。

母陳氏。生母林氏。妻鄭氏。侍兒名紫玉，能詩。仲弟㷍，天啟、崇禎間與曹學佺主閩中詩壇，後進學其詩，稱「興公詩派」；季弟熛。長姐淑，陳氏所出，適謝汝韶，生子謝洙。妹潔，林氏所出，適鄒氏。子二：莊、夔。女一：坤。孫二：鍾泰、鍾俊。侄陸、阿室、隆、陵等。侄孫鍾震、鍾咸等。

萬曆二十七年（一五九九）卒，年三十九，愛妾去帷，家奴遣散。葬鹿坪山。入祀高賢祠；又入祀西湖宛在堂、鼓山五賢祠。

著有《幔亭集》二十卷；選輯《晉安風雅》十二卷；又撰《閩中舊事》，未成一簣。生平喜稱鄭善夫。

明世宗朱厚熜嘉靖四十年辛酉（一五六一）　一歲

三月初三，生。

是歲，林春澤（一四八〇—一五八三）九十二歲，父徐棉（一五一三—一五九一）四十九歲，李攀龍（一五一四—一五七〇）四十八歲，母陳孺人（一五一八—一五九二）四十四歲，王應山（一五二一—一六〇二之後）四十一歲，王世貞（一五二六—一五九〇）三十八歲，宗周（一六二八—一五九六）三十三歲，陳省（一五二九—一六一二）三十二歲，陳椿（一五三四—一五九九）二十八歲，陳公選（一五三四—一六〇二）二十八歲，張獻翼二十八歲，王穉登二十七歲，佘翔二十七歲，王世懋（一五三六—一五八八）二十六歲，生母林氏（一五三六—一六〇八）二十六歲，袁表（一五三七—一五九三）二十五歲，謝杰（一五三七—一六〇四）二十五歲，謝汝韶（一五三七—一六〇六）二十五歲，顧大典（一五四一—一五九六）二十一歲，陳第（一五四一—一六一七）二十一歲，趙世顯（一五四二—一六一〇）二十歲，周如塤（一五四二—一五九二）二十歲，屠隆（一五四三—一六〇六）十九歲，李維楨（一五四七—一六二六）十五歲，陳益祥（一五四九—一六〇九）十三歲，林章（一五五一—一五九九）十一歲，王崑仲（一五五一—一六三〇之後）十一歲，林應起（一六五二—一六三二）十歲，鄧原岳（一五五五—一六〇四）七歲，陳仲溱（一五五五—？）七歲，林應聘（一五五六—一六〇九）六歲，何玉成（一五五六—一六二九）六歲，陳宏己（一五五七—一六四二）五歲，董應舉（一五五七—一六三九）五歲，陳价夫（一五五七—一六一四）五歲，何喬遠（一五五八—一六三一）四歲，葉向高（一五五九—一六二七）三歲，陳薦夫（一五六〇—一六一二）二歲，陳勳（一五六〇—一六一七）二歲，馬欻生。

嘉靖四十一年壬戌（一五六二）　二歲

是歲，謝汝韶授錢唐廣文。

是歲，黄居中生。居中，字明立，晉江人，萬曆十三年（一五八五）舉人。有《千傾堂初集》。

是歲，倭數犯閩，先後陷寧德、政和、興化。戚繼光在福清大破倭寇。

嘉靖四十二年癸亥（一五六三）　三歲

是歲，俞大猷、劉顯、戚繼光合擊破犯莆田、長樂倭。

嘉靖四十三年甲子（一五六四）　四歲

是歲，熥配鄭氏生。

是歲，總兵戚繼光督諸將剿倭于漳州；海寇吴平破漳州玄鍾所。

嘉靖四十四年乙丑（一五六五）　五歲

是歲，父棉爲歲貢。

是歲，閩東將領分别破犯永寧衛、烽火門等處倭寇。

嘉靖四十五年丙寅（一五六六）　六歲

是歲，父棉于京師得《唐詩三體》一册。

是歲，戚繼光截殺犯永寧衛倭。

明穆宗朱載垕隆慶元年丁卯（一五六七）　七歲

是歲，謝肇淛（一五六七—一六二四）生。

是歲，把總朱璣追剿登突南日、海壇倭。

隆慶二年戊辰（一五六八）　八歲

是歲，謝肇淛父汝韶除安仁令。

隆慶三年己巳（一五六九）　九歲

是歲，父棉官江西南安府儒學訓導。隨父在南安。

隆慶四年庚午（一五七〇）　十歲

七月，初二日，弟㶿（一五七〇—一六四二）生。

是歲，隨父在江西南安。

隆慶五年辛未（一五七一）　十一歲

是歲，隨父在江西南安。

隆慶六年壬申（一五七二）　十二歲

是歲，隨父在江西南安。

是歲，謝汝韶遷郡司馬、同知承天府。

明神宗朱翊鈞萬曆元年癸酉（一五七三）　十三歲

是歲，父爲茂名儒學教諭，隨父到茂名。父課諸生，熥亦在其中，棍比之爲唐代少年蘇頲。父郡教官試第一。

是歲或稍後，得識高涼李逢。

萬曆二年（一五七四）　十四歲

是歲，父郡教官試復第一。隨父在茂名。

是歲，曹學佺生。

萬曆三年乙亥（一五七五）　十五歲

是歲，隨父在茂名。

萬曆四年丙子（一五七六）　十六歲

是歲，父擢江西永寧令，隨至永寧。

是歲，告别茂名友人陳建聖。

是歲或稍後，作《先伯父友軒公傳》。按：徐梅，字子魁，號友軒，弘治十八年（一五〇五）生，嘉靖二十九年（一五五〇）卒（據《荆山徐氏譜》）。

是歲，季弟熛生。

萬曆五年丁丑（一五七七）　十七歲

是歲，隨父在江西永寧。

是歲，林光宇（一五七七—一六〇四）生。

萬曆六年戊寅（一五七八）　十八歲

是歲前後，爲邑庠生。

是歲或次歲，娶鄭氏女。

是歲，父辭永寧令，過江西鉛山，壁間題留。爲微官十年，僅置宅一區，買田數畝。

是歲，夏，侯官、懷安大水。秋，大旱。

萬曆七年己卯（一五七九）　十九歲

是歲前後，豪於詩。不喜經生業，然而及試，皆異等。

是歲，縣考童生第七名，補博士弟子員。

是歲，府考童生。鄉試，不利。

萬曆八年庚辰（一五八〇）　二十歲

是歲，父自營壽藏于閩縣易俗里岳後山。

是歲，謝汝韶致仕。

萬曆九年辛巳（一五八一）　二十一歲

約於是歲，與謝肇淛等往還無間，酒人市上，少年場中，無不俱。

萬曆十年壬午（一五八二）　二十二歲

是歲，鄉試，二不利。

萬曆十一年癸未（一五八三）　二十三歲

是歲，初學《唐三體詩》，並批點，而未爲中的。

是歲，林方壺卒，作《哭林方壺先生》詩。

是歲，趙世顯成進士。

萬曆十二年甲申（一五八四）　二十四歲

夏，登鼓山。作《重游喝水岩萬曆甲申年夏》，略云：「當年舊社成陳跡，春雨春花點地斑。」（黃任《鼓山志》卷十二）按：徐熥詩作年可考者似以此篇爲最早。

是歲，有樵川之役，客邵武通判李逢傳舍半年。于嵩山蘭若識齊將軍；又遇鹿白（守黑）山人作傳。

是歲，長子莊生。

萬曆十三年乙酉（一五八五）　二十五歲

是歲，王世懋（一五三六—一五八八）督學閩中，讀熥《易義》，爲之擊節。熥考第六名。省試，已入圍，有阻之者。三不利。自是與陳椿、陳鳴鶴、陳仲溱、陳宏己、鄧原岳、謝肇淛、陳价夫、陳薦夫等結社賦詩，殆無虚日。

是歲，結識莆田游士豪。

萬曆十四年丙戌（一五八六）　二十六歲

是歲，周之夔生、陳衎生、鄭邦祥生。

萬曆十五年丁亥（一五八七）　二十七歲

是歲，登鼓山，重宿靈源洞。

是歲，與謝肇淛執經事顧大典。

是歲，始交陳邦注（平夫）。時陳价夫（伯孺）客珠崖，陳薦夫（幼孺）病，與「二孺」詩往來。

是歲，疑舉家有電白之行，遇亂。

萬曆十六年戊子（一五八八）　二十八歲

是歲，匯考第二名。

是歲，以《詩經》舉於鄉。爲太史楊起元所取士。

夏，有詩贈伎李儀卿，又制《青樓俠氣卷》。

秋，爲陳邦注《釣磯集》作序。登鼓山。

十一、十二月間，與謝肇淛北上會試。舟次小箬溪、泛劍津，越何嶺、塔嶺、仙霞、西陽諸嶺，次龍丘。登富春山，過武林，眷妓月仙；過姑蘇，訪王稚登。十二月，廿七日過毘陵，廿九日至雲陽（南徐州），除日于雲陽守歲，凄然有鄉閭之感，與謝肇淛相與欷歔。

萬曆十七年己丑（一五八九）　二十九歲

正月，與謝肇淛北上。元日，泊舟京口。二日，由京口過揚子江。三日，過邵伯埭。六日，經淮陰拜漂母廟。八日，過下邳。十日，過彭城；在彭城見一異鏡。十九日，發彭城。廿日，至沛。廿一日，渡沙河。廿三日，宿汶上。廿四日，至阿。廿七日，過恩縣，暮抵德州。廿八日，過景州。廿九日，宿河間府城下。途中作《帝京篇》，頗見豪情。

二月，二日與謝肇淛至涿州，四日過潞河，日昃入京師。京士皆走爝，讀其詩，皆歎息。九日入院試，望後出。疥足呻吟，望與莆人陳翰臣晤談語。聞永陽盜猖獗，憂之。

三月，在京師。清明，與謝肇淛過燕南陳翰臣旅邸。下第，交結天下名士。擬出仕，謝肇淛勸其還山，時橐中金欲盡矣，親識者貸之，日浮于天庭、香山諸寺中。十六日，謝肇淛出都。徐熥後於謝肇淛出都南下。

四月，謝肇淛自上月二十七日于彭城遲熥，四晝夜，即本月初二，熥後至。游邵伯湖，六日，過淮陰。九日，抵瓜州。十日，渡江。十一日，抵毘陵。十二日，陟虎丘。十三日，訪張獻翼於曲水草堂，又於諧賞園別顧大典，又訪王稚登。十四日，過婁江，謁王世懋墓，哭之。十六日，宿吴江顧先生家，先生角巾出迎。次日，登舟。二十日，江鐸招遊；過杭州六和塔賦詩，欲題壁，遭僧呵叱；復過月仙，贈詩。廿六日，過嚴陵臺。廿八日，泊蘭溪，日與謝肇淛談，鋒甚健；颸風撼舟，波濤溯湃；渡江，舟幾覆。

五月，四日，抵清湖。五日，過江郎山，越仙霞嶺。六日，至浦城，嶺滑甚，歎風雨亦來作惡；七日，在浦城觀龍舟。八日，登舟；十日抵建寧（今建甌）。十一日，過黯淡灘。灘巨險，色栗生寒，汗津津下；夜泊吉溪。十二日，至囦溪，夜泛白沙。十三日，至家。

夏秋間，于紅雨樓南園中構小齋，名「绿玉」。作《绿玉齋記》：「余家九仙山之麓，寢室後有樓三楹，顔曰『紅雨』。樓之南有園半畝，園中有小阜……歲己丑，余下第還山，乃易構小齋于山之坪。」（《幔亭集》卷十七）

七月，夏旱，入秋猶不雨，三農絶望，米價騰湧。

八月，謝肇淛、陳椿、陳薦夫等過緑玉齋，有詩。中秋，飲西湖澄瀾閣觀妓。

八、九月間，經沙溪口，會宗周。經劍浦，重陽前一日至邵武，寓寶嚴寺。

十二月，江郡守招飲西湖。除夕，同陳宏己過訪曾仕鑒。除夕，與家人盡享天倫之樂，亦是一喜。

冬，爲周櫟撰墓誌銘。

是歲，永福（今永泰）陳令平寇，爲作《永福陳令平寇録序》。

是歲，爲莆田周如塤山人作《周所諧詩序》。

是歲前後，作《烏石山訪虚公》。

是歲前後，陳薦夫作《六子詩·徐惟和》。

萬曆十八年庚寅（一五九〇）　三十歲

正月，元日，曾仕鑒過訪；有詩送曾仕鑒回嶺南。

二、三月間，有南劍（今南平市延平區）之行，登劍州明翠閣。此間，謝肇淛同陳鳴鶴過緑玉齋，謝有詩懷熥。

七、八月間，回會城後，與陳鳴鶴等集陳椿山齋。

九月，九日與陳椿登于山；陳宏己等登鼓山，爲作《遊山集序》。

十月，與謝肇淛等訪曾文表。

十二月，歎其貧寒；淫雨經旬。約陳椿、陳鳴鶴、陳振狂、弟徐熛、甥謝肇淛出城至藤山看梅，宿陳宏己蘆中磯。

是歲，源溪黃隱君貽《高秦仲山水圖》，藏之。

是歲，弟㸌長子陸生。後陸聘陳价夫季女陳懷珮。

萬曆十九年辛卯（一五九一）　三十一歲

春，過宿南臺陳宏己吸江亭，林應起面壁洞。同林應憲、鄧原岳、王崑仲及弟㸌游錦溪竹林，有詩。與陳仲溱、弟㸌等遊鼓山，經湧泉廢寺。

夏，與林應憲、鄧原岳、弟興公遊錦溪竹林。

七月，父棉召熥、㸌，擬爲書生平得意詩；前此，熥曾爲彙刻一帙。

八月，六日，離家北上春官，吐氣如虹。同行者有莆田陳翰臣。謝肇淛、陳鳴鶴等送到芋江驛。過劍溪溯流而上。

九月，次檇李，得疾，臥船不知人者五日。過吴門，偶得疾，不知人者數日，猶索沈野，十日不得；去後有詩懷沈。九日，集于張獻翼曲水草堂，獻翼贈寫本《陸士龍集》，熥有題跋以記其事。又于滸墅逢王稚登。又與閔齡邂逅金山，謂閔齡爲青華之士。至京口。是月，二十一日，父棉卒於家，年七十九。

十月至十一月望，與陳翰臣過廣陵，訪吴運嘉、陸君弼等。發交河，過吕梁洪，疾覆。過東平時于沈刺史席上邂逅歌者周文成。

十一月，望，入京，父棉訃已至京半月。手持衰絰，徒跣奔歸，痛深屠割。是時，鄧原岳至京，尋之于酒人群，而惟和徑歸矣。歸途，遇謝肇淛于平原。

十二月，除日，在衢州舟中。

是歲，王崑仲題《山水卷》。

是歲，爲張圻暨配鄭孺人作《張隱居暨德配鄭孺人行狀》。

是歲前後，與陳薦夫等動手選輯《晉安風雅》。

萬曆二十年壬辰（一五九二）　三十二歲

正月，奔喪至家，作《奔喪歸祭先府君》。

正、二月間，與弟熥、熛論次父棉生平行事之概，作《先考永寧府君行狀》。遷祠龕于紅雨樓。

二、三月間，有書致陳邦注，擬作九鯉之遊。病中，得王叔魯詩。莆田游日益過訪。清明，感念父卒。弟𤊹及王崑仲等遊方廣巖，有詩紀其事。

四月，有詩賀林懋和初度，作《林方伯先生七十初度是日爲吕純陽誕辰》。

五月，有書兩通報陳价夫，言自伏苫以來，携二弟揆門稽顙。

夏，追悼亡父，作《讀禮感懷》四首。

六月，弟𤊹之吴乞父銘，王崑仲同行，十三日出洪江，徐𤊹、陳仲溱等送至江干。十四日發舟。𤊹附書致顧長卿兄弟，向顧氏推薦崑仲；又致書王稚登、張獻翼、强善長、謝肇淛。其致張獻翼，言及往日張曾予接濟。二十二日，弟𤊹至邵武，有家書。

七、八月間，弟𤊹入吴乞銘，屢懷之。雨夜登于山玉皇閣。

九月，九日大風雨，與黄道晦、陳仲溱飲屋後小山。

是月，與林應憲、陳鳴鶴、王崑仲、弟𤊹、陳价夫等遊方廣巖。按：永泰縣方廣巖今存林應憲行書「方廣洞天」高約三尺題刻，落款云：「萬曆壬辰秋侯官林應憲與徐𤊹、陳鳴鶴、王崑仲、徐𤊹、陳价夫、薦夫、應起弟同遊，書此。」

是月，慶良上人歸金陵，有詩送之。

是月或稍後，鄧原岳作《徐子瞻令君傳》。

九月或稍晚，評謝肇淛《游燕二集》，以爲「心計既粗，面目都惡」。

秋冬間，聞寧夏消息，感歎生不逢辰，希冀天下太平。

冬，友人王孔振之臨邛，以《杜工部集》寄熥。後，孔振竟客死於瀘州。謝肇淛便道還家過訪。

十月，初三，熥、㶿、熛徐母陳孺人（棉原配）卒，年七十五。

十、十一月間，致友人書敘母喪之痛；；佘翔爲徐棉集作序，熥有書致之。友人李元暢（惟實）、周所諧（如塤）相繼過世，有詩哭之。鄧原岳歸省，雨中過緑玉齋看徐熥兄弟。有書致李伯實，希冀父棉能入茂名《名宦》之列。

十一月，與陳鳴鶴、王崑仲、陳价夫、陳薦夫等出遊永福方廣巖。二十七日，出洪江，泛舟至南嶼；；於水西宿林應起面壁洞；；二十八日，游太平山；；二十九日，遊勾漏洞。

十二月，與林應憲、林應起、陳鳴鶴、王崑仲、陳价夫、陳薦夫遊方廣巖。初二日，登舟，夜泊瀨下。三日，過赤壁瀨，捨舟遊山；；夜宿華嚴閣。四日，過登天橋，登捨身崖觀水濂發源處。五日，尋玉泉洞、瑞松塢諸勝不得，觀聽經石。六日，別山僧，離方廣巖，循舊路歸，登舟，至瀨下。七日，昧爽，由楊崎入城。

是歲，爲友人陳十龍撰《亡友陳仲見秀才墓表》。

是歲，檢父篋中扇面書畫，裝成一卷，作《諸家扇面書畫卷》。

是歲，與弟𤇆稍究心地理之學。

是歲，書七律十餘首，風骨遒整，謝肇淛爲之跋。

是歲，女坤生。

萬曆二十一年癸巳（一五九三）　三十三歲

正月，元夕，賞冰燈。有詩懷杭妓月仙。遊福清石竹山，讀顧大典（道行）詩碑；作《石竺山乞靈疏》。約於今歲歲首補記《游方廣巖記》，並作書報林應憲，將遊方廣巖文並詩結集名之曰《靈鷲篇》，游石竹者名《蕉鹿篇》。友人林天茂欲求林應憲書，請𤊹轉致其意。

二月，出東郊，過常思嶺，遊福海菴。與陳仲溱等登鼓山，於東際亭遠眺，經湧泉廢寺，遊喝水巖、靈源洞，宿方丈。

三月，在鼓山。二十七日，友人王叔魯卒，年僅二十，作《哭王少文秀才》十首，又作《王少文誄》。

夏，與鄧原岳集烏石鄭氏別墅；遊法雲寺，對月。與鄧原岳、陳仲溱、弟𤇆、袁敬烈、陳薦夫等過鄭善夫墓。靈山堂避暑。

秋，登越王臺。與弟㷆、顔容軒等集鄧道鳴行署；又集顔容軒將軍旅館聞歌。同王繼皐讀書法雲寺。陳椿六十初度，有詩賀之。

十月，初三，陳母卒週年，與弟祭上食，哭聲震天，林木震動；與曹學佺會于緑玉齋竹林。

冬，與弟㷆往埔山看梅。故黎平太守袁表卒，有詩挽之。按：袁表與馬熒選輯《閩中十子詩》。熥《故黎平太守袁公輓歌》四首，其一：「應知千載後，不朽是遺文。」（《幔亭集》卷五）徐㷆《挽袁景從先生》二首，其一：「廣柳聲隨松柏聲，北邙狐兔嘯新塋。人間吟魄山中冷，天上文星地下明。墓道風雷哀鼓吹，郭門煙雨灑銘旌。詞華自足傳千古，不獨生前太守名。」其二：「閉却泉臺即萬春，應憐大雅喪斯人。握符不復分銅虎，營葬還看竪石麟。五尺朱幡雲外轉，一抔黄土隴頭新。北山孤塚纍纍起，若個能文堪與鄰。」（《鼇峰集》卷十三）

冬，築父母墳宫于東岳麥園。

是歲，皖城趙我聞入閩，與熥及弟㷆游。

萬曆二十二年甲午（一五九四）　三十四歲

正月，鄧原岳還朝，與弟𤇍詩送之。

春，遊通谷洞，因尋宋潘牥墓。弟讀書法雲寺，與陳薦夫題其書舍。登烏石山；同微師至面壁洞。登鼓山，宿方丈處；自鼓山歷鳳池尋白雲洞不得，誤抵山麓而歸。王若自清流來訪。鄧原岳、張大光、曹學佺等過齋頭。

春、夏間，陳价夫病，問訊。

五月，貧民噪呼，餓殍噪通衢，作《甲午端陽即事》。

夏、秋間，續修《徐氏家譜》，作《重修徐氏家譜序》。

七月，三上春官，别親友。弟𤇍與陳鳴鶴等有詩送之。又于會城芋江水驛别二弟及諸社友。謝肇淛、陳鳴鶴有詩寄之。有詩留别曹學佺。隨後陳薦夫、曹學佺相繼北上。

七、八月間，沿閩江溯流而上，經小箬溪，泊黯淡灘，登觀音寺。建溪逢游士豪。經建甌、浦城漁梁驛。夜泛七里灘，曉發桐廬，過杭州，遊飛來峰，作歌；靈隱寺尋耶溪上人；又遊吴山紫陽洞。飲黄之璧娑羅館。三茅觀尋許光祚不遇。又過昭慶寺。泊姑蘇楓橋，過吴門，尋沈野不遇，與王元直露宿江干；又吊高啟。經毗陵、句容。

飲胡應麟蘿月軒。至金陵，次石頭岸。途中作書報陳仲溱，憶竹下風景。

九、十月間，在金陵，遍游牛首山弘覺寺、祖堂；遊雞鳴寺、瓦官寺、靜海寺、靈谷寺、碧峰寺、金陵故宮、清涼寺、浦口珠泉、燕子磯、朝天宮、青溪、桃葉渡、鷲峰諸勝。遇閔齡，始信閔齡爲有道之士，爲之作《蓬累遊序》。與姑蘇陸文組、雲間曹志伊遊，爲之作《秣陵倡和稿序》。馬湘蘭館詩贈宣城梅蕃祚。訪梅鼎祚秦淮客舍。桃葉渡訪張獻翼。留别金陵諸友，吴稼竳有詩别之。

十一月，陳价夫有書致熥。折回吴興，攜陳仲溱詩過謝肇淛。與謝肇淛泛舟碧浪湖；圍爐共閲《墨梅卷》；遊道場山，謁孫一元墓。與謝肇淛分别作《沈從先詩序》。茗川尋錢行道，不遇；尋王野，不遇。謝肇淛有詩送其北上。復過吴，遊虎丘寺；訪得沈野，托請張獻翼、顧大典爲《幔亭集》作序。過鎮江，憩甘露寺觀音洞，渡江北上。其間，有書致陳仲溱，論詩當學唐，但不可專一模擬，正音雅道在閩。本月或稍後，張獻翼、顧大典爲《幔亭集》作序。

十二月，於安徽固鎮縣連城鎮失劍（此劍後復得）。過彭城，有詩贈蘇姬。立春，過德州，有詩懷故園。除夕，在汶上。

是歲，爲林應起作《林熙工面壁洞詩序》。

是歲，作書貽謝肇淛，求高啓《缶鳴集》。

是歲，在南京爲弟㷍刻《紅雨樓稿》。

是歲或稍晚，爲福清周德安翁作墓誌銘。

萬曆二十三年乙未（一五九五）　三十五歲

正月，元日，上春官途中。過易水、交河。十一日，抵京。與鄧原岳、曹學佺，時相過從。

二月，在京城。月初，陳薦夫抵京。題許光祚快雪亭。與陳薦夫、曹學佺步月長安街。集鄧原岳署中。

三月，在京城。與陳薦夫同下第，作《下第後書懷》。擬在京謀一職以養生母，陳薦夫强之南歸。鄧原岳有詩送之。曹學佺成進士，留京。

三、四月間，南歸。與陳薦夫同行，不勝途窮身賤之慨。過連城鎮復得去歲所失劍。宿新城道中，阻雨，過東阿、陽穀、東平、茌平、瑕丘、滋陽、汶上；過曲阜，謁孔林。宿界河驛，過薛君故城。過徐州，過掛劍臺，謁亞父冢；遊戲馬臺，登盼盼燕子樓、雲龍山放鶴亭。過漂母祠，於廣陵别陸君弼。過揚子江，抵京口。春盡，丹陽舟中與陳薦夫分手，薦夫擬客苕。吴門逢鄭琰。有詩懷之並柬謝肇淛及苕上諸友，吴稼竳有詩和之。泊吴江八尺湖、桐鄉石門。夜過仙霞嶺，題名。經浦城。漁梁街逢莆田陳彦宗。歸家。

五月，二十六日，鄧原岳抵家。

秋，與鄧原岳遊處，或宿鄧竹林山莊，或鄧過宿山齋。與陳椿、鄧原岳、陳宏己、陳邦注、陳薦夫、袁敬烈及弟㶿等集緑玉齋，鄧原岳將奉使入浙督餉，徐㶿亦將有吴越之遊。鄧原岳行至古田囦溪，有書報惟和兄弟。

八月，弟㶿有吴越之役，與陳仲溱、陳宏己、袁敬烈附舟往游武夷。十三日，發白龍江。十五日，遇風雨。十六日，次囦溪，陳宏己興盡而返，有詩戲嘲之。廿一日，次劍津，登玄妙觀。廿四日，次建安，登善見塔、丹青閣；謁馬仙姬廟。會莆田吴文潛，文潛適從武夷歸，又挾之登舟同往。二十八日，次建陽。

九月，朔，至武夷，踴躍稱快，宿冲祐萬年宫。初二，至茶洞，過懷仙館。初三，舟次五曲，捨舟至紫陽書院，謁朱先生遺像；夜歸宿雲窩，懷司馬陳省。友人江仲魚自崇安來會。江仲魚導遊三十六峰。七日，作詩贈安道士。初八日，由水簾洞出赤石街，取道登大王峰，復至萬年宫。初九，溪口送徐㶿往江西，作《武夷溪口送惟起弟度關》、《武夷送吴元翰還莆》、《再送元翰次來韻》；與吴文潛、陳仲溱買舟歸。

在山中凡十日，作《遊武夷山記》凡四篇；與弟𤊹各作《武夷十詠》等。回程過洪江，懷「二孺」，作書報陳价夫。自武夷歸後，訪太醫薛煉師思齊。宿鄧汝高竹林山莊。又與諸友人送葬王叔魯西郊。作《無題》十首追憶杭妓月仙。

秋、冬間，徐𤊹致書曹學佺，敘及徐熥下第落魄，不事產業，追逐於貴人之前。

冬，有古田之行，遊極樂寺。過鄭樵林山人市隱堂。

是歲，與陳鳴鶴、陳价夫、陳薦夫、陳仲溱蒙霍童支提寺天恩法師真受印記。

是歲，莆田陳邦注爲預卜葬地。

萬曆二十四年丙申（一五九六）　三十六歲

正月，元日，得弟𤊹書。𤊹時在杭州。

二月，弟𤊹自吳越歸家。鄭邦衡惠書並詩扇；同錢行道、陳仲溱齋中雨坐。使君屠本畯過訪，贈書。花朝社集，送佘翔。

二月下旬至寒食前，陳价夫之姑蘇，有詩送之並簡謝肇淛。後价夫見謝肇淛，肇淛性吝，价夫示惟和詩，肇淛遂厚禮价夫。

三月，清明，屠本畯爲作《幔亭集題詞》。寒食，與陳椿看海棠。與錢叔達、陳椿等及弟興公集袁敬烈水亭。同鄭吉甫過仁王寺。病中，試鼓山寺僧所惠新茶。雨中，屠本畯招飲烏石山鄰霄臺。屠本畯又過其草堂。雨中，邀黃景萉（仲高）、張邦侗及弟興公等集萬歲寺。

三、四月間，得子，五日而殤。康彦登自靈武歸，談邊事。

四月，晦日，邀同屠本畯、錢行道、陳彦宗、陳鳴鶴、王崑仲、陳薦夫、王毓德、陳正夫、曹學佺、林光宇、弟㷆等於西湖觀渡。

五月，送陳木還松溪。又送黃景萉之漳州。

五、六月間，曹學佺往江西金溪吊其座師侯官知縣周兆聖，陳鳴鶴往遊江西龍虎山，諸社友送之。屠本畯招集社中諸子集陳正夫水亭。

夏秋間，送鄭震卿之吴越尋兄鄭琰。王孔振客死瀘州，有詩吊之。顧大典卒，作《哭顧道行先生》、《故福建按察司提學副使顧公誄》。

七月，陳价夫客吴，有詩寄之。七夕，鄧原岳招集佘翔、謝吉卿、鄧道鳴、陳椿、康彦登、王崑仲及弟㷆等于山玉皇閣。鄧道鳴將軍招集烏山鄰霄臺，送鄧原岳還朝。

八月，十四日夜，招張邦侗、錢行道、謝吉卿、曾鯨、陳椿、俞青父、袁敬烈等集于山平遠臺觀萬歲、神光二塔燈。送張邦侗、黃景萉還四明。

九月，送葉體玄還松溪；送陳宏己往汀州。與吴文潛話舊。

冬，與弟𤊹宿陳薦大招隱樓，有詩題之。别駕張昭招集鍾山客舍。題蔣子才博古齋。送鄧道鳴參戎東粤。送長樂令郁文周謝病還晉陵。

是歲，題劉松年《溪閣納凉小景》、高棅《晚閣溪雲圖》、米芾《春山積雨圖》。

是歲，爲錢叔達作《閩遊草序》；徽人閔齡隱武夷，作《送閔壽卿隱武夷》，又爲之作《蓬累遊序》。

是歲，爲屠本畯作《屠田叔詩集序》。

是歲前後，偶得鄉前輩《賓月樓》、《空江秋笛》二卷，作《題賓月樓空江秋笛二卷後》。

萬曆二十五年丁酉（一五九七）　三十七歲

正月，元日，與閔齡、錢行道等過定光庵訪樂上人。

春，閔孝昭送其尊人閔齡隱武夷後回廣陵，𤊹有詩送之。曹學佺赴京謁選，同社諸友有詩送之。題黄伯寵秀才歐冶山房。

三月，選輯《晉安風雅》成，並作序。《晉安風雅凡例》于高棅《唐詩品彙》三致意焉。按：陳薦夫校訂，董養斌、安國賢編次。

四月，作高宗吕《敦義篇序》；題《鄭繼之手録雜著》。按：𤊹所序《敦義篇》本，高兆、蔡容、謝章鋌有跋語。

夏，與吴文潛、弟㷍等過神光庵，憩天秀岩；與弟㷍、林子真等過西禪寺；與閔齡、柳應芳、吴文潛、弟㷍避暑仁王寺。邀屠本畯、佘翔、柳應芳、錢行道、吴文潛、弟㷍等避暑平遠臺。又有詩送黄居中北上。作《荔枝》詞八首。

秋，過閩王王審知墓，諸子有詩。送林應聘入京謁選。送閔齡從武夷還金山兼隱華陽洞。過陳仲溱響山堂。題黄洪憲大學士碩寬堂。

秋、冬之際，將入燕都，諸友有送行詩，彙爲行卷，作《題諸友送行卷後》。

冬，北上。作《芋江雪夜留别社中諸子》。康彦登、弟㷍同行，至囦溪，聞林逸人卒，有詩吊之。又與康彦登、弟㷍等集屠本畯三層閣。弟㷍往古田，康彦登之秣陵。過嵢峽、延津，山行，口占題建溪驛壁；興田驛，讀鄧原岳題壁詩；經武夷，越分水關，北上。

十二月，在浙。除夕前夕，與康彦登别。除夕，西寺訪朗公，語溪舟中。

是歲或稍早，作小説兩篇：《絳囊生傳》、《十八娘外傳》。陳价夫激賞《絳囊生傳》。

是歲，古田令劉曰暢借閲正德《福州府志》二册。

是歲，買鼓山半院　穴，將爲父母起塚，弗吉，遂寢。

是歲，與陳价夫、陳薦夫兄弟十年來酬唱贈答盈篋，憶十年前「二孺」贈詩，因題《二孺贈詩卷》。爲陳鳴鶴《晉安逸志》撰序。

是歲，屠本畯贈董解元《西廂記》，有題記。

萬曆二十六年戊戌（一五九八）　三十八歲

正月，元日，在檇李舟中。過吴江，哭顧大典。

正、二月間，在京，題鄔子遠扇面山水；逢湛如和尚。與陸文組多有酬唱。曾仕鑒雨中過酌。與周祖、俞安期等雨集。

三月，三下第，擬謀一職，遂留滯京城半載。頗有憂時感事之慨。題曹學佺計部潞河公署園亭。

四、五月間，于燕市得《米元章方圓庵記》；又購《唐詩正聲》，並題之。進退躑躅，決定歸家山，出都門，有詩别鄧原岳。

六月，曹學佺送於潞河，作别。出都門與鄧原岳别。過臨清，以《聖教序》帖贈郭君猷。河間府連窩舟中與張光大話舊。二十日，濟州舟次，題燕市所購《花間集》。渡黄河，飲太白酒樓。泛舟汶上縣南旺湖。

六、七月間，過彭城，夜泊；舟中望雲龍山，懷陳薦夫。渡淮，七夕至廣陵。至真州逢謝肇淛。謝肇淛此間避地江上，與之遊天寧寺，彙而集之者十數人；又逢袁中道、馬欻；揚子橋別馬欻。過江，舍焦山，過惠山。

八月，次楓橋，於寒山寺訪旭公，夜泊垂虹。吴門過沈野江居，集王稚登南有堂。同沈咸過寒山寺訪旭公。過沈野江居，題其扇畫蘭。垂虹夜泊，懷陳薦夫。中秋，在閶門，購元刊《晏子春秋》，題之。過錢塘，於杭州會司理徐桂；歸後，有書致徐桂，並贈己集一帙，和徐桂《無題八首》，及弟熥《紅雨樓集》一部、《閩畫記》一部、《荔枝譜》一部、《田園雅興》一帙，季弟熛《制義》一部。西湖秋夜，有詩寄侍兒紫玉。過七里灘、常山、葛陽，至鉛山，遊觀音洞及鵝湖。

九月，經車盤驛，過武夷訪閔齡，宿蘧廬。自建溪順流而下，重陽，抵家。

秋冬之際，日與弟熥及同社諸子吟賞煙霞。

十、十一月間，袁敬烈過酌，山齋夜談。陪屠本畯遊仁王寺。送黄光還莆田。高賢祠落成。此祠爲熥與鹽運同知屠本畯所倡建。聞屠本畯擢守辰州，有詩贈之。作《自題小像》。林光宇久客清流，聞熥下第歸，貽書相慰。

十一月，十八日屠本畯之官辰州，自芋江登舟，送至囦關，作《仲冬十八日同王玉生陳伯孺與興公弟送屠田叔使君自芋江登舟至囦關時積雨初收川原競爽促膝翻書扣舷覓句香繞筆牀煙籠茶鼎情景清絶偶憶少陵野航恰受兩三人之句因令玉生繪圖共拆杜句爲韻各賦一體以紀勝遊余拈得三字》、《囦溪十里橋與屠田叔泣别》、《囦關再别屠使君次來韻》。陳平夫室人詹氏卒，爲作祭文。

十一、十二月間，陳仲溱偶至，擁爐對酌。感歎時局，以爲東北「時事難高枕」，官兵擾民，米價騰湧。

十二月，歲暮戲題詩稿，以爲雖窮而名或不朽。

是歲，致王應山書兩通，擬于王應山《湖山勝録》（即《閩都記》）之外别撰數卷，以作「志餘」。

是歲，季弟熛與王宇等讀書釣龍臺，爲作《龍臺聚業序》。

是歲，陳薦夫作《晉安風雅敘》。

是歲，藏《鄭繼之手書》卷。

萬曆二十七年己亥（一五九九）　三十九歲

正月，臨《米元章方圓庵記》數十字，並題之。同弟㶿等過林應聘書齋。與陳薦夫、弟㶿由瓊河泛舟至義溪，與陳价夫兄弟於水明樓聽雨，作歌。納新姬，作《賦得繫臂紗送陸姬》。

二月，陳价夫出王宇所作扇頭，題之。爲宗周作墓誌銘。又同弟㷭、道晦過林應聘書齋。持心上人以募金造塔入閩，爲作《金山上人以造塔募緣入閩喜而有贈》。有延平之行。

三月，曾考《郡志》，以爲桑溪爲漢閩王無諸禊飲之所。與諸賢禊飲桑溪，相與倡和，作《桑溪禊飲序》，王崑仲即景繪圖。往延平，爲生計奔波，作《上楊叔向參知》。作《題普通寺》。

春、夏間，陳公選構一亭，燏題曰「蕉雨」，作《題陳仕卿蕉雨亭》；又題宋仲溫《朱竹》。

四、五月間，蔡景明參知過訪。書報陳价夫、薛晦叔，約仁王寺結夏。

五月，趙世顯解官歸自蜀，同陳益祥、陳平夫、陳宏己集侶雲堂。十三日，從法海寺羅山堂分得黄金間碧玉竹，栽植小園。施仲宣司理招同鄧原岳飲烏石山。過廣文黄中故居。

六月，與弟㷭考得《高秦仲山水圖》，題之。高秦仲即高淮，相顧踴躍；淮，與明初王恭同時。客古田，寡歡，作《香閨七吊詩》，有同病相憐之慨，並寄幼孺。按：七閨者爲蘇小小、薛濤、霍小玉、崔鶯鶯、非烟、李易安、朱淑真。

七月，客古田。作書報王若。病，由古田歸福州。以書招陳价夫、陳薦夫兄弟，將有所托。

八月，病似瘧，不知人。友人林應聘自調湯藥與同臥起。二弟日夜惶悸。病篤，有程倉曹者禱於廟，願以餘年代之。八日，卒，百人哀號，滿城行哭。陳价夫以爲熥死，「中原旗鼓，終不可復振」。遺命啟東岳父母壽藏而封。陳价夫撰《祭徐惟和文》。

九月，入祀烏石山之高賢祠。陳价夫擬作《幔亭外紀》，未果。

是歲，題戊子歲所製《青樓俠氣卷》。

十二月，徐𤊹有沙縣、劍浦之役。𤊹于興國寺檢編《幔亭集》，作詩懷熥；除夕，又有詩懷之。

是歲，弟熛取熥藏《唐三體詩》作小注。

是歲，陳椿卒。

萬曆二十八年庚子（一六〇〇） 歿後一年

春，熥子莊之粵訪張大光。徐𤊹懷社中舊友及兄熥，作《懷友詩》並序。

九月，弟𤊹與佘翔、謝吉卿、謝耳伯等展謁高賢祠；重陽後五日，謝吉卿應𤊹請，爲作

《幔亭集序》。

冬，曹學佺自京歸，臨哭殯宫，作祭文。

除夕，徐𤊹有詩追懷父棉、兄熥。

本年，愛妾去帷，僕奴遣散。

本年，趙世顯讀熥遺編，感而懷之，作《讀徐惟和詩感懷》。

本年，鄧原岳有文祭徐熥，並與𤊹及謝肇淛議定，先刻熥集，後營其墓；又作詩十二首哭之。鄧原岳致書徐𤊹、屠本畯，反復寄哀。

本年，徐𤊹致書江中丞，乞憐熥子。

本年，徐𤊹致書張比台，乞爲熥作挽詩。

本年，徐𤊹致書曹學佺，謀刻《幔亭集》。

本年，《幔亭集》由清流王若捐金授梓。𤊹致書鄧原岳，乞爲《幔亭集》作序，並云熥子莊駑鈍，不堪鞭策。

本年，徐𤊹致書王稚登，以爲與兄熥友于師資，兩者兼盡，作熥行狀，乞王氏作銘。

本年，徐𤊹致書屠本畯，談及熥好俠喜義。

本年或稍後，謝肇淛爲陳鳴鶴撰《陳女翔詩序》，憶及陳椿及熥，爲之太息。

萬曆二十九年辛丑（一六〇一）　歿後二年

三月，謝肇淛《周母太孺人林氏暨仲子山人所諧偕配孺人曾氏祔葬墓誌銘》，言及因熥而識如塤，而如塤與熥俱逝矣。

夏，謝肇淛作《讀惟和詩二首》。

夏秋間，沈野來弔。歸吴，徐𤊹有詩紀之。

秋，鄧原岳爲作《徐幔亭先生集序》。

十二月，屠隆爲作《徐幔亭先生集序》。

冬，徐𤊹本欲北遊燕趙，因熥卒，客明州而止，不作遠遊；有詩追懷熥。

本年，徐𤊹致書屠本畯，談及熥歿後己文思荒蕪及《幔亭集》事。

本年，徐𤊹致書謝肇淛，談及熥先業廢且盡，累及家人。

萬曆三十年壬寅（一六〇二）　歿後三年

七月，徐𤊹整理紅雨樓藏書，爲書目作《紅雨樓藏書目敘》，言及合父、兄所藏書，計五萬三千餘卷。

七月，謝肇淛作《墨梅卷跋》，憶萬曆二十二年（一五九四）于吴與熥共閲此卷情景，並追悼。

歲晚，徐𤊹梅林對酒懷亡兄。

本年，林應聘爲熥鈔王恭《草澤狂歌》未竟，熥卒後，強淚爲之續鈔畢，並作《王恭草澤狂歌跋》追懷之。

本年，徐𤊹致書屠本畯，言先兄見背，七閩雅壇，或失盟主。

本年，徐𤊹再次致書屠本畯，言已編熥集，已十去其四，希冀屠氏再爲刪去應酬，獨存近古者二册；又言及熥文集正在刊刻之中。

本年，徐𤊹致書陳志玄，謝其致挽章，并敘其與兩兄弟情誼。

本年，康彥登卒，年僅三十六；徐𤊹致書屠本畯，兼傷兄熥。

萬曆三十二年甲辰（一六〇四）　殁後五年

本年，弟𤊹爲作《先兄墓碑陰交遊題名記》。

本年，謝肇淛叔祖謝杰卒，鄧原岳卒，張獻翼卒，林光宇卒，游士豪卒。

萬曆三十三年乙巳（一六〇五）　殁後六年

五月，曹學佺序《林子真詩》，引熥詩；熥生前極看重林光宇。

萬曆三十四年丙午（一六〇六）　殁後七年

春、夏間，徐𤊹過普陀寺訪志若上人，上人出輓熥詩，𤊹感而賦答。

本年，謝肇淛爲熥題《幔亭圖》。

本年，謝肇淛題熥小像。

萬曆三十五年丁未（一六〇七）　歿後八年

春，謝肇淛歎熥卒未十年，而家業半落他人之手。徐𤊹作祭高賢祠文。按：熥歿後入祀高賢祠。

三月，徐𤊹題謝肇淛《吴門二十家書畫》，因憶及此卷八九年前原爲熥所藏。

夏，徐𤊹從高景處借得高棅《嘯臺集》，因憶及當年與兄熥求搜集此書情形。

秋，陳薦夫過緑玉齋，憶徐熥，作《重過惟和緑玉齋感賦》二首。

本年，友人陳鳴鶴撰、趙世顯訂正《東越文苑傳》刻印，卷六《明列傳》有《徐熥傳》。

冬，徐𤊹往惠州，過漳州，與馬欻同憶熥。

本年，友人謝肇淛與𤊹共展《顧道行山水卷》，念及熥墓木已栱，爲之一慟。

萬曆三十六年戊申（一六〇八）　歿後九年

本年，友人陳薦夫追懷熥，作《荆溪舟中夜悼徐惟和》。

本年，熥、𤊹生母林氏卒，年七十三。同社有祭文。陳价夫祭文言及己與弟薦夫同熥兄弟情誼；謝肇淛祭文言及熥於詞壇先鳴旗鼓。

本年，沈野卒。

萬曆三十七年己酉（一六〇九）　歿後十年

三月，徐𤊹題《趙承旨呂梁廟碑》，因憶及熥曾收藏此卷。

夏，徐𤊹與謝肇淛遊武夷，見熥題墨，凄然傷之。

十月，徐𤊹客鄱陽，寓乾元寺，𤊹題《聖教序》，憶及兄熥曾以此卷贈郭君猷之往事。

本年，熥子莊不類，既失恆產，復折龕以賣錢。

本年，徐𤊹致書黄道元，追懷熥。

萬曆三十八年庚戌（一六一〇）　歿後十一年

本年，徐𤊹爲熥作《題幔亭圖》詩。

本年，徐𤊹致書王兆雲（元禎），謝其將熥事蹟編入《詞林人物考》。

本年，徐𤊹致書鄧汝實，論修《閩清縣志》，因及熥所作梅溪（今閩清縣）詩。

本年，徐𤊹寄熥集于譚忠卿，言弟熛及子侄俱列青衿。

本年，熥子徐莊扶母訟徐𤊹、徐熛，以爲「前世冤業，始生此子」。

本年，弟𤊹長孫鍾震器之生。

本年，陳益祥卒，佘翔卒。

萬曆三十九年辛亥（一六一一）　歿後十二年

本年，謝肇淛作詩懷熥。

本年，江陰繆尊素選熥《子見南子》，有評語。

萬曆四十年壬子（一六一二）　歿後十三年

本年，陳省卒，陳薦夫卒。

萬曆四十一年癸丑（一六一三）　歿後十四年

十一月，徐𤊹、徐熛安葬考妣於祭酒嶺；生母林氏祔焉。

本年，徐𤊹跋《文選纂注》，因憶兄熥批點此書情景。

萬曆四十二年甲寅（一六一四）　歿後十五年

八月，徐𤊹子延壽生。

本年，謝肇淛有詩懷熥。

本年，陳价夫卒。

萬曆四十三年乙卯（一六一五）　歿後十六年

本年前後，謝肇淛作《漫興》詩言及熥；論萬曆間閩中詩人能拒鍾、譚。

本年，鄭琰卒於真州。

萬曆四十四年丙辰（一六一六）　殁後十七年

三月，徐𤊹長子陸卒，年僅二十七；陸子鍾震，時方七齡。

本年，謝肇淛作《徐惟和詩卷跋》，盛讚熥書及七律。

萬曆四十五年丁巳（一六一七）　殁後十八年

本年，徐𤊹爲陳价夫原配作祭文，以爲二徐與二陳，情誼如同骨肉。

萬曆四十六年戊午（一六一八）　殁後十九年

夏，王若卒。

冬，徐𤊹過寧德，張大光出示三十年前從熥處所購宋硯。

萬曆四十八年庚申（一六二〇）　殁後二十一年

本年，曹學佺作《募緣重修九仙觀疏文》，憶及少年時與熥登九仙山遊觀事。

明熹宗朱由校天啟元年辛酉（一六二一）　殁後二十二年

二月，林寵從王元直求熥手書詩卷，徐𤊹把玩吟詠，並作題記。

閏二月，徐𤊹書熥哭林方壺詩，並作題記。

春夏間，葛一龍夢熥，有詩紀之。

天啟三年癸亥（一六二三）　殁後二十四年

本年，屠本畯卒。

天啟四年甲子（一六二四）　殁後二十五年

本年，鄭邦祥卒，年三十九。

本年，謝肇淛提調廣西試。卒於萍鄉，年五十八。

天啟五年乙丑（一六二五）　殁後二十六年

五月，朔，熥妻鄭氏卒。

十月，十五日，葛一龍同王元直等登烏石山謁高賢祠，拜徐熥神主。

本年，熥長子莊已逾四十，稍能自立。

本年，徐𤊹欲向張大光之子贖回徐熥宋硯一方。

本年，徐𤊹致書曹學佺，言熥未葬，不勝感愴。

天啟六年丙寅（一六二六）　殁後二十七年

四月，徐𤊹重裝裱《空江秋笛卷》、《賓月樓卷》，並分别作題記，因憶及熥合爲一卷並作歌題其殿。

本年，徐𤊹致書何喬遠，望《閩書》爲熥立傳。

天啟七年丁卯（一六二七）　歿後二十八年

春，徐𤊹客江西崇仁，致書喻政，請求借集予彭次嘉，供《明詩彙韻》采擇。又致書彭次嘉，論當今詩壇，稱熥爲海岳之精英，人中之麟鳳。

本年，鄧原岳子慶宷搜徐熥文集，文集板爲熥子莊當于蔣子才家。

本年，鄒氏仲姊卒。

崇禎元年戊辰（一六二八）　歿後二十九年

本年，曹學佺作《鄧道協詩序》，因憶及熥。

本年，鄧慶宷由南京還閩，有詩憶及熥；徐𤊹有和詩。

崇禎二年己巳（一六二九）　歿後三十年

正月，徐𤊹與陳仲溱、曹學佺、安國賢、林嘉、林雲翔及子存永等會葬兄熥，並作《先伯兄安葬鹿坪山承諸友會送答謝》二首。熥墓爲學佺捐金所築。

七月，徐𤊹六十壽辰，曹學佺作《徐興公先生六十壽序》，憶及徐𤊹少時得於兄熥之教。

崇禎三年庚午（一六三〇）　歿後三十一年

秋，長女貞病卒。季弟熛卒，年五十五。

冬，陳鴻過華嚴、東禪兩寺，見壁間熥詩，用其韻和之。

崇禎四年辛未（一六三一）　殁後三十二年

本年，黄居中作《徐氏筆精序》，憶及熥狎主三山社。

本年，謝氏姊卒，年八十七。徐𤊹作祭文，感歎父母、兄弟、姊妹先亡。

崇禎五年壬申（一六三二）　殁後三十三年

本年，曾異撰過古田，遊極樂寺，見熥題壁詩，和之。

崇禎六年癸酉（一六三三）　殁後三十四年

六月，子莊卒。

崇禎七年甲戌（一六三四）　殁後三十五年

十月，曹學佺捐貲助徐𤊹構藏書樓宛羽樓落成。

本年，吴門沈顥贈𤊹詩，詢及熥身後。𤊹作詩答之。

崇禎八年乙亥（一六三五）　殁後三十六年

本年，徐𤊹於坊刻中抄得熥制藝一篇。

崇禎九年丙子（一六三六）　殁後三十七年

七月，徐𤊹作《鄭善夫全集序》，提及熥所得《少谷雜著》一種。

本年，蔣氏家塾火災，置於此地之《幔亭集》板灰燼之餘又遭搶掠，存者不及十之三四。

崇禎十年丁丑（一六三七）　歿後三十八年

本年，曹學佺爲徐𤊹宛羽樓作記，言每每借書於徐家。

崇禎十二年己卯（一六三九）　歿後四十年

本年，曹學佺爲徐𤊹子延壽、孫鍾震刻集，合爲《二徐詩選》；陳衎爲之序，以爲熥兄弟遞相雄長，主盟東南。

本年，董應舉卒，年八十三；崔世召卒，年七十三。

崇禎十五年壬午（一六四二）　歿後四十三年

十一月，徐𤊹卒，年七十三。陳鴻哭𤊹詩言及熥。

崇禎十六年癸未（一六四三）　歿後四十四年

五月，林如周卒。

十一月，徐鍾震重刻徐熥《幔亭集》竣事，其跋言詩是吾家事。

順治三年丙戌（一六四六）　歿後四十七年

九月，十七日，清兵入福州城；十八日，曹學佺縊于西峰里中堂，年七十三。

順治五年戊子（一六四八）　歿後四十九年

本年，陳鴻見熥遺像，有詩追懷。

本年，陳鴻卒，年七十二。

康熙元年壬寅（一六六二）　歿後六十三年

本年，周亮工有詩哭延壽。

參考文獻

[明]徐熥撰，《幔亭集》十五卷，明萬曆間刊本
[明]徐熥撰，《幔亭集》十五卷，文淵閣《四庫全書》本
[明]徐熥撰，《幔亭集》十六卷至二十卷，福建師範大學圖書館藏抄本
[明]徐熥撰，陳慶元纂，《徐熥集》，揚州：廣陵書社，二〇〇五年
[明]徐熥撰，《幔亭集》二十卷，中國國家圖書館藏鄭振鐸跋明崇禎間補刻本
[明]徐熥撰，《幔亭集》二十卷，明萬曆間刊本，原國立北平圖書館甲庫藏本
[明]徐熥編，《晋安風雅》，明萬曆間刊本
[明]徐𤊹撰，《鼇峰集》，明天啓間刊本
[明]徐𤊹撰，《鼇峰集》，舊抄本
[明]徐𤊹撰，陳慶元、陳煒點校，《鼇峰集》，揚州：廣陵書社，二〇一二年

［明］徐𤊹撰，《紅雨樓文集》，抄本
［明］徐𤊹撰，沈文倬校點，《紅雨樓序跋》，福州：福建人民出版社，一九九三年
［明］徐𤊹撰，《紅雨樓集・鼇峰文集》，《上海圖書館未刊古籍稿本》，上海：復旦大學出版社，二〇〇八年
［明］徐𤊹撰，沈文倬校點，《筆精》，福州：福建人民出版社，一九九七年
［明］徐𤊹撰，《續筆精》，福建師範大學圖書館藏抄本
［明］徐𤊹撰，《榕陰新檢》，明萬曆間刊本
［明］徐𤊹撰，《徐氏家藏書目》，清道光七年劉氏味經書屋抄本
［明］徐𤊹撰，《徐氏紅雨樓書目》，上海：古典文學出版社，一九五七年
［明］徐𤊹撰，馬泰來整理，《新輯紅雨樓題記・徐氏家藏書目》，上海古籍出版社，二〇一四年
［明］徐𤊹編，費道用、楊德周等補，《閩南唐雅》，文淵閣《四庫全書》本
［明］屠本畯撰，徐𤊹補疏，《閩中海錯疏》，文淵閣《四庫全書》本
［明］徐延壽《尺木堂集》，福建師範大學圖書館藏抄本
［明］徐鍾震撰，《徐器之集》，明崇禎至清康熙遞刻本

[明]徐鍾震撰，《雪樵文集》不分卷，中國國家圖書館藏稿本
[明]謝汝韶撰，《天池先生存稿》，明萬曆間刊本
[明]焦竑撰，《澹園集》，北京：中華書局，一九九九年
[明]李贄撰，《焚書續焚書》，北京：中華書局，一九七五年
[明]郭造卿撰，《海嶽山房存稿》，日本内閣文庫藏明萬曆間刊本
[明]王穉登撰，《南有堂詩集》，明崇禎間刊本
[明]周仕堦撰，《天寧先生詩集》，日本淺草文庫藏明萬曆間刊本
[明]屠隆撰，汪超宏主編《屠隆集》，杭州：浙江古籍出版社，二〇一二年
[明]陳第撰，《一齋集》，清道光間刊本
[明]陸君弼撰，《正始堂詩集》，明萬曆間刊本
[明]鄧原岳撰，《西樓全集》、《詩選》，明崇禎間刊本
[明]鄧原岳編纂，《閩中正聲》，抄本，據明萬曆間刊本抄
[明]許獬撰，《許鍾斗集》，明萬曆間刊本
[明]許獬撰，陳煒點校，《許鍾斗集》，商務印書館，二〇一八年
[明]林章撰，《林初文詩文全集》，明天啓間刊本

［明］謝肇淛撰，《小草齋集》三十卷，明天啓間刊本
［明］謝肇淛撰，《小草齋集續集》三卷，明天啓間刊本
［明］謝肇淛撰，《小草齋文集》二十八卷，明天啓間刊本
［明］謝肇淛撰，陳慶元纂，《謝肇淛集》，南京：江蘇古籍出版社，二〇〇三年
［明］謝肇淛撰，江中柱點校，《小草齋集》，福州：福建人民出版社，二〇〇九年
［明］謝肇淛撰，《五雜組》，上海書店，二〇〇一年
［明］謝肇淛著《小草齋詩話》，日本國天保二年據明林氏舊藏讀耕齋刊本摹刊本
［明］陳薦夫撰，《水明樓集》，明萬曆間刊本
［明］陳勳撰，《陳元凱集》，明天啓間刊本
［明］陳鳴鶴撰，《泡庵詩選》，明萬曆間刊本
［明］吴稼竳撰，《玄蓋副草》，民國五年影印明萬曆間家刊本
［明］吴非熊、程嘉遂撰，王士禎選，《新安二布衣詩》，清康熙間刊本
［明］陳鴻撰，《秋室編》，清順治間刊本
［明］蔡復一撰，《遯庵全集》，明崇禎間刊本
［明］陳益祥撰，《陳履吉采芝堂文集》明萬曆間刊本

［明］王宇撰，《亦園詩略》，日本淺草文庫藏明天啓間刊本

［明］王宇撰，《烏衣集》，日本内閣文庫藏明天啓間刊本

［明］陳价夫撰，《招隱樓稿》，上海圖書館藏明抄本

［明］陳薦夫撰，《水明樓集》，明萬曆間刊本

［明］馬欻撰，《下雉纂》，明崇禎間徐𤊹抄本

［明］周如磐撰，《澹志齋集》，抄本

［明］蔣孟育撰，《恬庵遺稿》，日本内閣文庫藏明崇禎間刊本

［明］將孟育撰，王振漢點校，《恬庵遺稿》，《臺灣古籍叢編》本，福建教育出版社，二〇一七年

［明］黄承玄撰，《盟鷗堂集》，明崇禎間刊本

［明］沈有容撰，《閩海贈言》，慎思堂景東京大學東洋文化研究所藏崇禎刊本，一九五六年

［明］沈有容撰，《閩海贈言》，《臺灣文獻叢刊》本，臺北：臺灣銀行，一九五〇—一九七〇年代

［明］崔世召撰，《秋谷集》，明崇禎間刊本

［明］崔世召撰，《問月樓詩集》，日本宮内廳書陵部藏明崇禎間刊本

［明］崔世召撰，《問月樓文》，日本宮内廳書陵部藏明崇禎間刊本
［明］崔世召撰，《問月樓啓》，日本宮内廳書陵部藏明崇禎間刊本
［明］崔世召撰，余式高等編注，《華蓋山志》，長春出版社，二〇〇四年
［明］阮自華撰，《霧靈山人詩集》，日本淺草文庫藏明崇禎間刊本
［明］邵捷春撰，《劍津集》，明崇禎間刊本
［明］張燮撰，《霏雲居集》，明萬曆間刊本
［明］張燮撰，《霏雲居續集》，明天啓間刊本
［明］張燮撰，《群玉樓集》，明崇禎間刊本
［明］張燮撰，謝方點校，《東西洋考》，北京：中華書局，二〇〇八年
［明］曹學佺撰，《石倉全集》，日本内閣文庫藏明萬曆至崇禎遞刊本
［明］曹學佺撰，《石倉詩稿》，清乾隆間刊本
［明］曹學佺編，《石倉十二代詩選》，明崇禎間刊本，中國國家圖書館藏
［明］林光宇撰，《林子真詩》，周欣平、魯德修主編，《美國柏克萊加州大學東亞圖書館稿抄本叢刊》第十五册，上海古籍出版社，二〇一三年
［明］顧夢遊撰，《顧與治詩》，清初書林毛恒所刊本

［明］曾異撰,《紡授堂集》,明崇禎間刊本
［明］姚旅撰,《露書》,福州：福建人民出版社,二〇〇八年
［明］周之夔撰,《棄草集》,明崇禎間刊本
［明］商梅撰,《彙選商孟和彙選那庵全集》,日本内閣文庫藏明崇禎間刊本
［明］商梅撰,陳慶元點校,《彙選商孟和彙選那庵全集》,揚州：廣陵書社,二〇一九年
［明］李時成撰,《白湖集》,明崇禎間刊本
［明］鄧慶寀輯《閩中荔支通譜》,明崇禎間刊本
［明］黄景昉撰,《鹿鳩詠》,舊抄本
［明］林古度撰,王士禎選,《林茂之詩選》,清康熙間刊本
［明］林古度撰,陳慶元、陳雅男輯,《林古度佚詩》,復旦大學中國古代文學中心《中國文學研究》十輯,北京：中國文聯出版社,二〇〇七年
［清］周亮工撰,《賴古堂集》,清康熙間刊本
［清］周亮工撰,《閩小記》,清康熙間刊本
［清］周亮工撰,《尺牘新鈔》,上海書店,一九九八年
［清］周亮工撰,《書影》,上海古籍出版社,一九八一年

［明］沈德符撰，《萬曆野獲編》《補遺》，清道光七年姚氏刻、同治八年補修本
［明］顧起元撰，《客座贅語》，北京：中華書局，二〇〇七年
［清］鄭杰撰，《閩中録》，清光緒間刊本
［清］林春溥撰，《榕城紀纂》，福建師範大學圖書館藏抄本
［清］林楓撰，《榕城考古略》，福州：海風出版社，二〇〇一年
［清］郭柏蒼撰，《竹間十日話》，清光緒間刊本
［民國］郭白陽撰，《竹間續話》，福州：海風出版社，二〇〇一年
［明］袁表、馬熒纂輯，苗健青點校，《閩中十子詩》，福州：福建人民出版社，二〇〇五年
［明］陳肇曾編，《江田陳氏家集》，明崇禎間刊本
［清］錢謙益輯，《列朝詩集》，北京：中華書局，二〇〇七年
［清］錢謙益撰，《列朝詩集小傳》，上海：上海古籍出版社，一九八三年新一版
［清］朱彝尊撰，《明詩綜》，北京：中華書局，二〇〇七年
［清］王夫之纂，陳新點校，《明詩評選》，北京：文化藝術出版社，一九九七年
［清］張豫章等編纂，《御選宋金元明四朝詩》，文淵閣《四庫全書》本

[清] 沈德潛纂，《明詩别裁集》，上海古籍出版社，一九七九年版
[清] 鄭杰等輯，《全閩詩録》，福州：福建人民出版社，二〇一一年
[清] 鄭杰原輯，郭柏蒼編纂，《全閩明詩傳》，清光緒間刊本
[清] 鄭王臣輯，《莆風清籟集》，清乾隆間刊本
[清] 汪端纂，《明三十家詩選》，清同治間刊本
[清] 陳田纂，《明詩紀事》，上海古籍出版社，一九九三年
陳世鎔纂，《福州西湖宛在堂詩龕徵録》，福州：福建人民出版社，二〇〇七年
[清] 朱彝尊撰，《静志居詩話》，清嘉慶間刊本
[清] 杭世駿撰，《榕城詩話》，清乾隆間刊本
[清] 徐永祚撰，《閩遊詩話》，清乾隆間刊本
[清] 鄭方坤撰，《全閩詩話》，文淵閣《四庫全書》本
[清] 鄭方坤撰，陳節、劉大治點校，《全閩詩話》，福州：福建人民出版社，二〇〇六年
[清] 梁章鉅撰，《東南嶠外詩話》，清道光間刊本
[民國] 陳衍撰，《石遺室詩話》，北京：人民文學出版社，二〇〇四年
吴文治主編，《明詩話全編》，南京：江蘇古籍出版社，一九九七年

周維德輯校，《全明詩話》，濟南：齊魯書社，二〇〇五年
郭紹虞、錢仲聯、王遽常編纂，《萬首論詩絶句》，北京：人民文學出版社，一九八一年
[明]李賢撰，《大明一統志》，明天順間刊本
[清]張廷玉等撰，《明史》，北京：中華書局，一九七四年
[清]萬斯同撰，《明史》，山西省文物局藏清抄本
[明]黄仲昭撰，《八閩通志》，福州：福建人民出版社，一九八九年
[明]何喬遠撰，《閩書》，福州：福建人民出版社，一九九五年
[明]何喬遠撰，《名山藏》，明崇禎間刊本
[明]王應山撰，《閩都記》，北京：方志出版社，二〇〇二年
[明]陳鳴鶴撰，《東越文苑傳》，清同治間郭柏蔚增訂本
[清]潘介祉纂輯，《明詩人小傳稿》，臺北：「中央」圖書館印行，一九八六年
[清]黄虞稷撰，《千頃堂書目》，上海古籍出版社，二〇〇一年
崔建英輯，賈衛民、李曉亞整理，《明别集版本志》，北京：中華書局，二〇〇六年
[清]龔易圖、楊希閔撰，龔綸校鈔，王國良勘訂，《烏石山房簡明書目》，新北市：臺北大學古典文獻學研究所，二〇〇七年

徐永明、趙素文撰，《明人别集經眼叙録》，杭州：浙江古籍出版社，二〇一三年
周祖譔主編、胡旭副主編，《歷代文苑傳箋證》，鳳凰出版社，二〇一二年
鄭寳謙主編，《福建舊方志綜録》，福州：福建人民出版社，二〇一〇年
［民國］沈瑜慶、陳衍等纂修，《福建通志》，一九三八年刊本
［宋］范成大修，《吴郡志》，《宋元方志叢刊》，北京：中華書局，一九九〇年
［宋］梁克家修，淳熙《三山志》，《宋元方志叢刊》，北京：中華書局，一九九〇年
［明］喻政修，林烃、謝肇淛纂，萬曆《福州府志》，明萬曆間刊本
［清］徐景熙修，魯曾煜、施廷樞等纂，乾隆《福州府志》，清乾隆間刊本
［明］唐學仁修纂，謝肇淛、陳鳴鶴、徐𤊹纂，《永福縣志》，明萬曆間刊本
［明］夏允彝修纂，崇禎《長樂縣志》，明崇禎間刊本
［明］劉曰暘修，陳薦夫、林春華纂；王繼起續修，丁朝立、魏煬續纂，萬曆《古田縣志》，明萬曆間刊本
［清］饒安鼎、邵應龍修，林昂、李修卿纂，乾隆《福清縣志》，清乾隆間刊本
［清］朱景星修，鄭祖庚纂，光緒《閩縣鄉土志》，清光緒間排印本
［清］胡之禎修，鄭祖庚纂，光緒《侯官縣鄉土志》，清光緒排印本

[民國]歐陽英修，陳衍纂，民國《閩侯縣志》，民國間刊本
[清]李拔纂，乾隆《福寧府志》，清光緒間重刊本
[清]盧建其修，乾隆《寧德縣志》，清乾隆間刊本
[清]張琦主修，鄒山纂，康熙《建寧府志》，清康熙間刊本
[清]李再灝、梁輿修，道光《建陽縣志》，清道光間刊本
[明]鄭慶雲修，嘉靖《延平府志》，明嘉靖間刊本
[明]陳讓修，嘉靖《邵武府志》，明嘉靖間刊本
[清]王琛等修，光緒《邵武府志》，清光緒間刊本
[清]曾曰瑛修，同治《汀州府志》，清同治間刊本
[明]陳桂芳修，嘉靖《清流縣志》，明嘉靖間刊本
[清]李世熊修，康熙《寧化縣志》，清康熙間刊本
[清]宮兆鵬等修，乾隆《興化莆田縣志》，清乾隆間刊本
[明]徐㶿纂輯，《雪峰志》，清光緒間刊本
[明]徐表然撰，《武夷志略》，明崇禎間刊本
[明]衷仲孺撰，《武夷山志》，明清之際刊本

［清］董天工撰，《武夷山志》，清乾隆間刊本
［清］黄任撰，《鼓山志》，清乾隆間刊本
［清］郭柏蒼撰，《烏山志》，清光緒間刊本
何振岱纂，《西湖志》，民國初刊本
［清］徐日焜等纂，《荆山徐氏譜》，福建師範大學圖書館藏抄本
［日本］市原亨吉撰，鄭宏譯，《徐𤊹年譜稿略》，原載《入矢教授小川教授退休紀念中國文學語言論集》，一九七四年；譯文見《福建圖書館學刊》，一九九一年第四期
林海權撰，《李贄年譜考略》，福州：福建人民出版社，一九九二年第一版，二〇〇五年第二版
廖可斌撰，《明代文學復古運動研究》，上海古籍出版社，一九九四年
陳慶元撰，《福建文學發展史》，福州：福建教育出版社，一九九六年
鄭利華撰，《王世貞研究》，上海：學林出版社，二〇〇二年
黄仁生撰，《日本現藏稀見文集考證與提要》，嶽麓書社，二〇〇四年
黄霖撰，《文心雕龍彙評》，上海古籍出版社，二〇〇五年
羅宗强撰，《明代後期士人心態研究》，天津：南開大學出版社，二〇〇六年

黄春榮撰,《水澗集》,北京:方志出版社,二〇〇六年
張慧劍撰,《明清江蘇文人年表》,北京:人民文學出版社,二〇〇八年
陳慶元撰,《徐熥年譜》,揚州:廣陵書社,二〇一四年
陳慶元撰,《晚明閩海文獻梳理》,北京:人民出版社,二〇一七年
陳慶元撰,《徐興公年譜長編》,揚州:廣陵書社,二〇二〇年
陳慶元撰,《謝肇淛小草齋詩話及其詩論》,《中國詩學》第五輯,南京大學出版社,一九九七年
陳慶元撰,《謝肇淛著述考》,《廣西師範大學學報》,二〇〇五年第一期
陳慶元撰,《徐𤊹著述編年考證》,《文獻》,二〇〇七年第四期
楊光輝撰,《徐熥佚文五篇》,《文獻》,二〇〇八年第二期
陳慶元撰,《謝肇淛年表》,《小草齋集》附録,福州:福建人民出版社,二〇〇九年
陳慶元撰,《徐𤊹年表》,《福州大學學報》,二〇一〇年第三期
陳慶元撰,《徐𤊹紅雨樓序跋補遺》,《文獻》,二〇〇九年第三期
陳慶元撰,《徐𤊹生卒時間詳考——兼論作家生卒年的考證方法》,《文學遺産》,二〇一一年第二期
陳慶元撰,《新輯詩話摭議——以若干晚明詩話爲例》,《文獻》,二〇一五年第六期

陳慶元撰，《徐㶿尺牘稿本考論》，《文獻》，二〇一七年第二期

陳慶元撰，《徐興公「編集」理論與實踐》（與林春香合作），《福建師範大學學報》，二〇一七年第五期

陳慶元撰，《閩人楚派商梅年表》，《古籍研究》總第六八卷，南京：鳳凰出版社，二〇一八年

陳慶元撰，《漁滄舊社虛明月——王若與清流漁滄社簡論》，《福州大學學報》，二〇一八年第三期

陳慶元撰，《徐㶿修志實踐及其理論》，《閩南師範大學學報》，二〇一八年第三期

趙瑩瑩撰，《葉向高文學研究》，福建師範大學二〇一五年博士學位論文

王振漢撰，《蔣孟育研究》，福建師範大學二〇一五年博士學位論文

張明琛撰，《晚明閩籍作家旅遊與遊記研究》，福建師範大學二〇一六年博士學位論文

于莉莉撰，《石倉烟雨自風騷：曹學佺後期家居文學活動考論》，福建師範大學二〇一七年博士學位論文

魏寧楠撰，《明代福州林浦林氏家族與文學研究》，福建師範大學二〇一九博士學位論文

圖書在版編目（CIP）數據

幔亭集 /（明）徐𤊹撰；陳慶元點校. -- 福州：
福建人民出版社，2024. 12. --（八閩文庫）. -- ISBN
978-7-211-09732-6

Ⅰ. I222.748

中國國家版本館 CIP 數據核字第 20252SV095 號

幔亭集

作　　者：〔明〕徐　𤊹　撰　陳慶元　點校
責任編輯：張輝蘭
裝幀設計：張志偉
美術編輯：陳培亮
出版發行：福建人民出版社
電　　話：0591-87533169（發行部）
地　　址：福建省福州市東水路 76 號
經　　銷：福建新華發行（集團）有限責任公司
印刷裝訂：雅昌文化（集團）有限公司
地　　址：深圳市南山區深雲路 19 號
電　　話：0755-86083235
開　　本：890 毫米 ×1240 毫米　1/32
印　　張：30.5
字　　數：551 千字
版　　次：2024 年 12 月第 1 版第 1 次印刷
書　　號：ISBN 978-7-211-09732-6
定　　價：138.00 元（全二册）